以生动有趣的情景讲述做一件事情的道理

零缺点

《西游记》是写给每个员工的寓言

林间樵夫○著

海南出版社

图书在版编目（CIP）数据

零缺点：《西游记》是写给每个员工的寓言 / 林间樵夫著. —海口：海南出版社，2008.8
ISBN 978-7-5443-2377-2

Ⅰ. 零… Ⅱ. 严… Ⅲ. ①西游记—文学研究②企业管理：质量管理—研究 Ⅳ. I207.419 F273.2

中国版本图书馆 CIP 数据核字（2008）第 135066 号

零缺点——《西游记》是写给每个员工的寓言

作　　者：林间樵夫
责任编辑：洪　声
出版发行：海南出版社
社　　址：海口市金盘开发区建设三横路 2 号
印　　刷：安徽新华印刷股份有限公司
经　　销：新华书店
开　　本：787mm × 1092mm　1/16
印　　张：11.25
字　　数：180 千字
版　　次：2009 年 1 月第 1 版　2009 年 1 月第 1 次印刷
书　　号：ISBN 978-7-5443-2377-2
定　　价：29.80 元

目 录 Contents

前言

《西游记》是一个寓言。

《西游记》的寓意，如果直截了当地说出来，对于今天的人们来说虽然受用，但却是平淡无味的，我们将很快遗忘。所以，作者用生动的故事情节，调侃的语言来写它，以寓教于乐，并经久流传。可是，这又造成了人们一直对故事情节津津乐道，对书的写作目的众说纷纭，对书的寓意不甚了了……

《西游记》的寓意，就在我们的身边。

在人类历史的长河中，中华民族的传统美德是世人景仰的：孝行天下，自强不息，厚德载物，道济天下，舍生取义，鞠躬尽瘁，以德报怨，天下兴亡、匹夫有责……在世界文明中，唯有中华文明不间断地延续了数千年，成为全人类的奇迹，凭的就是这个奇迹中最值得称道的力量——美德的力量。

可是，人们经常以直接或委婉的方式指责“国民精神”有欠缺，让人深感委屈，难以理解！我们为什么还屡受指责呢？

下面是一个生活中的例子：

在某艺术学院的一次音乐会上，法国音乐家、巴黎国立音乐学院的布菲教授前来参加演出。想不到的是他在音乐会上中断了演出，原因是会场里有手机铃声、说话声和孩子的喧闹声，与音乐表达需要的环境格格不入，以致布菲教授无法继续演出，离开舞台到后台调整情绪。在后台，布菲教授郁闷地流下了眼泪。事后，许多人不理解：不就是会场吵闹一点吗——言下之意，这点“小问题”算什么呢？可是，布菲教授是这样说的，我很渴望把最好的音乐带给大家。只是当晚的环境影响了自己的发挥，嘈杂的声音使我无法专注于我的音乐，那不是我的最好水平。我没有把最好的东西带给观众，感到很难过。

观众对现场和一点闹声无所谓，而教授却感到难过。同一件事情，因为对“小问题”的态度不同，品质的差距就出来了。这个例子比较有代表性，就是一些人常常因为一点儿“小问题”，却大大影响了整个国民的形象，以至于有时让我们无法公平地享受作为世界公民的权利和机会。

加入 WTO 后，我国出口国外的货物遭退货的事件时有发生。调查发现出口退货的原因如：

·发动机过热导致车子经常熄火

·加速器装配不符合输入国的要求

·电稳压器标准与进口国不同

·产品外表喷塑不是很好

·机体存在划伤

·产品不适应当地天气

……

我们辛辛苦苦做出来的国产商品，我们付出了汗水，却无法与优秀的品牌相媲美！

我们经常在蒙受损失，在丢失自己的信誉！

我们的劳动在贬值！

细究起来，这些原因常常如出一辙，就是曾经在一件事情上有点“不足不够”。

现实在提醒我们，传统文化（道教、儒家文化）虽然讲了大量关于生命修养的抽象道理，但好象还缺少某种认知。人们之所以忽视工作的品质，是因为态度有问题，之所以态度有问题，是因为人的“起心动念”有问题，之所以“起心动念”有问题，是因为传统文化的缺失！

《西游记》成书于16世纪明朝中叶，这一时期，商业、手工业得到发展，随着生产力水平的提高和生产结构的变化，商品经济有了长足的发展，并促使社会生产各部门更加商业化，重视人的价值的社会思潮悄然兴起。但在社会生活中，自给自足的自然经济还占统治地位，人们依然奉行传统文化的价值观，成为阻碍社会商业文明进步的原因。

《西游记》的作者通过精心编织这样一个寓言故事，把佛教的教义植入传统文化，让人们在欣赏故事情节的时候，去反省自己的心灵，去发自内心地接受新的观念，去决心把一件事情做得有品质。其写作目的——不管是有意或者无意——正好是在给我们的传统文化补课，给我们的工作态度补课，给我们的“起心动念”补课。

想想吧，当我们把每一件事情都做得有品质，我们的国家、我们的公司、我们的家庭该是多么美好！谢谢《西游记》的作者，他给我们每个人讲了一个很实在的“小道理”，却是真正普遍受用的！

《西游记》所写的，还是有点意思。

林间樵夫

2009

第一章　一件事情的起源

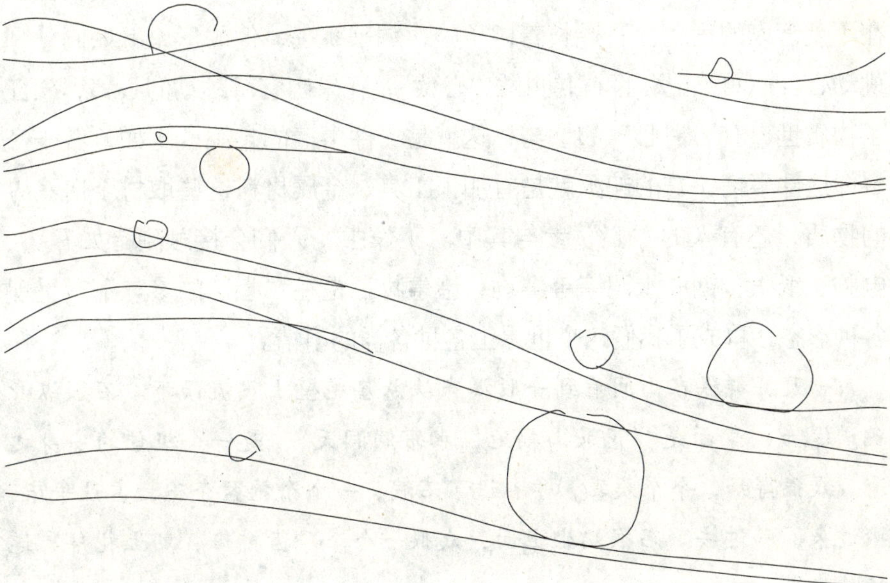

A truth was told by lively and interesting scenes

《西游记》一开始，从传说中的盘古开辟天地写起，世界分为四大部洲：东胜神洲，西牛贺洲，南赡部洲，北俱芦洲。接着呈现给我们东胜神洲的情景：

东胜神洲海外有一国土，名曰傲来国。国近大海，海中有一座名山，唤为花果山。花果山常年青松翠柏，正当顶上，山顶上有一块仙石。千万年来，这块石头感受天真地秀，日精月华，渐渐地有了灵通之气。有一天，只听震天动地一声巨响，石头崩裂，从里面崩出一个石卵，化成一个石猴。那石猴在山中会行走跳跃，食草木，饮涧泉，采山花，觅树果；与狼虫为伴，虎豹为群，獐鹿为友，猕猿为亲；夜宿石崖之下，朝游峰洞之中。真是"山中无甲子，寒尽不知年"。

最初的时候，东胜神洲傲来国花果山上有一块仙石，感受天真地秀，日精月华，"灵气"在自然物质中。经过一个孕育过程，石头崩裂，产生石猴，"灵气"与自然物质分开了，有了独立的生命，开始了自由自在不受管束的运动。石猴长着桃子脸，蹦来跳去，他的形象就如同一颗跳动心。《西游记》将石猴叫做"心猿"，花果山有了跳动的心猿，象征了物质世界有了"心"的参与，这就是一件事情的起源。比如，做一个零件这件事情，它的起源就是有加工工具、金属材料这些取材于自然界的物质，还有人的"心"参与其中。工作中，人们会接触到诸如石头、电脑、纸张、钢筋水泥等等事物，诸事物正是在"心"的参与下，呈现各种形态，构成了我们这个世界上各种各样的事情。

一天，群猴在山间看到一股瀑布从悬崖绝壁上飞流而下。石猴纵身跳进瀑布，里面是"花果山福地，水帘洞洞天"，是一个极佳的安身之地。众猴得知，个个欢喜，争相进了石洞，一个个抢盆夺碗，占灶争床，搬过来，移过去。石猴端坐上面，众猴一个个序齿排班，朝上礼拜，遂称美猴王。

石猴凭着一股本能的力量跳进水帘洞，众猴一个个序齿排班，称他为王。就是生命个体实现价值的原始形态，能量大的占便宜，其余的依次排列。水帘洞如同一个大大的"眼"，里面有好玩的，外面有掩饰，心猿有了水帘洞，就好比"心"有了"眼"，开始在那里"耍心眼"。他们在那里抢盆夺碗，占灶争床，说明这个时候的“心”只知道自顾自地享受欢乐，嘻嘻哈哈地玩，并不明白世界上的事情是怎么回事，不知怎样做事情，不知道做事情的意义。

猴王为求长生不老之方，从花果山下来，乘竹筏向漂到西牛贺州地界，拜须菩提为师，得名“孙悟空”。在那里做了六七年日常琐事。一日，孙悟空看到祖师开讲大道，那真是：“天花乱坠，地涌金莲。妙演三乘教，精微万法全。慢摇麈尾喷珠玉，响振雷霆动九天。说一会道，讲一会禅，三家配合本如然。开明一字皈诚理，指引无生了性玄。”喜得他抓耳挠腮，眉花眼笑，忍不住手之舞之，足之蹈之。

须菩提是佛教故事中的一位长老，翻译成中文即“人生的境界”。须菩提祖师开讲大道，孙悟空所见的奇妙景色，其实是长时间参与日常工作造就了“心”有灵犀，听懂了“人生境界”的讲道，所以孙悟空异常欢喜。这一情景，就好比一个对工作一窍不通的人到了一间文明车间做了很长时间的勤杂工，偶然发现这世间原来有如此那般的学问，以为自己明白世界上的事情了，那种欣喜状态就是如此。孙悟空喜得抓耳挠腮，眉花眼笑，手之舞之，足之蹈之，就是禁不住欢喜和跃跃欲试。这是“心”在追求永生的过程中，发现了生命还有另一种奇妙——即通过支配自然事物实现自己的价值。

须菩提祖师见悟空机灵，便教了他长生之妙道，又把七十二变的口诀传授给了悟空。悟空牢记在心，没过多久，就把七十二变全部学会了。祖师又把筋斗云的口诀传授悟空。这筋斗云只要念动真言，一个筋斗就能十万八千里。从此，一个天地石猴奇妙地变成神通广大的仙猴，身上的每根毫毛都会变化。

孙悟空学会七十二变，就是“心”的善变，一个筋斗云十万八千里就是随心所欲，想到多远就到多远，身上的每根毫毛都会变化，也就是应物随心的本领。可见，这是一套虚幻不实、不着边际的能耐，就如同在工作的场合中“耍花招”，让人难以琢磨的本领一样。

孙悟空回来后，花果山水帘洞被混世魔王带领的一群妖魔占领。孙悟空把混世魔王打得直喊饶命，赶走了混世魔王。

孙悟空走了，混世魔王来了，就是“心”不在焉，工作处于没有价值追求的“混世”状态，孙悟空回来赶走混世魔王，就是从此有了价值追求。

孙悟空又来到到东海龙宫物色兵器，看上了那根重一万三千五百斤的神珍铁——如意金箍棒。他把如意金箍棒挥舞了一番，直搅得龙宫翻江倒海，吓得老龙王和虾兵蟹将魂飞魄散。孙悟空十分高兴，一路打出水晶宫。

定海神铁是大禹治水时定江海浅深的一个定子，象征了人的意志，即精神对自然事物的主张。孙悟空用定海神铁作兵器，就是"心"有了主张，在海里挥棒惊得鱼虾不得安宁，就是只管自己提主张，不管世界是否受得了。

孙悟空回到花果山，与众猴一起练武玩耍，腾云驾雾，结交朋友。

这是无意识地追求价值实现，放任自流的那种状态。

一天，孙悟空喝酒醉了，忽然两个人用绳子套住他，把他带到了“幽冥界”，孙悟空掏出金箍棒一路打到阎王那里，把生死簿上自己的和猴子一类的名字统统勾掉，再一路打出了出去。

这是“心”想着摆脱自然规律的控制，自己掌握自己的命运了。

第二章 “齐天大圣”带来了混浊

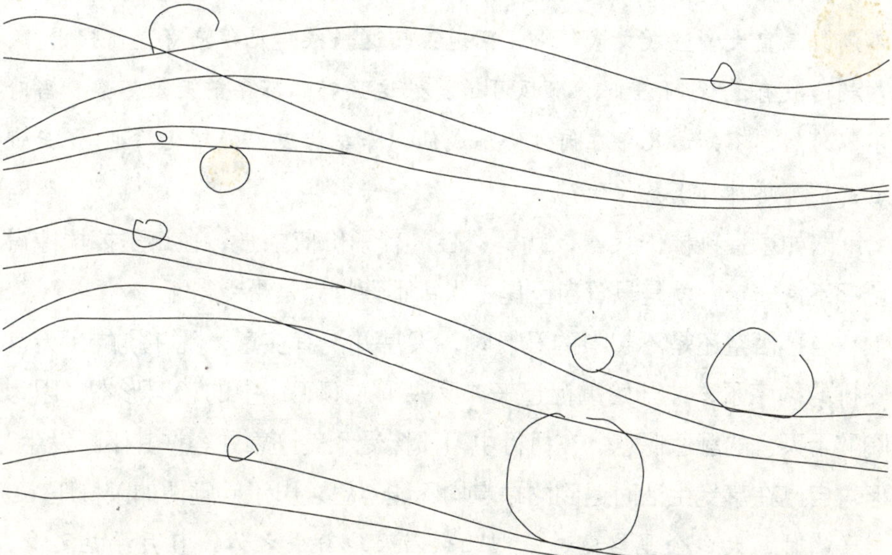

A truth was told by lively and interesting scenes

孙悟空刚从石头里出生时，目运两道金光，射冲斗府。惊动天上玉皇大天尊，即命千里眼、顺风耳开南天门观看。二将果奉旨出门外，看的真，听的明。须臾回报，那是花果山上一石猴，如今服饵水食，金光将潜息矣。玉帝垂赐恩慈曰："下方之物，乃天地精华所生，不足为异。"

孙悟空出生时眼里射出的两道金光惊动玉皇大帝，暗示了"心"的本来状态是"无法无天"的，能挑战现有的秩序。天宫通常是人心希望安放自己的地方，那里安全而舒适。天宫的寓意就是文明世界给予人的实现价值的环境条件，天宫在人的脑海中（天宫不是指当时的社会上层，每个人脑海中无天宫，就不存在上层，所有工作都是分工的不同而已）。天上的神仙没把一个小小的石猴放在心上，就如同人们在工作中以环境条件为满足，失去了对身边事情的深入关心，对其带来的不良迹象不以为然。

孙悟空拿走东海的定海神铁，又大闹冥界，引起了天宫玉皇大帝的不满，玉皇大帝宣众文武仙卿，问道："这妖猴是几年产育，何代出身，却就这般有道？"千里眼、顺风耳道："这猴乃三百年前天产石猴。当时不以为然，不知这几年在何方修炼成仙，降龙伏虎，强销死籍也。"玉帝道："那路神将下界收伏？"

取如意金箍棒作兵器，就是"心"有了价值主张，在海里挥棒惊得鱼虾不得安宁，就是只管自己提主张，不管世界是否受得了。

当孙悟空还是不起眼的石猴时，天宫并没有在意，现在挑衅了天宫安排的秩序了，才开始重视起来。反映了人们工作中的意识形态，因为陶醉于天宫的舒适惬意，在执行中习惯接受不良迹象并容许其不断发生，但对自己在享受生活时遇到的缺点均不能容忍，出了问题便加以打压。

此时，太白金星启奏道："此猴乃天地育成之体，日月孕就之身，他也顶天履地，服露餐霞，今既修成仙道，有降龙伏虎之能，与人何以异哉？臣启陛下，可念生化之慈恩，降一道招安圣旨，把他宣来上界，授他一个大小官职，与他籍名在箓，拘束此间。若受天命，后再升赏；若违天命，就此擒拿。一则不动众劳师，二则收仙有道也。"玉帝闻言甚喜，太白金星旨招安了结此事。孙悟空被玉皇大帝封为弼马温。

太白金星建议玉皇大帝对孙悟空招安。所谓招安就是为了天宫的安宁用笼络手段使其投降归顺。正如人们安于眼前的现状时，做事情常常变成对事物的“招安”，也就是动不动就“忽悠之”。不能给出实现价值最大的路径。

孙悟空把马养得肉肥膘满，而得知弼马温是个未入流的末等小官时，立即撒手不干回到了花果山，他叫猴子们给做了一面锦旗，上面绣了“齐天大圣”四个字，挂在水帘洞门口。玉皇大帝知道孙悟空自封齐天大圣十分生气，派托塔李天王带领天兵天将前去捉拿孙悟空。托塔李天王派巨灵神和三太子哪吒前往，先后被孙悟空打得败下阵去。太白金星又向玉帝建议封他为齐天大圣，不给事做，不给奉禄，以省去麻烦。玉皇大帝同意了，就让他当齐天大圣。此官有名无实，他每天在天宫里游荡，和各路神仙喝酒闲聊。许旌阳真人担心他出事，向玉皇大帝建议给他一点事做。玉帝又给了他一份看管蟠桃园的差事。这蟠桃是仙家珍品，孙悟空一进了蟠桃园，就专拣熟的、大的桃子吃。这天，王母娘娘开蟠桃盛会，却没有请“齐天大圣”参加，孙悟空一气之下变作赤脚大仙的模样来到瑶池，偷吃了美酒佳肴，又醉熏熏地来到了太上老君的住所，把太上老君炼的金丹吃了个精光，溜回花果山去了。

虽然追求生命价值实现，但又不愿从平凡的事情上一点点做起，他自封“齐天大圣”，说明人心常常以“我是与天的高度一样的大圣人”来看自己，而不管实际上是怎样的。而神仙是自恋的，在他们看来，别人总是在他们之下，所以给孙悟空的官职要么是未入流的末等小官，要么是徒具虚名的大官，有名无实，由于“心”实现价值的诉求只得到天宫的有限许可，所以天宫的果实常被吞噬，天宫的秩序常被搅局，也就是“内耗”。

玉皇大帝恼怒异常，命令四大天王协助托塔李天王和哪吒太子带领十万天兵，在花果山布下天罗地网，要抓住孙悟空治罪。孙悟空摆阵迎敌，托塔李天王连吃败仗，一筹莫展，连忙写了奏章给玉皇大帝，要求增援。玉皇大帝看了奏章，大吃一惊道：“一个小小的猴头，居然有这么大的本领，十万天兵都捉拿不住，叫我再派什么人呢？”天宫没有办法了。这时，观音菩萨出面建议派玉皇大帝的外甥二郎神去战孙悟空。

天宫派专人去修理他，可是派去的人自命不凡，不仅拿它没办法，甚至还弄得狼狈不堪。因为神仙生活在天宫，他们得到了价值实现，体会不到别人的"价值心"。人的"价值心"只有凡人才能体会到，二郎神就是一"凡人"。二郎神是玉皇大帝的妹妹思凡当年下嫁给杨君生的孩子。思凡之所以从神仙变成凡人，当然是放弃神仙的好日子不过，而甘愿下凡受苦的，玉帝被她激怒，将她压在桃山下。二郎神自幼在人间长大，食人间烟火，他长到 17 岁时劈山救母惊动玉帝，玉帝放出十个太阳将其妹妹思凡晒死，二郎神一气之下将太阳砍掉了九个，追赶那一个追到灌江口，遇到一位女子，在那里成了家。可想而知二郎神情系母亲，感恩凡人，他对玉帝的态度，用观音的话说就是"听调不听宣"，意思就是，看在是亲舅舅的份上，可以帮你的忙，可要在你手下当差，那是休想。玉帝只好传调兵旨意。

二郎神带着哮天犬、梅山六兄弟，驾云到了花果山。二郎神与孙悟空两人你来我往大战了几百回合，不分胜负。他们玩起了变术，孙悟空变成一只麻雀躲在树梢上，二郎神马上变成一只老鹰，向麻雀扑去；孙悟空又变成一只大鹚老，直冲天空，二郎神又变成一只大海鹤来咬大鹚老；孙悟空又变成一条鱼，顺流而下，二郎神又变成一只鱼鹰在河上飞行；孙悟空又变成一条小水蛇，二郎神又变成一只红顶的灰鹳，伸着长嘴，来吃水蛇；孙悟空赶忙变成一只花鸨，向山下飞去，接着变成一座土地庙，嘴变成庙门，牙齿变成门扇，眼睛变成窗棂，慌忙之中，把尾巴就成旗杆，竖在土地庙后面。二郎神赶到山下，看见一座土地庙，见旗杆竖在庙后，大喝一声："我先捣窗棂，后踢门扇，看这猴头还有什么能耐！"孙悟空一听，"噗"的一下跳到空中不见了。二郎神来到天上，托塔李天王拿出照妖镜往下照，发现孙悟空变成假的二郎神，正往灌江口去！灌江口是二郎神老家，二郎神急忙赶到灌江口，两人又大战起来。

二郎神战孙悟空，二者打斗起来不分胜负，因为一个是天上的神仙到了人间，一个是人间的凡心要上天，就如同两种价值观的对弈：一种价值观是“老子就是愿吃人间之苦”，一种价值观是“老子就是要享天上之福”，互相不拿对方当一回事：“你算老几—你算老几—你算老几……”彼此消耗，难分高下，为了显示自己更牛，开始玩起了变术：“我有这个能耐—那我比你更能—我又有这个能耐—那我还是比你能……”比着比着，“我揭你的短，看你还有什么了不起-敢揭我的短？那我抄你老家！”二者是互相无可奈何，就如人心之间那种没有认同感的“心术”，没有共同价值目标的争斗状态。

二郎神和孙悟空一路打回花果山，梅山六兄弟也一起上前助战，双方打得难解难分。玉皇大帝带着太上老君、观音菩萨和众神仙一起来到南天门外观战。玉皇大帝担心地说：“连二郎真君也奈何不了这猴头，如何是好？”太上老君对玉皇大帝说：“让我来助二郎真君一臂之力。”说完，掏出金钢琢，往下一抛。那金钢琢从天而降，正好打在孙悟空的头上。孙悟空正在力战二郎神和梅山六兄弟，不料被金钢琢打了一下，“噗”地摔了一跤。二郎神的哮天犬冲上去，咬住了孙悟空的腿肚子。这时，二郎神和梅山兄弟一拥而上，把孙悟空绑了起来。

太上老君趁孙悟空正与二郎真君彼此消耗之际，在天上用金钢琢趁孙悟空被二郎神拖住时去打他，是一个审时度势的“圈套”，哮天犬趁机咬住孙悟空的腿，是一个冷不防的算计，再凭人多势众才勉强把孙悟空捆起来。人们在现实工作中，就如天宫的神仙，当事情违背自己的意愿而又无可奈何时，要么把自己变成凡人，要么求助于凡人，在执行中通常依赖资源条件的支持，根据瞬息万变的内外环境，以因时、因地、因人制宜的手段把事情变得对自己有利，也就是经常所说的“持经达变”，持经达变的“经”，就是中庸之道。

托塔李天王、二郎神等押着孙悟空回到天宫，玉皇大帝叫大刀鬼王立即将孙悟空斩首。大刀鬼王把孙悟空绑在斩妖台上，孙悟空因为吃了仙家珍品，成了金钢不坏之身，不论是刀砍斧剁、枪刺剑劈，都伤不了悟空半根毫毛。于是又叫大刀鬼王把孙悟空押到太上老君的炼丹房里，放到太上老君的八卦炉里。太上老君命令童子燃起大火，孙悟空在里面躲到无火的位置，七七四十九天过去了，只是烟把孙悟空的一双眼睛熏红了，变成了“火眼金睛”，等一打开八卦炉，便一路又向灵霄宫打去，众天将慌忙抵挡，天宫再次陷入一片大乱。

人们的“心”常常以占有天宫为价值实现的方式，其结果是天宫的欢乐在争斗中不复存在，各种不必要的消耗（浪费）造成工作的贬值，也带来不愉快。孙悟空大闹天宫，想必是对我们每个人进行一次提醒：虽然工作环境是美妙的，但是不要太惬意了，大千世界，芸芸众生，最不容伤害的就是“心”。每一个“心”，都是值得我们敬畏的“齐天大圣”!

第三章　做一件事情应当“苦行”

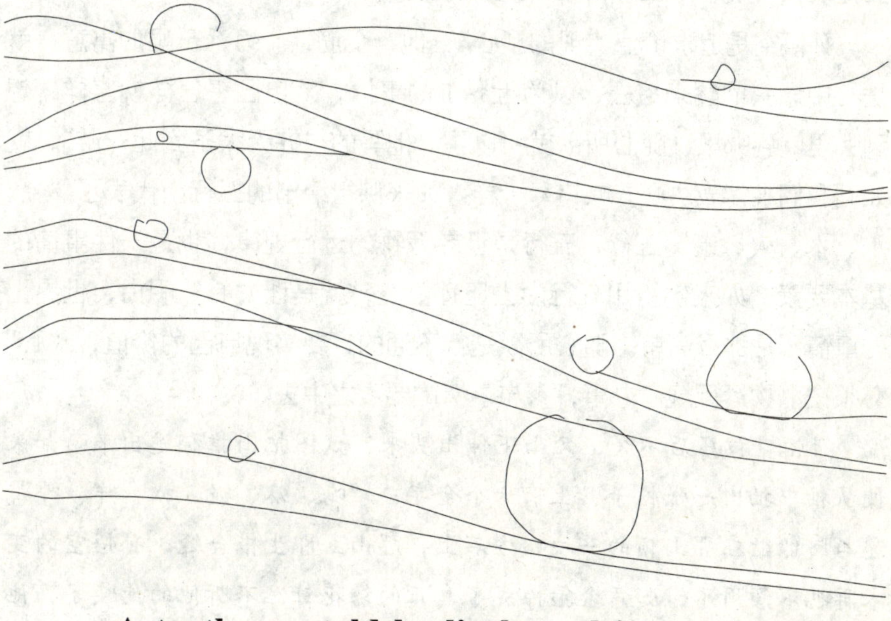

A truth was told by lively and interesting scenes

玉皇大帝急忙派人请如来佛祖前来帮忙。如来佛祖来到灵霄门外，让众将停止干戈，把孙悟空叫出来。如来说，我是西方极乐世界释迦牟尼尊者，你为何这等暴横，屡反天宫？孙悟空说，教他玉帝将天宫让与我，我就罢休！如来说，你若有本事，一筋斗翻出我这右手掌中，就请玉帝把天宫让你。孙悟空暗喜，他收了如意棒，将身一纵，站在佛祖手心里，道一声："我出去也！"他一路云光，无影无形地去了，忽见有五根肉红柱子，撑着一股青气。他以为到了尽头，于是拔下一根毫毛变作笔，在那中间柱子上写一行大字"齐天大圣到此一游"，又在第一根柱子根下撒了一泡猴尿，翻转筋斗云回到原处，对如来说，你教玉帝让天宫与我。如来说，你低头看看。孙悟空低头一看，如来右手中指写着他写的那行字，大指丫里还有些猴尿臊气。他吃了一惊，急纵身又要跳出，被如来翻掌一扑，把他推出西天门外，将五指化作金、木、水、火、土五座联山，唤名"五行山"，轻轻地把他压住。

孙悟空是追求价值实现的"心"，他一个筋斗十万八千里的寓意，就是心中念头的翻来覆去，以为世界上的事情，是自己想怎样就怎样，想到哪里就到哪里，随心所欲就可以了。他写的"齐天大圣到此一游"，就如同我们平常表决心、喊口号一样。如来佛祖给出的五行山代表了"金、水、木、火、土"五行，五行是世界万物的运行规律，也是一件事情的基本要素，如来佛祖用五行山去压孙悟空，就是让"心"明白，世界上的事情不是那么简单，随心所欲是行不通的，要实现自己的价值，"心"必须按事物运行规律办事，参与事情诸要素之中去。

孙悟空被压后不久，又山下伸出头来，试图把山推翻逃出来。如来便从袖中抽出一张帖子，上有六个金字："唵、嘛、呢、叭、咩、吽"。递与阿傩贴在那山顶的一块四方石上，那山立即生根合缝。孙悟空的变术再也不管用了，如意金箍棒成了真正的绣花针，不听他的使唤了，他叫了一声"变"，以为可以变成小蜜蜂从洞口飞出去，结果蜜蜂是跟自己一样大的猴头蜜蜂，这只猴头蜜蜂飞到小洞口就卡住了，他要变成苍蝇也是猴子大小的苍蝇，他被"定"在五行山下了。

我们做一件事情，是怎样实现价值的？比如做一个零件，它的价值实现是顾客认为质量可靠可以供他安全有效地使用；比如给客人做一杯茶，它的价值实现是客人喝着不烫、不凉、爽口、舒心、合自己的口味……总之，只有输出产品（服务）得到服务对象的完全认可，事情才实现了应有的价值，人与事情诸要素才实现了价值最大，而不是完成了自己的某个念头的翻腾。一件事情，如果只求做完就行了，没有什么“规定”的约束，那么“心”还有不安分的空间，所以孙悟空刚被压在山下时还在山下晃动。如来佛贴在五行山上的六字真言，就如同事情如何实现价值的规定，人与事情诸要素要实现价值，必须服从这一事情实现价值的规定，“心”就彻底失去不安分的空间，不能随便动了。做一件事情，首先要服从事物运行的真实规律，在事情诸要素中“定心”。

确认事情的价值要求

500 年后，如来派观音菩萨去东土寻取经的善人，让孙悟空助唐僧到西天取经。唐僧要取的经在西方天竺国灵山大雷音寺，这个确定的地方就 象征事情的价值要求 。

做一件事情，首先要知道事情的结果是怎么一回事，它告诉我们事情实际上是怎样实现价值的（即符合怎样的需要）。而事情每一天都在以各种方式变化着，正因为如此，要让所做的事情是符合要求的，就必须先去确认它。

比如做一个汽车零件，工艺编制人员根据顾客需要编制出相应的工艺文件，规定了零件的尺寸、外形、性能指标等，零件只有做到符合这个工艺文件的规定，才能得到顾客的认可，它才能实现价值，制造零件的人、机器、材料等诸要素才能实现价值最大。在市场环境中，顾客需要什么汽车，那是不断变化的，要让所做的零件具有价值，就要先根据顾客的需要，确认所编制的工艺文件。

佛教认为，诸行无常：世间的一切事物，都处于不断的迁流转变中，没有恒常的定性。一件事情本身是一个因缘和合而成，“因”是直接条件或主观因素，“缘”是间接条件或客观因素。“和合”就是适当的、很好的配合在一起。“因缘和合”也就是直接条件和间接条件很好的配合在一起的意思。我们确认一件事情的价值要求，就是在确认一个“因缘和合”，就是在确认人及事情诸要素应当怎样适当的、很好的配合在一起。

明确价值的形成过程（价值流）

到西天取经用时14年，途经11国，历经九九八十一难。取经之路的寓意是做一件事情应当经历的那个严格的过程。确认事情的价值要求让我们知道事情的结果是怎样的，还应明确怎样才能产生如此那般的结果。

任何一件事情都是一个过程的结果，一件事情价值的形成，是由人及事情诸要素经由过程中的若干环节逐步附加在事情上面的，要实现事情的价值，全部环节以及环节之间的衔接都要具有正确性，也就是事情的诸要素通过正确的“价值流”去符合价值要求。只有把事情当作一个严格的过程来对待，明确何时做什么、怎么做，跟事情诸要素一起把自己变成无任何固定的存在，最终的结果才是事情的价值实现，才是不贬值的。

比如做一个汽车零件，先做了一个工艺文件，而要做出这个零件来，还要设计一个程序，什么时候切削，怎样切削，什么时候钻孔，怎样钻孔……都要明确下来。人的行为必须在一个确定的轨道运行，任何“想当然”均不能带入零件的形成过程。

佛教认为，诸法无我：一般人总以为有一个独立存在的“我”。依佛法说，存在的事物都不过是因缘和合而成，其中没有什么可以独立自存的。一切法，只是因缘和合的连续状态，没有实体、没有固定的我、没有形而上的主宰。做一件事情，当“我”的行为完全按价值流的要求去运行，身体在运动，而自然本能消失了，工作过程的各种“法”里面便没有了“我”。

按价值的形成过程（价值流）规定行为

取经之路不能腾云驾雾，孙悟空必须跟着唐僧一步一步地走，他被“紧箍咒”约束着，何时做什么以及怎样做，都是由去往西天道路上的任务决定的。这个寓意就是按价值的形成过程（价值流）规定行为。

我们确认事情的价值要求，目的是认真地做到符合要求。在做一件事情的过程中，任何一个环节没能做好，都会直接影响最终结果的价值。事情的价值实现意味着任何时候都要满足工作过程（价值流）的全部要求，使事情结果的价值对应的每一个环节的价值都得到实现，人必须做到“心无杂念”。

比如做一个汽车零件，该切削时正确无误地切削了，该钻孔时正确无误地钻孔了……这时人的心思完全进入了零件的制造流程，灭除了跟制造零件无关的一切念头，进入“空”的存在状态。

佛教认为，“涅磐寂静”才能成佛：“涅磐”就是灭除，“寂静”就是无生无灭，湛然常住，“涅磐寂静”，就是进入内心寂然不动的境界，一切妄念烟消云散。当我们把事情做到完全符合价值要求时，便没有了事情之外的一切心思，进入“空”的生命状态。

零缺点宛如“极乐世界”

唐僧师徒经历一条取经之路，到达了西方极乐世界，取得了真经。极乐世界就象征着把事情做到了符合价值要求的状态，也就是零缺点状态，而做到这个零缺点状态取得的经验就相当于“真经”。

比如做一个汽车零件，经过一个叮叮当当“艰苦”加工的程序，做到完全符合工艺文件的规定，零件安装在汽车上，与其它零配件完美地搭配形成一辆顾客满意的汽车，这种完美地搭配形成的境界，就是极乐世界，做到这个境界的经验就是“真经”。

比如为一位顾客服务，经过一个端茶送水的“艰苦”过程，把服务工作做到了顾客的完全认可，与顾客顺利地完成了交易。这种顺利交易的境界，就是极乐世界，做到这个境界的经验就是“真经”。

《西游记》中，极乐世界象征了把事情做到符合价值要求的零缺点状态，佛菩萨可以理解为居于零缺点的人，代表了明白事情零缺点状态的“觉者”，取经人在佛菩萨的引导下到达极乐世界，就是以零缺点来指引我们做成每一件事情。

极乐世界是无苦有乐的世界，对佛教中极乐世界的描述如：极乐世界有丰富的树木鲜花，如各种颜色的莲花等，香气芬馥有奇妙多样的鸟类，有丰富的优质水，称为“八功德水”，有增益身心健康的花雨，使人们身心适悦而不贪著，有清新的空气，有优美的音乐，使人快乐。总之，极乐世界充满秩序，一切井井有条……

可见，极乐世界是一个“无自然”的自然世界。那里的各样事物因为符合价值要求而得到了价值实现，所以有了“丰富的树木鲜花”，“奇妙多样的鸟类”，水成为“八功德水”，雨成为“花雨”……各样事物实现价值的原始方式消失了，没有了凭自然本能运行的事物。

今天，我们会做诸如造零件、砌砖块、起草文件、设计图纸、打电话、擦桌子等等事情，每做一件事情，都认真地做到符合价值要求，实现零缺点，“极乐世界”就在我们的生活中实现了。

《西游记》告诉我们，工作的结果，不仅是在完成一种任务，还应当提供一种“极乐”，大家都在完成任务的同时提供了“极乐”，我们的生活就充满了美好。

第四章　工作不是栖居仙境

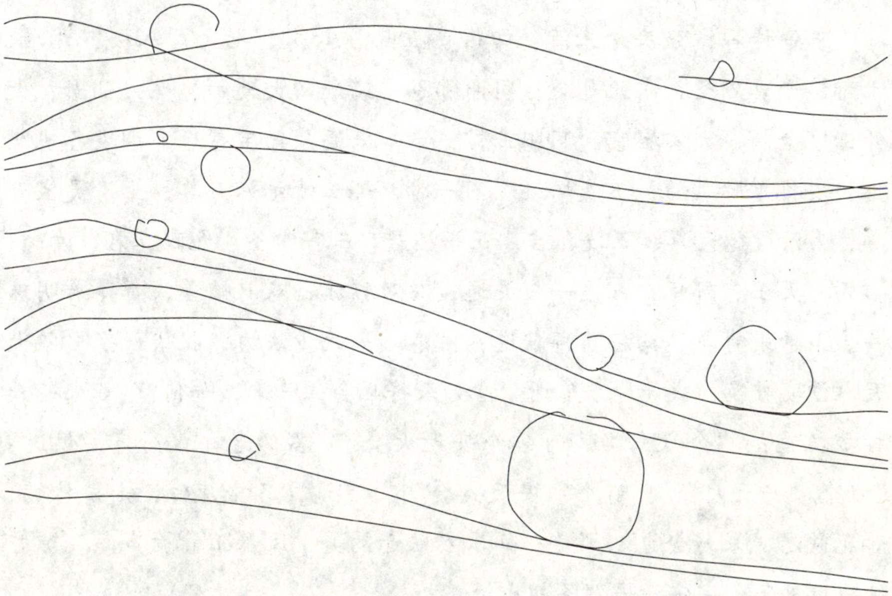

A truth was told by lively and interesting scenes

如来佛将孙悟空压在五行山下，准备返回西方极乐世界。这时，天宫神仙急忙对他说道："请如来少待，我主大驾来也。"佛祖闻言，回首瞻仰。须臾，果见八景鸾舆，九光宝盖；声奏玄歌妙乐，咏哦无量神章；散宝花，喷真香，直至佛前谢道："多蒙大法收殄妖猴，望如来少停一日，请诸仙做一会筵奉谢。"如来不敢违悖，即合掌谢道："老僧承大天尊宣命来此，有何法力？还是天尊与众神洪福。敢劳致谢？"

如来把孙悟空压在山下，准备回去了，立刻，一派欢乐的场景出现了。天宫要他留下来表示感谢。如来的话很有意思，我是按你天尊的旨意办的，谈不上佛的法力，降伏了妖猴那也是你们的洪福，如果要谢我，不敢当。我们做一件事情，一个旨意就能解决问题吗？解决了问题，能说就是我们本有这样的洪福吗？显然不是的，这是如来在以谦虚的说辞劝谏玉帝，在一个欢乐的团队，旨意是不管用的，如果要解决什么问题，只有凭自己的运气了。

玉帝传旨，分头请三清、四御、五老、六司、七元、八极、九曜、十都，千真万圣，来此赴会，同谢佛恩。又命四大天师、九天仙女，大开玉京金阙、太玄宝宫、洞阳玉馆，请如来高座七宝灵台，调设各班坐位，安排龙肝凤髓，玉液蟠桃。不一时，那玉清元始天尊、上清灵宝天尊、太清道德天尊、五跂真君、五斗星君、三官四圣、九曜真君、左辅、右弼、天王、哪吒，玄虚一应灵通，对对旌旗，双双幡盖，都捧着明珠异宝，寿果奇花，向佛前拜献道："感如来无量法力，收伏妖猴。蒙大天尊设宴呼唤，我等皆来陈谢。请如来将此会立一名，如何？"如来领众神之托道："今欲立名，可作个安天大会。"各仙老异口同声，俱道："好个'安天大会'！好个'安天大会'！"言讫，各坐座位，走桥传觞，簪花鼓瑟，果好会也。那是：仙乐玄歌音韵美，凤箫玉管响声高。琼香缭绕群仙集，宇宙清平贺圣朝。

孙悟空刚被降伏，"危险"没有了。天宫各路神仙又开始开宴会，自娱自乐了。当初天宫大乱的时候，在这诸多的神仙里面，没有几位跟孙悟空真刀真枪拼的，而现在要享受欢乐了，各路神仙云集，那是盛况空前。他们嚷着："好个'安天大会'！好个'安天大会'！"句句不离

“好”字，这就是我们常说的“好好神仙”。正如在一个团队里，平常是各打各的算盘，有什么问题留给别人，与已无关的事装作不知道，等问题解决了麻烦没有了，就像自己的功劳一样，热热闹闹地到齐了。那是：“仙乐玄歌音韵美，凤箫玉管响声高。琼香缭绕群仙集，宇宙清平贺圣朝。”当一个团队充满了欢乐气氛，我们就会知道他们经常遇到的麻烦是为什么。

众皆畅然喜会，只见王母娘娘引一班仙子、仙娥、美姬、毛女，飘飘荡荡舞向佛前，施礼道：“今蒙如来大法链锁顽猴，喜庆安天大会，无物可谢，今是我净手亲摘大株蟠桃数颗奉献。”佛祖合掌向王母谢讫。王母又带着仙姬、仙子唱的唱，舞的舞。满会群仙，又皆赏赞。

王母正带着仙姬仙子歌舞，觥筹交错，不多时，寿星又到。见玉帝礼毕，又见如来，申谢道：“幸如来善伏此怪，设宴奉谢，故此闻风而来。更无他物可献，特具紫芝瑶草，碧藕金丹奉上。”如来欣然领谢。

寿星得座，依然走斝传觞。只见赤脚大仙又至。向玉帝前礼毕，又对佛祖谢道：“深感法力，降伏妖猴。无物可以表敬，特具交梨二颗，火枣数枚奉献。”如来又称谢了，叫阿傩、迦叶，将各所献之物，一一收起，方向玉帝前谢宴。

此时，众各酩酊……

一个小小的猴子居然闹得天宫不得安宁，按道理应该开一个大会进行总结反省，可是天宫的神仙恰恰相反，他们是全然不在乎，莺歌燕舞，饮酒作乐，如来要离开的时候，他们已经喝醉了！在现实的工作场合，如果我们认真观察就会发现，类似的情形随时都在发生，人们在创造价值的同时也在不断流失价值：首先，因为“小问题”被耗掉一部分，再去迁就那个“小问题”又要耗掉一部分，再去解决那个“小问题”带来的麻烦又要耗掉一部分，如果还不能解决，只好花更大的代价去弥补自己的“先天不足”，当忙了半天一切都“安定”下来了，还要少不了一番欢快的自我表功和安慰，但这一切似乎都习以为常。花费大量的人力、财力和时间并没有取得多大绩效，是不是因为人们都在天宫里面工作，脑海里充满了欢乐呢?

美国质量管理大师克劳士比提出的对质量的衡量工具：PONC（The Price of Conformance），其意为不符合要求的代价，是指所有因为做错事情而产生的花费，比如改正售货员送来的订单、对产品维修的花费、弥补服务欠佳的花费的以及其他种种原因付出的真金白银。统计发现PONC是个惊人的数字，在制造业公司中可以占总营业额的20%以上，而在服务业中更高达35%。

克劳士比建议用PONC（不符合要求的代价）来衡量工作的质量，通过展示因不符合要求而浪费的价值，以此引起人们对问题的重视：如果大家把事情做到“可接受的状态”就罢了，留下来的这样那样的“问题”，会成事故、缺陷、失败的源头，工作的同时还要经常进行事后的补救。这些事后的补救所花费的代价以及潜在价值的流失造成的损失，相比于当初为了把事情做对所花费的代价通常要多得多！

我们常常在说，某个公司、某个地方很落后，落后当然有种种原因，这些原因是不是由于人们在“天宫”作业，导致做事情品质的缺失，再导致有大量的事情需要进行事后的补救并同时流失大量潜在的价值呢？让我们慢慢看下去……

如来佛祖“轻轻”把孙悟空压在五行山下并让他活着，然后让他帮助唐僧经历一条取经之路去到“极乐世界”。这是给天宫的神仙一个示范：不要把快乐建立在现有条件上，真正的工作是与恶劣的环境是连通的，它没有欢乐，也不宴请。一件事情的价值的实现必须经历“苦行”这一条路。

不符合要求的“苦”

当初，孙悟空去灵台方寸山斜月三星洞拜须菩提为师，须菩提祖师收下孙悟空这个徒弟并乐意传给法术，而孙悟空学了些法术就在众师兄面前炫耀，一下惊动了祖师。祖师叫悟空回花果山去，孙悟空苦苦哀求，祖师就是不答应，孙悟空只好离开。

孙悟空在须菩提祖师那里“半路出家”，还有什么东西没有学到呢？从这里就可以知道了，他没有学到符合事情价值要求的素质。须菩提让他提前“辍学”，就是让他再去经历一番“因果报应”：既然你心比天高，不甘于平凡，就自己去施展一番吧，如来佛祖会给你补上这一课。如来佛将孙悟空压在五行山下。五百年里，他彻底失失去了上天入地、与猴群游玩、结交朋友的逍遥自在，所看到的世界只是同一幅景色，虽然生机盎然的世界近在咫尺，但一切欢乐都不属于自己。

孙悟空受罚的起因是“心动”。做一件事情，如果心不安分，随心所欲，没有符合事情价值要求的意识，就会导致有的环节不合格，不符合零缺点对事情的规定。为了符合规定，就必须把每一个环节都做合格。为了把每一个环节做合格，就必须安下心来。这时，就要让“心”经受失去自由的寂寞，这就是“心动”的“苦”。

唐僧是金蝉子转世，金蝉子是佛祖如来的二弟子，只因为如来讲法时，金禅子没有认真听讲，所以，罚了金蝉子到下界遭受十世轮回之苦。

唐僧受罚的起因是“神昏”，做事情时“缺心眼”，或者说不用心，不认真领会做事情的经验见解，对怎样去实现事情的价值不甚了了，事情就不符合零缺点的规定。为了符合规定，就必须先一步步地去求索经验，再由经验的“轮回”上升到真知，这就是“神昏”的“苦”。

猪八戒在天上被玉帝官赐天蓬元帅，管押河兵，逍遥汉阙。只因为在蟠桃会上酒醉，戏弄嫦娥，玉帝打了二千锤，贬下尘凡。不期错了道路，投在个母猪胎里，托生猪象，住在福陵山云栈洞。

猪八戒受罚的起因是“情乱”，在天上当天篷元帅，正方便纵情享乐，因为“好色”而得意，因为得意而忘形。人们做一件事情，常常因为停留于片面的兴趣而迷失自我，情迷意乱，还怎么做事情呢？所以从天宫贬到“人间”，人形变成猪形，居住在与光鲜生活隔离的地方，这就是“情乱”的“苦”。

沙悟净原是灵霄殿下的卷帘大将。只因在蟠桃会上，失手打碎了琉璃盏，玉帝打了八百，贬流沙河，改头换面，又教七日一次，将飞剑来穿胸胁百余次。

沙悟净受罚的起因是“性从”，即人性中一味顺从的弱点。沙悟净在天宫从事“卷帘”——就是把帘子卷上卷下的事情，这是一项简单的重复性工作，对“卷帘”习以为常了，再到蟠桃会上去服务，当然容易失误，所以失手打碎了琉璃盏。做一件事情，如果一味简单地上一次怎么做，下一次还是怎么做，一味重复过去，没有在每个时刻的积极参与，当事情所处的环境有变化时，就容易出现失误。以“每个礼拜让飞剑穿心”来刺痛，就是让人“痛心”：当初那一刻的不经意酿成了不良的后果，的确不应该！这就是“性从”的“苦”。

小白龙原来是西海龙王敖闰殿下的三太子。因为违逆父命，纵火烧了殿上玉帝赐的明珠，触犯天条，父王表奏天庭，被贬到蛇盘山鹰愁涧。

小白龙受罚的起因是浮躁，自我实现的意念太强烈，也就是容易“上火”，小白龙火烧了殿上玉帝赐的明珠，犯了妄上之罪。做一件事情，如果意念飘浮，追求价值实现的意念超越了现实可能，就会有过失。比如做一个零件，总是想着“争取尽早卖给顾客”，就容易干出违背规律的事情，造成零件的缺陷，为了补救缺陷，必须要再次面对现实一点一点地做起，收敛起躁动的意念，学会默默无闻，这就是浮躁的“苦”。

西行取经五个角色唐僧师徒，代表的是人的心智因素，唐僧师徒的活动，是人们在做一件事情中的心理活动。他们当初各自受罚的原因，代表了工作出错的主要起因，人们做一件事情，常因为心智（或“心动”、或“神昏”、或“情乱”、或“性从”、或“浮躁”）的原因，而遇到这样那样的麻烦和问题，这就是不符合要求的“苦”。

佛教用“因果”来说明世界的一切关系。认为一切事物皆由因果法则支配，有因必有果，有果必有因。因果与众生的身心活动是关联的，由过去行为延续下来所形成的力量称为“业”。既造业因，便有业果。善之业因必有善之果报，恶之业因必有恶之果报。这种因果之理，俨然不乱，称为因果报应。

一件事情，它的价值流上游的因素是“因”，这个“因”会引起价值流下游的“果”。当我们按事情的价值要求去支配每一个“因”，就相当于在造善之“业因”，会带来善之“果报”，反之，就相当于造恶之“业因”，会带来恶之“果报”。事情不是孤立的，总是延续不断地发生，所以业因带来业果，业果又成为新的业因带来新的业果，如此延续，没有止息。

所以佛说，有漏皆苦，“漏”就是有的环节没有做对——没有按事情的价值要求去支配某个“因”，由过去的行为所造的业会随着事情的价值流一起运行，由“业因”产生“业果”，而为了实现事情的价值，就要解除“业果”，而解除“业果”本身又可成为新的“业因”，带来新的“业果”……如此纠缠不清，难以根本解脱。工作中，人们之所以有这样那样的“苦”，根本原因是一边做事情一边有“漏”——也就是有的环节没有做对。

第一次就把事情做对

唐僧师徒在取经上路之前，佛家通过让他们受罚，去刻骨铭心地记住事情“起因”处的过失，去体会一个相同的教训，这个教训就是，只有不让事情的“起因”有过失，才能完成一个正确的“因果”。

我们做一件事情，不让事情的“起因”有过失，那么第一次就要把事情做对。“对”就是“符合事情的价值要求”，第一次就把事情做对，就是第一次就完全地“满足了事情价值形成过程中对应的全部要求”，没有时间的延误，没有资源的浪费，没有行为的过失，不需要再做第二次就可以让事情的价值得到实现。

在一件事情的价值流程中，各环节是相互关联的，一旦某个环节出了问题，会导致造成整体作业活动的延误或停滞，带来各种损失和浪费。而第一次就把事情做对，使事情在最适当的时间、只用必要的资源条件就得以完成，消除了“显在”和“潜在”的价值流失，因而事情结果的价值是最大的。

我们的工作是一种运动的联系，一个表情、一个举止或者一句话都可能成为发生奇迹的起点，带来的远远不止于一点点喜悦和表面上的报酬，但也可能是失败的起点，带来难以预料的后果。对我们来说，经历一件事情就意味着一个成功的机会，但同时也是失败的机会，能否驾御那一次一次的机会，决定了工作的绩效和生活的状态。

比如，甲做一个零件，乙也做一个同样的零件。甲是第一次就把事情做对，使得零件在必要的时间只用必要的资源条件就实现了价值;乙只图做得“差不多”就行，结果零件有了缺点，为了实现这个零件的价值，就要弥补这个缺点，势必要进行修修补补，各种麻烦随之而来，人的自由就被“苦”束缚了。人与人都是平等的，每个人的自然能力大同小异，而处境却有天壤之别，因为这种平等只是机会的平等，不是生存状态的平等。不平等的生存状态，来自在平等机会下的所为。

我们常常看见，一些人看起来无忧无虑，但实际的工作效率却很高，而一些人心力交瘁，却未能做出多少成绩。因为前者在当时、当场的认真，避免了事情结果的“苦”，把改错、总结、反省的时间和资源用在“第一次就把事情做对”的日常活动中，实现了工作的卓越；而“漫不经心”的人却使得工作变得冗长和浪费，因为种种困扰而一再错失机会。

在生产经营中，零缺点的产品、服务质量不是靠事后的“把关”获得的，而在于运营的真实流程之中。只有每一个成员在接手一件事情时都“做对”，每一个运行的节点都不出错，不用再花费时间、人力和资金来纠正问题，最终的产品、服务才是得到了价值实现的，这样的生产经营才是卓有成效的!

“因果报应”一念间

《西游记》告诉我们，能否第一次就把事情做对，不取决于物的因素，而是人的心智因素决定的。

比如，孙悟空闹天宫时，从太白金星的炼丹炉里蹦将出来，将那炼丹炉一脚踢翻，可恰恰是这一块砖掉下去化成了火焰山，挡在500年后的取经之路上。而那个牛魔王的儿子红孩儿在火焰山修炼了300年，炼成了三昧真火。在取经之路上，红孩儿抓到唐僧，要请父亲牛魔王同享。

孙悟空打红孩儿，差点被红孩儿吐出的火呛死，观音菩萨出面才收复了红孩儿。而事情并没有完，唐僧师徒经过女儿国时，喝了母子河的水怀了孕，孙悟空到解阳山的破儿洞的落胎泉打泉水，正在打泉水时，如意真仙因为孙悟空“害了”他的侄子红孩儿，便用如意钩把孙悟宽钩了个嘴啃泥。而事情还没有完，当他们经过火焰山时，又遇到了红孩儿的爹娘——牛魔王夫妻，因为孙悟空“害了”他的儿子红孩儿，不肯借芭蕉扇给孙悟空，孙悟空一调芭蕉扇，没见到牛魔王，罗刹女用芭蕉扇将孙悟空扇得无影无踪，孙悟空又靠混入罗刹女腹中的办法，借到了假扇，孙悟空二调芭蕉扇，得到芭蕉扇，但是不会用，被牛魔王骗回，最后佛兵天将出面帮助，才打败牛魔王，让罗刹女交出了芭蕉扇，灭了火焰山上的火。这一切麻烦的最初的起因，则是孙悟空在500年前闹天宫时踢翻太上老君的炼丹炉，掉了一块砖化成了火焰山，也就是“一时冲动”，一个不良的“起心动念”。

有时，正是因为我们工作中有“一念之差”造成了过失，接下来就有可能陷入不停地处理之前的过失带来的一系列麻烦之中，特别是当你忙着处理这些麻烦时，又会带出新的麻烦，这样一来，恶性循环便形成了。更可怕的是，处理这些麻烦可能不仅自己忙个不停，还使身边的其他人也加入了进来，那时“忙”的目的不再是创造价值，而是带来不必要的人力、物力、时间的浪费，带来价值的流失，也带给人精神的“苦”。做一件事情，之前想一想“一念之差”的危害，就应当知道第一次就把事情做对的重要。

人之为人，都有七情六欲，也难免有“心动”、有“神昏”、有“情乱”、有“性从”、有“浮躁”，难免会产生“一念之差”，所以经常在工作的同时，也在一边“造业”。佛教认为，众生由于造业而让身心受诸苦恼不能解脱。佛教解脱“苦”的方法就是修行，修行让人增强生命的心力（就是心灵的力量，源于生命的影响力），以心力主导人的活动，不产生“妄念”，使得行为一直正确，让人从“苦”中解脱出来。

工作中，会遇到各种各样的事情，无论事情的形态、性状、规模，在经历事情的那一刹那，就本着认真负责的态度对待，通过付出“心力”

地把事情做到零缺点。一旦心智的自觉养成了，便能以最适合的方法来处理每一件事情，如此便会拥有合乎宇宙自然的自由意志，拥有“解脱”的人生！受佛的启示，每做一件事情，不仅是物质化地完成任务，还要完成精神上的“修行”。当修行到了圆满极致，既是事情的圆满成功，也是真实生命的洒脱境界。

第五章　零缺点是持续的“修行”

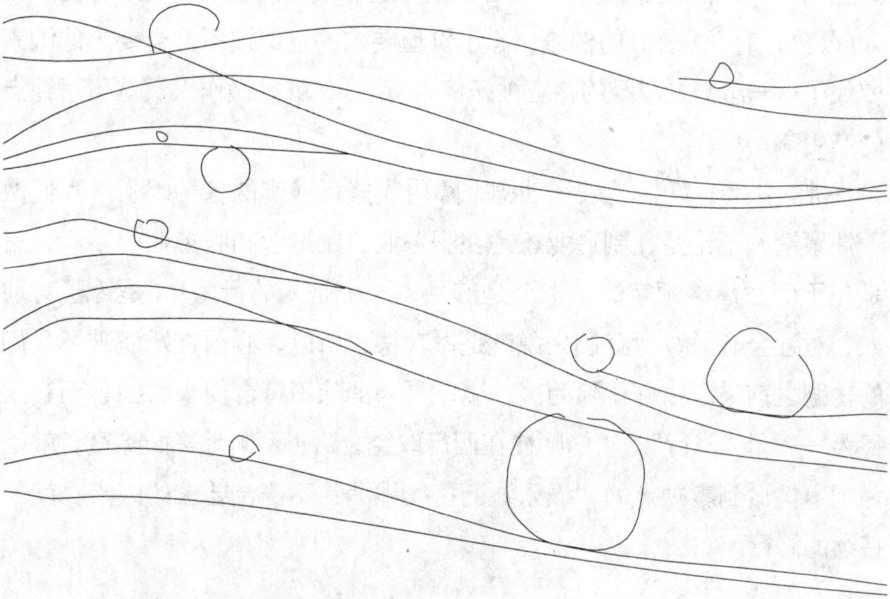

A truth was told by lively and interesting scenes

在《西游记》中，唐僧的使命是到西天取得真经，真经在极乐世界，“极乐世界”象征事情的零缺点，唐僧要到“极乐世界”，就是要把事情做到零缺点。唐僧代表了忠于事情的价值要求的意识。比如我们要按产品工艺图来做一个零件，那种把零件做到与产品工艺图的要求完全符合的意识，就是“唐僧”。

唐僧师徒从西行一开始，妖怪就开始蠢蠢欲动了，妖怪的目的，就是吃唐僧肉，或与唐僧成亲，总之就是占有唐僧。而唐僧是要到西天取经的，只有唐僧的存在，才能实现这一目标。妖怪占有了唐僧，取经就到此为止了。所以，妖怪就代表了做事情时遇到的不符合要求的因素，也就是缺点的成因。如果妖怪占有了唐僧，就是符合价值要求的意识被不符合要求的因素取代了，就是人认可了缺点的产生。比如做一个零件，原定要做成的长度是10公分，操作人员通常是明白的（有忠于价值要求的意识——有唐僧去取经），但是在做的过程中大而划之，结果做出来是9.9公分，有0.1公分的偏差（忠于价值要求的意识被不符合要求的因素取代了——唐僧去取经的路上被妖怪占有了），就是操作人员认可了缺点的产生。

佛教认为，妖怪是破坏功德，障碍人修行成佛的各种因素。我们做一件事情，不论是在制造业还是在服务业（制造业和服务业的不同，只是在于面对最终顾客的，一个是产品，一个是人的行为），是为了对别人、对社会有益，对我们来说就是做功德，所以，必须在妖怪破坏我们的功德之前采取措施化险为夷，也就是为消除不符合要求的因素而修正行为——即“修行”。唐僧师徒在西行取经之路上不断地降妖除魔，就是为把事情做到零缺点的“极乐”而持续地消除不符合要求的因素，就是持续的修行。

对诸要素“悟空”

《西游记》告诉我们，做一件事情就是运行一个“价值流”去符合事情的价值要求，当我们总是清楚地知道事情诸要素怎样运行符合事情的价值要求，那么在不符合要求的因素出现的那个瞬间就能发现它，所以要随时识别价值流的正确性，它意味着充分了解事情的真实情况。比如：

唐僧师徒向西天而行，唐僧说：“悟空，我有些饿了，你去化些斋饭来。”悟空答应一声，跳上去端，放眼几十里，竟然找不到一家人家，再看到南边山上有片桃林，他驾着祥云，向那桃林而去。这山上有个白骨精，看到唐僧来了，她先是变成一位美丽的农家姑娘，手里提着饭菜，慢慢走来。白骨精见了唐僧，满脸堆笑地说：“我家住在西边岭下，我丈夫在前面耕作，叫我来送午饭，三位师父远道而来，这饭你们先吃吧！”孙悟空摘到桃子回来，他的火眼金睛一下就看出这女的是妖精变的，于是举起金箍棒就打，那妖精化成一阵烟逃走了，把一个假尸体扔在地上。那白骨精逃走后，又变成一个七八十岁的老太婆。手里拄着一根弯头竹杖，一边走，一边哭着向唐僧他们走去。猪八戒对师父说，那老妈妈肯定是来找她女儿的。孙悟空说，这荒山野岭，道路崎岖，年轻人都不敢走，这老太婆肯定是那妖精变的。孙悟空走上前去，一眼认出了妖精，举起金箍棒就打，那妖精又使个解尸法，真身化作一阵烟逃走了，地上只留下一具尸体。那白骨精又变成了个老头，拦在唐僧面前。猪八戒说，这老头肯定是来寻找他女儿和老伴的。而孙悟空知道又是白骨精变的，他把金箍棒藏起，走到老头面前问，老官儿，怎么又走路又念经？那妖精以为悟空这次没认出来她，就哭着说，我来寻找我老伴和女儿。悟空知道是妖精在撒谎。他念动咒语，把本处土地、本处山神请来，叫他们在云端照应，不要让妖精逃跑，孙悟空然后拿出金箍棒，把妖精打死了，原来是一堆骷髅。

取经路上遇到的妖怪形形色色，时隐时现，但是孙悟空总能识别他们。因为孙悟空闹天宫时，太上老君曾把他扔进炼金丹用的八卦炉里用火烧，八卦炉是按天、水、山、震、风、火、地、泽划分的，代表的是八种自然现象。孙悟空在八卦炉炼成火眼金睛，这是“心”最接近事物本质的一次经历，让其具有了一定的认识事物的能力。孙悟空识别妖怪的方法是“看气”，比如他能够看出笼罩在唐僧头上的祥云，看出笼罩在妖怪身上的妖气。这跟他当年在八卦炉里的位置有关，孙悟空在进八卦炉后便钻进“巽宫”位置，巽是风，有风无火，烧不到他，只是烟在熏他的一双眼睛，也就是在“看气”，即观察力。

唐僧师徒在取经路上遇到的妖怪，常常是带有欺骗性的形态出现，一不小心就得逞了，说明了人性有极易被事物表象迷惑的弱点，那些不符合要求的因素“不知不觉”地出现，正是“利用”了我们对表象的认同。正如有时候，我们看起来把事情做得很好了，而实际上却如同在看电影，事实并非如此。做一件事情，仅凭看表面的东西是不够的，如果不注重真实，直接以现有的经验和理性去行事，那无论怎样都将会出错。只有对事情诸要素有深切的了解，才能清楚地发现不符合要求的因素，并加以消除。

如果我们是认真的，那就要放弃传统的智慧，重新认识现在的事物，它意味着彻底的真实、全面。孙悟空能认出妖怪，除了有“火眼金睛”之外，还因为他遇事有了深刻的分辨和思维能力。比如，当看到老太婆时，他想到这荒山野岭，道路崎岖，年轻人都不敢走，这老太婆肯定是那妖精变的；比如看到老头又走路又念经？哭着说寻找老伴和女儿，于是知道是妖精在撒谎。做一件事情，需要通过分析、推理等思维活动的“悟”，去认识事物的本来面貌。

佛教认为，世俗认识的一切现象均为假相，唯有摆脱世俗认识才能显示诸法常住不变之真实相状，故称实相，实相是指世间万事万物的真实面目或本来状态。当我们面对被感知到的“有相”部分，去追究它的本质，去寻根究理，当追究的时候，我们就是在摈弃无益的错觉，在“悟”，而悟的最高境界就是可以看到“空”，就是事物的本来状态。为什么是“空”而不是“实”呢？佛教认为“色即是空”，色即物质，当我们对物质的本质一直追到底时，就是“空”了。科学家对物质的研究发现，“粒子”的观念是不对的，而代之以“场论”。以电子为例，一个电子并非存在于空间中某一位置的一个“粒子”或个体，而是一个抽象的“场”，此场没有界限，无量无边，之所以可以被侦测到，是因为在某一特定因缘之下，其能量集中在某一点的原因。场论说明了物质即是场，场即是空间，这与佛教的教义相符。做一件事情，要通过“悟空”去看到事物的本来面貌，知道事情诸要素是究竟怎么一回事。

当场的衡量

《西游记》告诉我们，事情价值流过程是否正确，需要心智的高度参与。当心智高度参与事情诸要素的运行中时，便能感应到哪些环节需要衡量。

比如：

在取经道路上，当孙悟空遇到困惑又不知道实际情况时，常常念动真言咒语，请土地神、山神等出来回答。

·唐僧在庄院化斋时，被蜘蛛精捆起来，吊在屋梁上。妖精又从肚脐眼里冒出丝绳来把庄门封了起来。悟空到庄院前一看，只见那丝绳左缠右绕，织有千百层厚，于是念动咒语，把土地请来，问道，这是什么地方，有什么妖怪？土地忙回答说：“这儿叫盘丝岭，洞里的7个女妖精是蜘蛛精。”

·西行经过比丘国，孙悟空驾云捉拿妖怪，两人按落云头，只见一条清溪，岸边是许多杨柳却不见村庄。悟空念个咒语，把当地土地请来问道，清华庄在什么地方？土地答道：“这儿没有清华庄，只有一个清华洞府，大圣到那南岸九叉头一棵杨柳树下，左转三下，右转三下，再双手扑在树上，连喊三声开门，那清华洞府就现出来了。”

土地神、山神就如事情诸要素的代言人，孙悟空请土地神、山神等出来回答，就是“心”与事情诸要素的对话：我们取经路过这里，发现不对劲，你们看看有没妖怪？这就相当于，在做一事情的过程中，以清楚明确的要求来对特定的环节加以衡量，衡量的目的在于帮助我们了解情况，察觉到不符合要求的因素。

孙悟空唤土地神、山神使用的是咒语，咒语相当于在运行事情价值流的实践中概括总结出来的，对特定环节进行当场衡量的语言。佛教中，佛菩萨在修行实践中的所得，凝结为精华，以秘密语言说出，即为咒语，又作真言。为什么咒语是秘密语言呢？佛的修行让“心”与宇宙万物同一，宇宙的秘密自然成了心灵的秘密。我们做一件事情时，某个环节应当如何做才是符合要求的？需要进行当场的衡量，衡量必须用语言准确地表达当事人的认知，而语言的准确程度跟当事人心智的参与程度有关，心智参与程度越高，凝结的语言就越准确，哆嗦的、花哨的、不贴切的语言就被排除，当我们的心智完全参与到事情诸要素时，“心”与“物”同一了，衡量的语言就是准确表达“心”所感应的几个字。佛学著作《心经》末尾的咒语就只有“揭谛揭谛波罗揭谛波罗僧揭谛菩提娑婆诃”十八个字，修行成佛之人的心中，宇宙的秘密如此，其它的字就多余了。

做一件事情，如果以准确的语言进行当场衡量，那么我们的传声就如同孙悟空在念咒，而事情诸要素就如同土地神、山神一样响应我们了。当场的衡量，应当成为做事情时不可缺少的一部分，这与修行人经常持诵咒语是一样的道理。信佛的人持诵咒语能让人达到无念的“禅定”，在禅定中豁然明了宇宙事物的一切真相。做一件事情时，我们的“心”彻底地参与了事情诸要素，完全具有了分辨事物真实性有能力。那时，你会说：“哦，原来一切众生皆具佛性，只因妄想执着不能证得！”——这可是佛祖释迦牟尼在菩提树下七日禅定之后大彻大悟时开口说的第一句话！

立即改善

《西游记》告诉我们，通过高度参与事情诸要素，发现不符合要求的因素，就应立即与不符合要求的因素做斗争，让事情价值形成过程中的每个环节都不出错，采取方法在任何情况下创造价值的正确流动。比如：

·唐僧和悟空住进黑风山一座寺庙，晚上，唐僧因一路辛苦，很快就睡着了，悟空却有心事，一直没有睡意。夜里，孙悟空听到外面有声音，就变成一只蜜蜂飞到外边，一看，见许多和尚在搬运柴草，准备放火烧禅房，孙悟空赶紧一个筋斗来到南天门，找广目天王借回了避火罩，再用避火罩罩住了唐僧、白马和行李，再到老和尚的后房顶上睡觉……

·唐僧师徒经过狮驼岭，狮驼岭上的三个魔王把他们抓住。老魔头命令小妖打水、刷锅、烧火，等水开后，众妖一起动手，把八戒抬到蒸笼的最底层，沙僧抬到第二层；悟空拔根毫毛变成替身，真身跳到半空，小妖们把假孙悟空抬到第三层；最后才把唐僧抬来，放在最上层。悟空忙念个咒，把北海龙王叫来。北海龙王把冷气吹入锅下，盘旋围护……

取经路上，唐僧经常受到妖怪的威胁，有时眼看就要被妖怪吃，或都就要与妖怪成亲了，但孙悟空都能在“失去唐僧”之前采取措施，化险为夷。这种当即的行动，就相当于我们在刚刚发现有不符合要求的因素的时候就作出反应，在事情的缺点产生以前就作出改善，让不良情况得不到延续，事情的缺点就无从产生。

做一件事情，事后的修补是“苦”的，而苦是由于“业因”引起的，但是立即改善却不一样，“业因”即出现即作出反应，息灭了业因，未来才不会有苦果。所以，对必须的改善不要有任何迟疑，该改变自己就改变自己，该放下原来的就放下原来的，即使从事起来毫不喜欢。佛教认为，有漏皆苦，只要有“漏”，就会带来苦，苦又会带来苦……没有止息。佛的修行，就是修正自己的行为，有了可能出错的情形立即修正，一刻也不耽误，使正确的行为连绵不断，毫无漏失。

工作中，我们常常明知此理，却还要有所怠慢，这正是人性的弱点，也正是这一弱点才导致我们感受无量的“苦”。而修行便是“杜漏”，杜绝任何环节可能出现的过失，“漏”杜完了，佛教上称为“漏尽”，那样的人才是无懈可击的。做一件事情，如果我们不希望有缺点，那么就应具备立即改善的自觉，因为在混浊的世界里，事情诸要素的运行不可能在所有时间内完全正常。佛启示我们要知道这个“苦”，我们的生活是苦的，这是一条真谛——苦谛。

息灭“苦因”

在取经路上，对妖怪的态度是坚决打杀，毫不留情的。但每一个妖怪的降伏并不是一帆风顺的，经常需要一番迂回曲折，才得到一个根本的方法。比如：

孙悟空为了帮朱紫国国王救回被妖王抢去的金圣宫娘娘，来到麒麟山。孙悟空变成小妖的模样，见到金圣宫娘娘说明来意，又问娘娘："那妖王有什么宝贝？"娘娘说，妖王有三个很厉害的金铃儿。悟空和娘娘商量，设法取得妖王的金铃儿。孙悟空第一次变成小妖去偷到了铃儿，但不小心被妖王发现。第二次又变成一个小虫子，飞进宫来，让金圣宫娘娘把妖王骗来请到后宫设宴，自己变成丫环在一旁服侍，几杯酒后，娘娘问道，大王的宝贝没有损伤吧？妖王说，没有损伤，我带在腰间呢！悟空听了，拔了几根毫毛，吹口仙气，变成小虫子让它们在妖王身上爬，妖王有点不适，赶紧解带脱衣，孙悟空一边上前帮忙一边说，大王，把金铃解下来，我帮你捉虱子。妖王解下金铃递给悟空。悟空拿了金铃，把金铃藏好，又拔根毫毛，变成假的金铃，又把身体一抖，把那些变成虫子的毫毛收回身上，这才把假金铃递给妖王，妖王又递给娘娘，叫她收好。悟空等到了妖王睡后，带着金铃悄悄出了宫。第二天，悟空就到洞口挑战。妖王斗不过孙悟空，回洞去取了金铃儿又来到洞口，对着孙悟空摇铃儿，毫无作用。悟空把真的金铃儿拿出来一摇，只见红火、青烟、黄沙一齐向妖王扑去，再举起金箍棒向妖王打去。这时，观音菩萨出现在天空，用甘露水浇灭了红火、青烟和黄沙，并让妖怪现出原形。

那些曲折的降妖经历，就是对立即改善的深入。做一件事情，当我们发现了不符合要求的因素，必须立即改善。但这个立即改善不是走马观花的，不是得过且过的，如果只是简单地做一些表面工作，问题仍会再次发生。必须发现隐藏在表面下的问题根源，在工作的同时也一并将其避免掉，采用了正确的工作方式，立即改善就等同于第一次就把事情做对，工作的同时也息灭了"苦因"。

佛陀讲到苦谛，马上讲到"集"——苦因，他告诫我们以消除"苦因"来消除苦。当我们认识到苦的真相时，苦就不再是苦，苦只是我们的错觉。苦是有真相的，我们只是要认识真相，当真相被认识（指了知苦因）的时候，“心”就真实地进入了实相的世界，行为就正确了，苦就荡然无存了。进入实相世界的方法，就是认识苦的真相，了知苦因，而非愚顽地排斥“苦”。所以，佛陀灭苦的方法是通向智慧的，是以灭除“苦因”达到苦的不再生起。

向“佛”求援

我们生命的智慧及能力是弱小的，有限正确的行为常常与事情的价值要求有差距，因此要随时确认目前对价值要求的了解程度，以及我们应该如何了解要求，就如同以零缺点“拉动”我们去改善一样。比如：

·唐僧、八戒被红孩儿抓进火云洞，孙悟空变成红孩儿的父亲的模样进洞去救。红孩儿问孙悟空他的生日是什么时候，孙悟空答不上来，被红孩儿识破，孙悟空把脸一抹，然后化成一道金光出了火云洞，一个筋斗来到南海去请观音菩萨。观音菩萨听说此事，马上拿着净瓶，来到火云洞。

·唐僧师徒被困在狮驼岭上的三个魔王那里，趁妖怪在夜里睡着时，他们逃了出来，挑担牵马，正要上路，三个魔头又将唐僧抢了回去。孙悟空一个筋斗到了西天如来佛祖那里哭诉此事。如来说，那妖怪神通广大，我亲自走一趟，帮你收伏，于是带着文殊、普贤二菩萨和悟空来到狮驼国。

在取经路上遇妖不能解救时，常常不是唐僧师徒自己就能解决的，而是经常要去向观音、如来汇报、请示和求援。佛的极乐世界代表事情的零缺点，孙悟空在打斗妖怪的过程中，经常与“佛”会面，就是用“心”去见“佛”，也就是领会事情的零缺点。

零缺点是统率事情的一个概念，但要能充分理解这一概念，才能找准一系列的方法、步骤，以零缺点“拉动”事情按“本来该如何”去运行，避免将“自以为该如何”强行推进到价值流中去。“拉动”使得人对事情的价值流程进行根本性的考量，让行为与事情的价值要求直接对应，以零缺点总持工作过程的一切法，统摄一切力量，以消除时间的延误、资源的浪费以及行为的过失。这就如同佛指给了我们“苦”之止息的途径——道，道是通行的意思，以顺此道而修，才能把事情做得不偏离，避免走向极端。

在做一件事情的时候，人的行为常常有两个极端：一个极端就是经由感官的享受去追寻快乐，是“低级、平庸、无益的凡夫之道”；另一个极端是经由各种自虐的苦行以寻求快乐，这是“痛苦、无价值而无益的”。佛深知其无有实益，佛自己曾尝试过这两个极端，才由亲身的证验，发现了“正道”，又称“八正道”。“八正道”中最根本的就是对事物的如实知见，即奉行正确的见解，在此基础上进行精进不懈的“修行”。

流程常新

以零缺点“拉动”的更深远意义，是不为自己预设固定的行为方式，使当事人具备了事情一旦需要就能立即做到的能力，最后实现抛开一切自己的心思，直接按事情的价值要求来作为。

在取经路上，只要孙悟空与佛菩萨会面，佛菩萨出面相助，使得事情完全改观，妖怪将很快束手就擒。比如：

·观音菩萨来到火云洞上空，叫悟空前去挑战红孩儿。孙悟空前去引出红孩儿，与他斗了几个回合，转身便走，红孩儿一路追赶，一直来到观音菩萨面前。红孩儿挺枪刺观音菩萨，观音菩萨观音菩萨从袖中取出一个金箍，晃一晃，变成五个，朝红孩儿抛去。五个金箍一个套在头上，两个套在手上，两个套在脚上。观音菩萨念动咒语，红孩儿痛得在地上直打滚，诚心贩依佛门。观音菩萨叫孙悟空去解出唐僧，自己带着红孩儿回南海去了。

·为了降狮驼岭的三魔，如来佛祖带文殊、普贤二菩萨出面相助，他们来到了空中，如来叫孙悟空前去挑战。三个魔头各持兵器，出来围攻孙悟空。孙悟空一边打斗一边后退，来到空中。那三个魔头紧迫不舍，孙悟空将身一闪，躲在如来的金光影里。三个魔头正要打向如来之际，文殊、普贤二菩萨念动真言，大魔头、二魔头打了个滚，现出本相，原来是青狮、白象。二菩萨把莲花台抛在他们背上，收伏了他们。三魔头现出大鹏金翅雕的原形，展翅来抓悟空。如来佛用手一指，那妖怪就只能在佛祖头顶上盘旋，再也逃不脱了。孙悟空再按落云头，进城救了唐僧、八戒和沙僧，继续往西天而去。

孙悟空与佛菩萨的会面之后事情立刻改观，就相当于按零缺点要求的天然顺序来运行价值流，迫使我们正视自己的所为，以全新的工作方法来构造每一件事情，不容许不符合要求的因素，“妖怪”就消除了。

那样的工作状态，什么事情的价值流都是焕然一新的，从没有陈规陋习，从没有条条框框，从不会因循守旧。人的真心常驻，而身体不再属于自己。人以没有习惯为习惯，所有的贪爱不复存在，无性、无欲、无念、无求，没有了一丝的“本能”成份，进入了“空”的境界，灭却了一切苦，这是佛说的灭谛。

实现尽善尽美

《西游记》告诉我们，当我们通过预防消除不符合要求的因素，完全按正确的价值流去作为时，我们改变了不宜人的世界，眼前所见便是令人赏心悦目的情景。

唐僧师徒历经千辛万苦到达灵山，看到了那雷音古刹的美景：巧峰排列，怪石参差。悬崖下瑶草琪花，曲径旁紫芝香蕙。仙猿摘果入桃林，却似火烧金；白鹤栖松立枝头，浑如烟捧玉。彩凤双双，青鸾对对。彩凤双双，向日一鸣天下瑞；青鸾对对，迎风耀舞世间稀。又见那黄森森金瓦迭鸳鸯，明幌幌花砖铺玛瑙。东一行，西一行，尽都是蕊宫珠阙；南一带，北一带，看不了宝阁珍楼。天王殿上放霞光，护法堂前喷紫焰。浮屠塔显，优钵花香。正是地胜疑无别，云闲觉昼长。红尘不到诸缘尽，万劫无亏大法堂。

极乐世界的景色，相当于做一件事情时通过持续的“修行”，做到了尽善尽美，实现了零缺点的状态。工作中，当我们潜心参与，并以涅槃寂静从中解脱时，工作的绩效立刻改观，眼前所见的，便是一番人间的“极乐”景象。

人是生活在苦之中的，但以零缺点来要求自己的工作，改变行为方式，使我们懂得了怎样做是没有苦的，懂得了怎样的人是没有苦的，懂得了没有苦时的快乐是怎样的！

第六章　零缺点是生动的情景

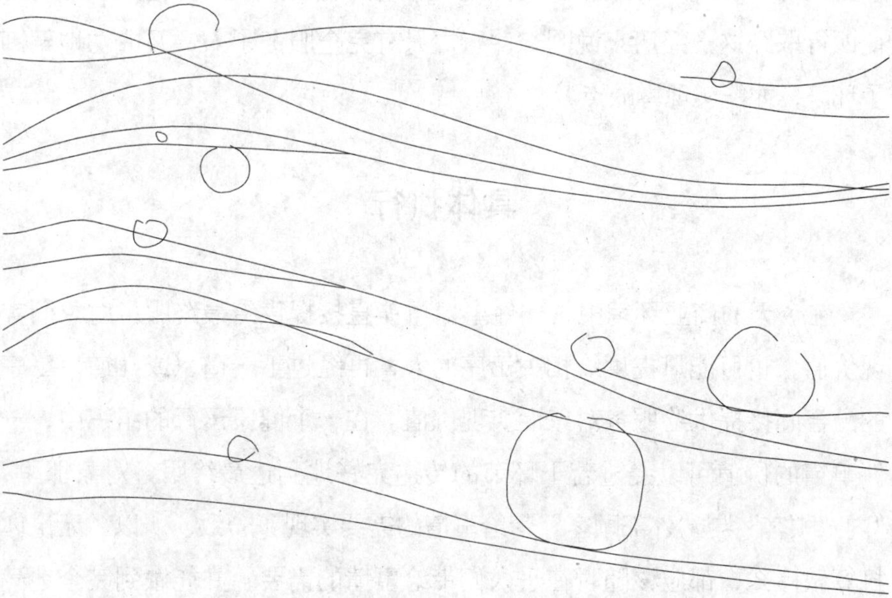

A truth was told by lively and interesting scenes

任何一件事情，都因为服务于人而实现价值，同时又包含在宇宙运行（环境）之中（图 6-1）。

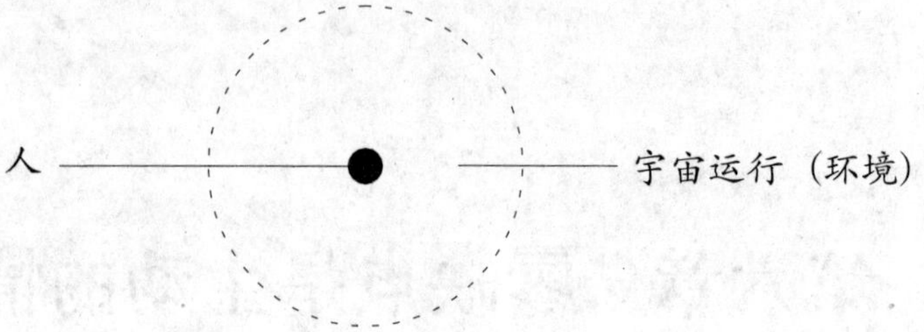

一件事情
（图 6-1）

一件事情的价值实现，首先要符合人所赋予它的需要，其次要符合宇宙运行（环境）的规律，也就是与环境的和谐。《西游记》以唐僧师徒西行取经这一经历来说明一件事情只有完全服务了人，又成功地驾御了环境，才能实现零缺点。

具体执行

在今天的商业环境中，一件事情可能直接提供给最终服务对象而实现价值，也可能只提供给相关工序的人，再经过下一道（或几道）工序的配合间接提供给服务对象而实现价值。在一个健康运行的组织中，一件事情的价值可以经过若干环节的传递完好地到达最终服务对象那里，“内部顾客”与“外部顾客”带给事情的需要实现了一致。所以，无论你打算做什么，都应该随时在乎人们带给事情的需要，并能做到完全地满足人们的需要，我们满足人们需要的行为，就是“爱”。

举例说明：一个产品，要完好地满足客户的需要，先得经过如设计、制造、包装、运输等这样一个过程，要确保客户享受到零缺点的产品，就必须确保以上过程中的各个环节都没有出错。而在这确保各个环节没有出错的工作中，我们不能只考虑到各个环节本身的“安逸”，还要考虑各个环节之间衔接的顺畅。在设计时必须照顾到如何制造出来，在设计、制造中也要照顾到怎样包装，包装时也要照顾到运输过程中可能遇到的如震动、受潮、防热等情况。那么，从设计、制造、包装、运输一直到客户那里的各环节之间，要能顺畅地衔起来，就需要“爱”。

具体的执行，就是按最终服务对象（人）赋予事情的具体要求来做事情，以对人的“爱”为中心。（图 6–2）

具体执行

（图 6–2）

一边做事情，一边关心人对事情的需要

·西行经过宝象国时，唐僧被黄袍怪抓去关在后院，这时，遇到一位妇人。这位妇人原是宝象国的公主，13 年前，被黄袍怪抢到波月洞。公主对唐僧说：“我叫黄袍怪饶了你，你出去后，帮我带一封信给我父亲。”唐僧答应了。公主连忙写好书信，交给唐僧，又给唐僧松了绑，送唐僧出了后门。唐僧师徒为了把这封信送给宝象国国王，一路晚宿晓行，走了几天……

·西行经过乌鸡国，歇于宝林寺里，唐僧坐在油灯下看诗文。到了半夜，唐僧有些困，就伏在桌上小睡，忽梦见有个人走过来。那人告诉唐僧，他是乌鸡国的国王，三年前，有个妖怪把他推到御花园的八角玻璃井中，妖怪变成他的模样，做了国王。国王请唐僧师徒帮他除妖。唐僧醒了，忙把做梦的事告诉了孙悟空，并让孙悟空设法去救国王……

·西行来到一座城池前，只见在城外的一块空地上，有几百个和尚，一个个破衣烂衫，在那里喊着号子拉车做苦力，好像是在修盖寺院。孙悟空疑惑不解，为什么只有和尚在做苦力呢？正在这时，从城里走来两个道士，那些和尚见了，一句话也不敢说，只顾埋头拉车。孙悟空马上要去问个明白……

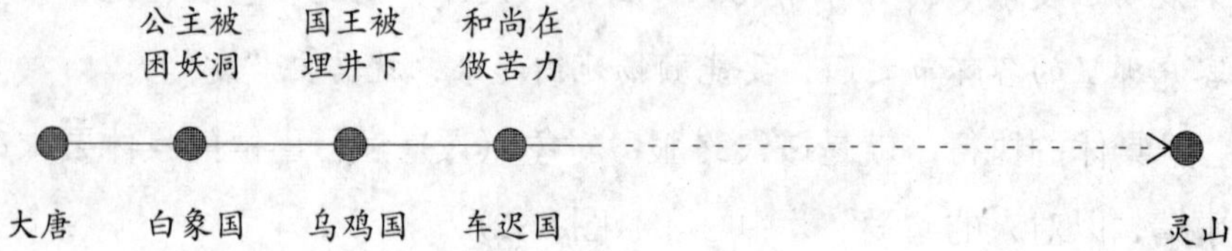

一边做事情，一边关心人对事情的需要
（图 6–3）

工作涉及的人是随时变化的，他们对一件事情有明显的需要，也有潜在的需要，今天有这样的需要，明天有那样的需要……我们工作所面对的需要是变化的，而我们按需要去实现价值的方式是不变的。因此，我们必须保持一个注意力，就是一边做事情，一边关心人们对事情的需要，使单个人的行为与他人同步，组织的运行与市场保持同步。

一边关心人对事情的需要，一边推理出具体的过程

以在乌鸡国救国王为例：唐僧梦醒，孙悟空带着猪八戒去救国王。他两人驾着祥云，来到了御花园里。在一口井下找到国王尸首，背回了寺里。唐僧叫孙悟空救活这国王。孙悟空一个筋斗来到天宫，找太上老君借仙丹。孙悟空把乌鸡国国王的事告诉了太上老君，太上老君从葫芦里倒出一粒仙丹给了孙悟空。孙悟空谢过太上老君，驾着云回到宝林寺。孙悟空把仙丹给乌鸡国的国王灌下，国王活过来了。孙悟空给他换了衣裳，打扮成道士模样，第二天一起进城。那个假国王传旨宣进。孙悟空又把妖怪谋害国王、篡夺王位的事给人讲了一遍。那妖怪见事情已经败露，腾空而逃。原来是文殊菩萨的坐骑，一头青毛狮子。文殊菩萨收服了青毛狮子回西天去了。乌鸡国的国王死而复生，又当了国王。

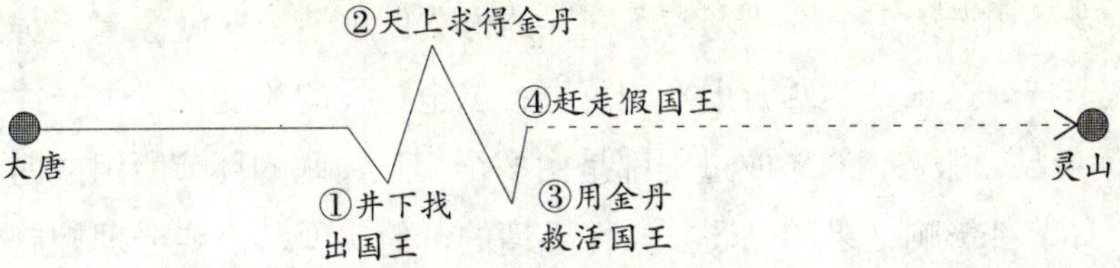

一边关心人对事情的需要，一这推理出具体的过程

（图6-4）

西行取经的路上，不管遇到什么事情，首先一丝不苟地按正常的逻辑顺序处理，而不会飞来飞去，变来变去。西行就如做一件事情的过程，只有通过严密的程序设计，使输出的结果与服务对象的需要之间没有偏差，才能实现一件事情的价值。取经人失去神通，是为了符合工作的过程中诸事物的运行规律，不能想当然地超越。

“一板一眼”地把每一个环节做对

以在乌鸡国找出国王这个环节为例：乌鸡国孙悟空和猪八戒来到御花园里。悟空一边想着唐僧做的梦，一边在御花园里寻找，发现一棵长得特别茂盛的芭蕉树。猪八戒举起九齿钉耙，砍倒芭蕉树，又用嘴拱地，拱了有三四尺深，底下是一块石板。又用力把石板拱开，露出一口井。孙悟空把金箍棒伸入井中，猪八戒抱着金箍棒慢慢向下滑去。猪八戒憋了一口气，沉到井底，摸来摸去，摸到了一具尸首，然后驮着尸首来到水面。悟空看清楚后，把金箍棒伸到井下，猪八戒驮着尸首爬出了井。见那国王头衣冠整齐，容颜与活着时一样。

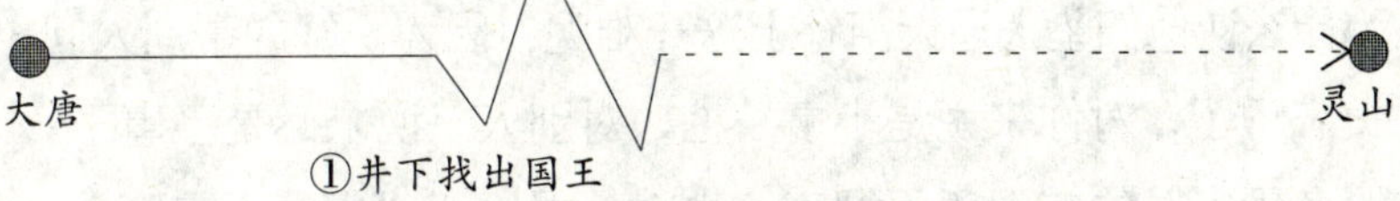

“一板一眼”地把每一个环节做对

（图 6-5）

说明：

做“①井下找出国王”的环节：

a.孙悟空和猪八戒来到御花园，找到芭蕉树；

b.猪八戒砍倒芭蕉树，用嘴拱了三四尺深，找到石板；

c.把石板拱开，拱到井口；

d.到井下摸啊摸，摸到国王的尸体；

e.驮着国王的尸体沿着孙悟空的金箍棒爬上来。

老孙和老猪完全按“老实巴交”的方式做事情，这就像毫无神通的凡人一样。这正是《西游记》的寓意：从全过程的角度来看，一件事情(任何产品、服务) 的形成过程都是由多个相互关联的环节所组成的，每一个环节都影响结果的品质。一件事情的价值实现，需要合理控制全过程的各个环节的有关因素，必须一板一眼、不打折扣地把每个环节做对，这意味着彻底地符合客观，“神仙”必须变成凡人。

“有字真经”来之不易

唐僧师徒到达西天取了真经，拜别佛祖，出了山门。佛祖让八大金刚弄一阵风送他们上路，他们一个个腾空而起，直往东土而去。这时观音菩萨发觉他们只经历了八十难，还少了一难，就传话给送风的八大金刚再补上一难。八大金刚止往风头，唐僧师徒连人带马落到地上。他们掉落的地方是通天河西岸。这河东岸有个陈家庄，那年他们经过这里救了陈庄丰的女儿，后来有一只白鼋送他们过河的。他们一看，那只大白鼋又爬上了岸，让唐僧师徒连人带马上了鼋背，大白鼋踏开四足，直向东岸游去。快到岸边时，老鼋开口问道：“圣僧，当年我送你们过河，曾请你帮我问如来佛祖，我什么时候可以修炼成人身。”唐僧听后慌了，到了灵山后，只顾着取经，把老鼋托的事忘了，唐僧只好不答话。老鼋一生气沉入水中，唐僧师徒连人带马落到水中。唐僧师徒连忙爬上岸，衣服和经书全部都被水浸湿了。《西游记》中，取经经历的第八十一难是这样完成的。

为什么让他们坠入通天河补上这一难呢？因为说好的帮别人问一下，结果搞忘记了，对你来说是小事一桩，对别人来说未必是小事了。说明在“服务于人”的方面还不彻底，也就是那一点“华而不实”还没有改过来。《西游记》特地补上这一难，就是在提醒我们，一件事情只是做完了还算不了什么，还要看质量、性能，事情价值的高低不只取决于它是不是有用的，更在于它是不是可信赖，人们在乎的是你一贯的表现。一个人的能力不是体现在大多数情况下能做得有多好，而是你万无一失的水平是什么样的，丁点的疏忽都可导致前功尽弃。

在商业活动中，许多不良后果的产生，根本原因在于我们漠视服务对象的利益，不顾及别人的感受，动辄对别人敷衍了事过去。我们常常因为这些“不足之处”失去了更多人的信赖。今天，一切生产经营活动，设计、生产、销售、服务等，都是围绕服务对象的完全享受展开的，我们必须始终带给人们稳定的满意，每件事均如承诺般兑现，让人得到了可保障的享受，才能体现我们真实的服务水准，只有这个水准完全合格了，才能取得“有字真经”，不要找借口。

抽象执行

《西游记》告诉我们，每一件事情都有不同的特点，都在不同的背景下运作，都基于不同的资源类型。因此，并不存在一种能适用于所有环境的最佳方案，需要人的现场发挥去实现事情的价值，成功的关键在于针对当时环境恰到好处地“应变”，而原创性无疑是最宝贵的东西，即按环境因素（时间、地点等）的变化而调整自己的行为，因境制宜地做事情，这就是抽象的执行。（图 6-6）

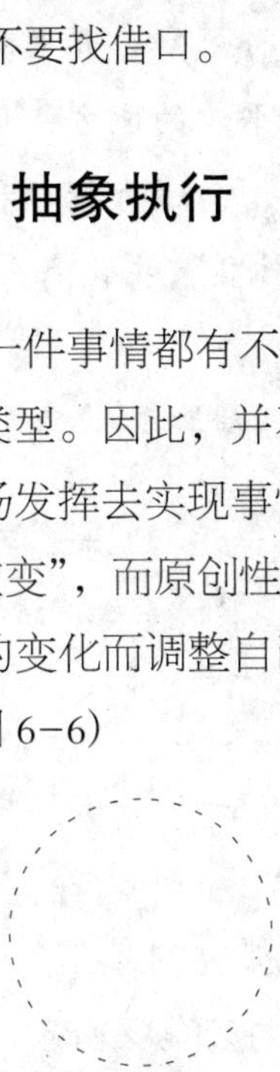

抽象执行
（图6-6）

一边做事情，一边关心环境因素的变化

·唐僧师徒路经一座深山。这山道路崎岖难行。孙悟空前去探路，看见有个樵夫正在砍柴。上前问路得知：这座山叫平顶山，山中有个莲花洞，洞里住着两个妖怪，一个叫银角大王，一个叫金角大王。这金角大王和银角大王本领十分高强，专拦过往行人。他们知道唐僧来了，专门画了唐僧的像样，要抓苗头唐僧，吃唐僧肉。悟空谢过樵夫，回来保护

唐僧，叫猪八戒去巡山……

·师徒们见一座高山，摩天碍日，十分险峻。师徒们正当悚惧，又只见那山凹里有一朵红云，直冒到九霄空内，结聚了一团火气。孙悟空大惊，走近前，把唐僧着脚，推下马来，叫："兄弟们，不要走了，妖怪来矣。"慌得个八戒急掣钉钯，沙僧忙轮宝杖，把唐僧围护在当中……

·严冬季节，唐僧师徒踏雪赶路，翻过一座山头。唐僧骑在马上，隐隐约约看到前面有座寺庙。孙悟空睁开火眼金眼看去，只见那寺庙里隐隐地露出杀气。然后选了个平坦的地方，让唐僧坐下，又用金箍棒画了个大圈，把唐僧、八戒、沙僧，还有行李和马一起画在圈中，关照他们千万不要出圈子，然后拿着钵盂前去化斋……

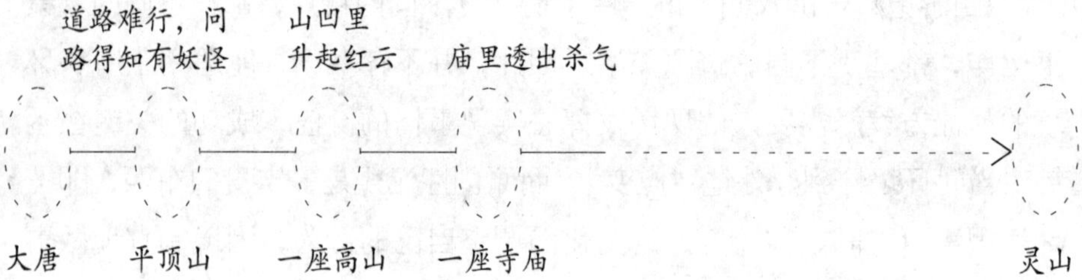

一边做事情，一边关心环境因素的变化

（图 6-7）

每一件事情都不是一个孤立的存在，而是集多重环境因素于一体。环境因素总是在变化，但这种变化又有规律可循，这就是"道"。"道"无形无象，超越了人的感知，而又存在于天地人事之间，存在于寒暑交替、昼夜运行的一切时空中，并在千差万别的众多事物中，表现出对应的迹象。一边做事情，一边关心环境因素的变化，知道将要发生什么，这就是在悟"道"。

一边关心环境因素的变化，一边联想出抽象的过程

比如在平顶山，孙悟空打听到山上有金角大王和银角大王，于是叫猪八戒去巡山。猪八戒碰上了银角大王正带着几十名小妖在巡逻。双方一阵打斗，妖怪们用乱藤把猪八戒绊倒在地，抓住了猪八戒抬回了山洞，

又出洞去抓了唐僧。孙悟空前去救唐僧，与银角大王大战不分胜负。银角大王掏出幌金绳，把孙悟空紧紧捆住，拖进了山洞。金角大王见了，叫小妖准备酒宴，准备吃唐僧肉。孙悟空拔出了一根毫毛变成钢锉，把幌金绳锯断。又拔根毫毛，变成一个假悟空，真身却奔出妖洞，化名“者行孙”，又在洞前挑战。银角大王拿着宝葫芦，来到洞前说：“我喊你一声，如果你敢答应，我就把唐僧师徒放了。”银角大王喊了声“者行孙”，孙悟空刚答应，就立即被吸到葫芦里去了。金角大王和银角大王便开始吃喝，酒足饭饱以后，再揭开葫芦看，孙悟空趁机变成一个小虫子飞了出来。这宝葫芦太厉害了。孙悟空变成一个小妖偷了宝葫芦，又拔根毫毛变成了假葫芦，又来到洞口挑战。

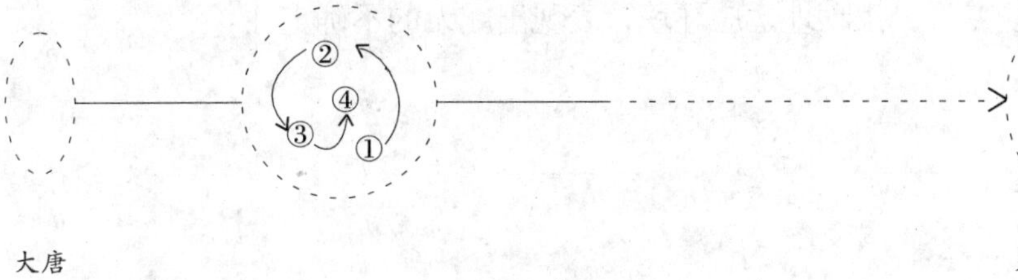

一边关心环境因素的变化，一边联想出抽象的过程

（图 6-8）

说明：①猪八戒巡山，被抓；
②孙悟空挑战，被困；
③孙悟空被吸进宝葫芦，逃出来；
④通过宝葫芦降妖怪。

事情的价值实现的过程是贯穿于环境的，而“道”是环境因素运行的“路径”。“道”支配一切有形之物，控制着一切事物的运动。无论什么事情，都会受到“道”的制约，及时知道这个“道”是成功的前提。西行路上对付妖怪过程，体现了一边做一件事情一边合乎自然之“道”，成为超越主观的不确定的过程，即抽象的过程。

“变化多端”地把每一个环节做对

接上回，银角大王拿了葫芦走出洞，见孙悟空手里也拿着葫芦，感到很奇怪。孙悟空对银角大王说：“我这个葫芦是公的，你那个葫芦是母的。”银角大王拿着葫芦连喊了几声，可始终没把孙悟空装进去。孙悟空拿出宝葫芦，喊了一声，银角大王一下被吸进葫芦里去了。金角大王和几百个小妖把孙悟空团团围住，孙悟空拔根毫毛，嚼碎后喷出去，喊声变，变成无数个孙悟空，把小妖打得死的死，逃的逃。金角大王慌了，拿出芭蕉扇对着孙悟空连扇了几下，只见火光灼灼，周围变成了一片火海。孙悟空跳上云端，喊了声“金角大王”，金角大王一答应，也被吸到宝葫芦里去了。孙悟空消灭了众小妖，救出了唐僧、猪八戒和沙僧。

工作必须懂得怎样利用已经存在的环境因素，拿出适当的应对办法。西行的路上，取经人根据特定的妖怪拿出特定的法术，让事情进行的每一个环节顺乎当前的时机“变化多端”，行为因环境因素制宜，像水一样柔而能变形，生动地适应环境，表现出虚无的不确定性。

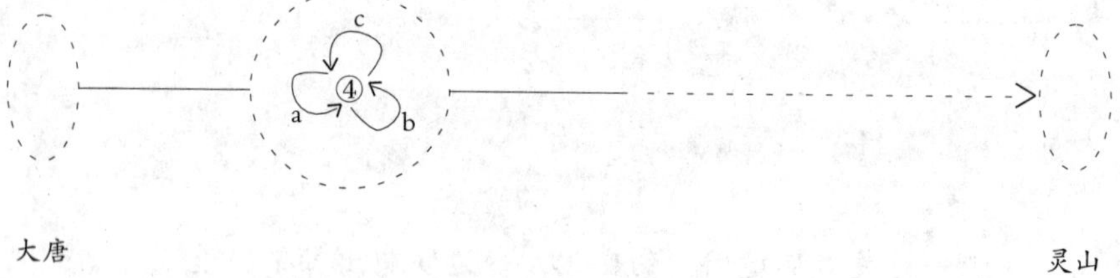

“变化多端”地把每个环节做对

（图 6–9）

说明：a.用“公葫芦”对“母葫芦”，装下银角大王；

b.用毫毛对付众小妖；

c.跳上云端，逃离火海，装下金角大王。

“无字真经”也是好的

唐僧师徒到达灵山取了经回来，半路上发现经书上没有字，卷卷都是白纸。四众急急回灵山，直至大雄殿前。悟空嚷道：“如来！我师徒们受了万蜇千魔，千辛万苦，自东土拜到此处，蒙如来吩咐传经，被阿傩、伽叶掯财不遂，通同作弊，故意将无字的白纸本儿教我们拿去，我们拿他去何用！望如来敕治!”佛祖笑道：“你且休嚷，他两个问你要人事之情，我已知矣。白本者，乃无字真经，倒也是好的。因你那东土众生，愚迷不悟，只可以此传之耳。”

无字真经的寓意，就是抽象的执行。一件事情具体怎么做，是根据环境因素而进行的“原创”，是随时可能变化的，不能用文字规定下来，所以是无字的“白本”。因为问题的出现是古灵精怪的，工作的方法就要变成看不见、摸不着，但又时时存在，才能解决问题。如果目标决定一切，个人意志至上，只擅长有形的方法，不擅长无形的方法，就会被问题绊倒。如来说，白本者，乃无字真经，倒也是好的，就是在肯定抽象执行的价值。如来又说，因你那东土众生，愚迷不悟，只可以此传之耳，是指东土文化是以抽象执行为主的文化，忽视具体执行。东土大唐以道教为国教，以“道”为最高信仰，而“道”是虚无的，执行道教教义讲究的是“悟性”，缺乏逻辑思维，妨碍了自然科学的发展，人们沉迷于主观感受，所以显得愚迷不悟。

一件事情对应一个正确的智慧

唐僧师徒西行到达灵山，一起一步登山。走了六七里，来到“凌云渡”，只见前面有条河拦住了去路，河上有一座独木桥。唐僧看到桥下急浪翻滚，胆战心惊，正在寻思另外找路过去。悟空却说只能走这一条路。说完，跳上独木桥，摇摇摆摆跑到了对岸。其余四者没能过去，这时接引佛来了，用船将渡了过去。

为什么取经人要经过这一座独木桥才能上灵山呢？独木桥是一个象征，就是做一件事情的智慧实现唯一正确的状态。做一件事情，如果只有具体执行的智慧，会导致我们为了服务于人而忽视环境因素，因为与环境的不和谐带来缺点。如果只有抽象执行的智慧，会导致我们为了适应环境而减少对人服务带来缺点。零缺点的实现必须兼顾具体执行与抽象执行，通过具体执行与抽象执行对事情诸要素的支配方式进行“牵拉”而形成最佳思维模式，环境因素成为被人正确支配的服务流程。

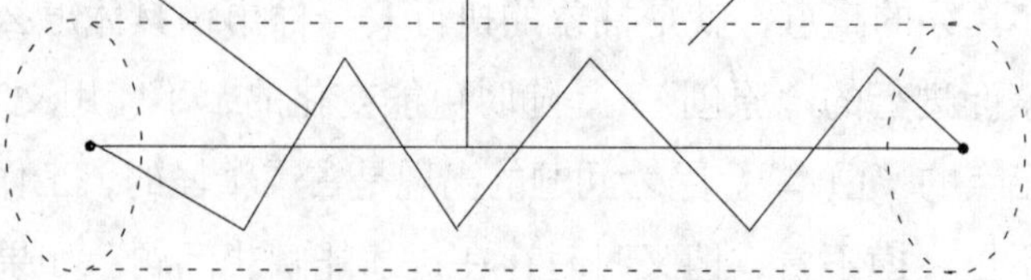

一件事情对应一个正确智慧
（图 6-10）

在我们的世界上，一件事情只对应一个正确的智慧，那是一个无懈可击的智慧（见诸于《圣经》的智慧，说明一切事物都有始有终、有本有末、有一个理性的根源，体现了对生命的终极关怀）。因为人及环境因素总是在变化，当事情完成的质量确定在零缺点的标准上，那么服务于人的具体执行与适应环境的抽象执行就处于“此进彼退”和“此退彼进”的平衡中，它是一种“易”的状态，是一个生动的过程。

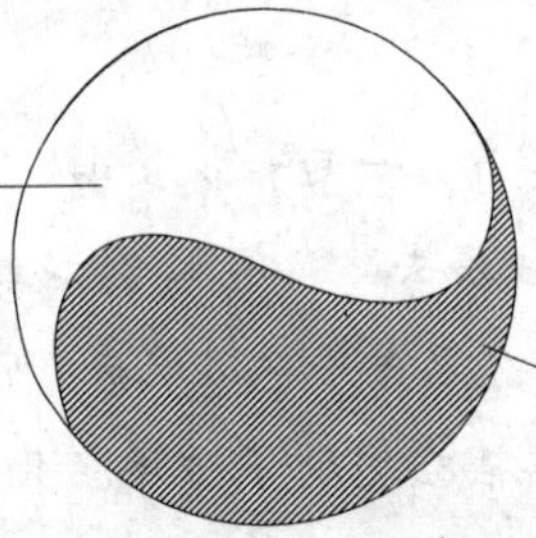

“易”的状态
（图 6-11）

工作中，每一件事情都是一个独一无二的存在——即因独特的服务对象及特定的环境而存在。以唯一正确的智慧做事情的意义在于：为了完全服务于人而正确支配环境因素，又会为正确支配环境因素而修正服务于人的方式。服务于人所涉及的诸要素与适应环境所涉及的诸要素变得统一！为此，人放弃了自己的自由——因为完美地服务别人；但在放弃旧的自由的同时，又会得到新的自由——因为被别人完美地服务着。每个人的自由与环境是和谐的——因为环境因素成为被人正确支配的服务流程。如此一来，自然与人文实现了统一，我们就会迎来一个新的天地。

工作中，一件平常的事情也有着大量的执行方案可以择优，我们要避免轻率，不马虎交差。坚定以唯一正确的智慧做事情的信念，有助于随时自我察省，发现和纠正各种偏差，让人的主观认知与事情价值实现的客观要求相符合，指引行为不偏不倚地发生，次次皆“对”。在一个团队，每一个作业单元的内容都按“正确的智慧”表述，每个人带着规范操作的意识，准确无误地做事情，各自的行动与最终的要求完全一致。行为既是利益他人的，又是完全道德的，在平凡中实现至高境界。

第七章　零缺点是原初的生命

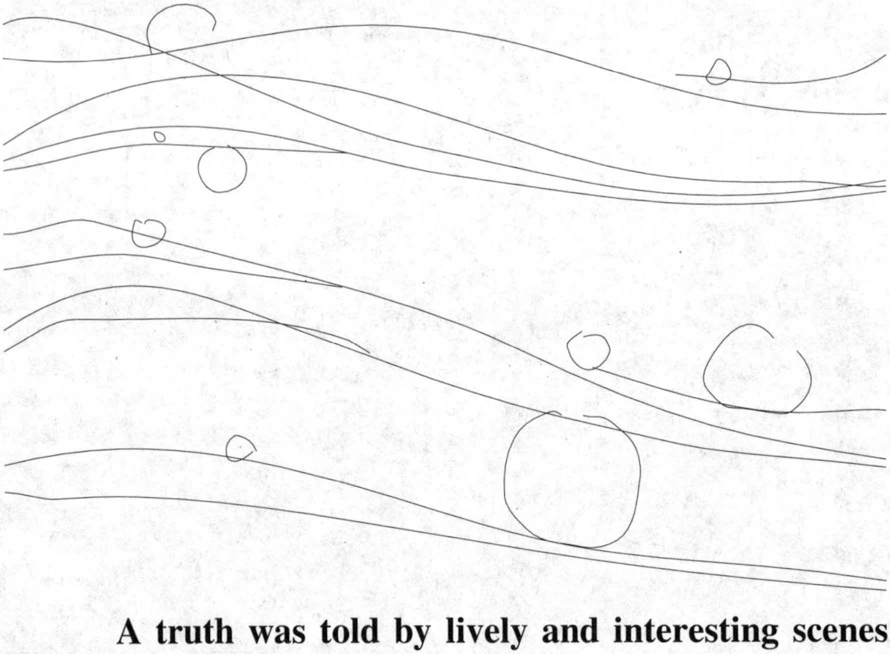

A truth was told by lively and interesting scenes

《西游记》中的修行，不是一般意义上的修行，不是在寺里追求佛的“不生不灭”，是为了有朝一日给东土大唐的人取到真经的修行。是人在现实生活中追求事情的价值实现，为了做到零缺点的执行：

·具体的执行，即以服务于人为中心，关心和满足他人的需要，带来“爱”的思维过程。

·抽象的执行，即因境制宜而懂得怎样更好地置身于周围的环境以及支配环境因素，带来天人合一的“生命”之道。

·兼顾具体执行与抽象执行带来“一件事情对应一个正确的智慧”，也就是“真理”（包含了“爱”和“生命”的“真理”）。

做一件事情，人在持续“修行”的过程中，实现了“无我”的“空”，同时又充满了“真理、爱和生命的灵”，这种状态就是生命的原初状态。

生命的原初状态

佛认为，宇宙的本质是空。如果只有“空”，空而无灵，就一直是空，空，空，人和什么事物也没有，看不到，也感受不到，便没有了“现象”。正因为宇宙有主观的因——旨意，有客观的缘——“空”，才有了因缘和合，才有了我们能感受到的各种事物和人类。这个因就是上帝的灵，即“真理、爱和生命的灵”(圣灵)。注意：上帝是真实可信的，这是包括达尔文在内的许多科学家都相信的事实。

人来自零缺点世界

《圣经》是上帝赐给全人类的信息，是圣灵先把上帝要说的话启示给先知（先知是蒙上帝所呼召、指导与托付的人），然后由这些先知记录下来的书。《圣经》“创世纪”记载了世界及人类的由来：

第一章

起初神创造天地。地是空虚混沌。渊面黑暗。神的灵运行在水面上。神说，要有光，就有了光。神看光是好的，就把光暗分开了。神称光为昼，称暗为夜。有晚上，有早晨，这是头一日。神说，诸水之间要有空气，将水分为上下。神就造出空气，将空气以下的水，空气以上的水分开了。事就这样成了。神称空气为天。有晚上，有早晨，是第二日。神说，天下的水要聚在一处，使旱地露出来。事就这样成了。神称旱地为地，称水的聚处为海。神看着是好的。神说，地要发生青草，和结种子的菜蔬，并结果子的树木，各从其类，果子都包着核。事就这样成了。于是地发生了青草，和结种子的菜蔬，各从其类，并结果子的树木，各从其类，果子都包着核。神看着是好的。有晚上，有早晨，是第三日。神说，天上要有光体，可以分昼夜，作记号，定节令，日子，年岁。并要发光在天空，普照在地上。事就这样成了。于是神造了两个大光，大的管昼，小的管夜。又造众星。就把这些光摆列在天空，普照在地上。管理昼夜，分别明暗。神看着是好的。有晚上，有早晨，是第四日。神说，水要多多滋生有生命的物，要有雀鸟飞在地面以上，天空之中。神就造出大鱼和水中所滋生各样有生命的动物，各从其类。又造出各样飞鸟，各从其类。神看着是好的。神就赐福给这一切，说，滋生繁多，充满海中的水。雀鸟也要多生在地上。有晚上，有早晨，是第五日。神说，地要生出活物来，各从其类。牲畜，昆虫，野兽，各从其类。事就这样成了。于是神造出野兽，各从其类。牲畜，各从其类。地上一切昆虫，各从其类。神看着是好的。神说，我们要照着我们的形像，按着我们的样式造人，使他们管理海里的鱼，空中的鸟，地上的牲畜，和全地，并地上所爬的一切昆虫。神就照着自己的形像造人，乃是照着他的形像造男造女。神就赐福给他们，又对他们说，要生养众多，遍满地面，治理这地。也要管理海里的鱼，空中的鸟，和地上各样行动的活物。神说，看哪，我将遍地上一切结种子的菜蔬和一切树上所结有核的果子，全赐给你们作食物。至于地上的走兽和空中的飞鸟，并各样爬在地上有生命的物，我将青草赐给它们作食物。事就这样成了。神看着一切所造的都甚好。有晚上，有早晨，是第六日。

《圣经》清楚地启示了，世界万物是神所造，由神的声音所造。神造的物原是好的，神造的人原是好的，所以他造完一切后都说了“好”。

“好”就意味着万物都按神的旨意运行，包括人的自由。人的自由就是“好的”，神给人自由是神的愿意，因为神就是自由，人是按照神的形象造的。那时，神的灵在运行这个世界，人可以自由地支配诸事物，且与环境是和谐的。

第二章

天地万物都造齐了。到第七日，神造物的工已经完毕，就在第七日歇了他一切的工，安息了。神赐福给第七日，定为圣日，因为在这日神歇了他一切创造的工，就安息了。创造天地的来历，在耶和华神造天地的日子，乃是这样。野地还没有草木，田间的菜蔬还没有长起来，因为耶和华神还没有降雨在地上，也没有人耕地。但有雾气从地上腾，滋润遍地。耶和华神用地上的尘土造人，将生气吹在他鼻孔里，他就成了有灵的活人，名叫亚当。耶和华神在东方的伊甸立了一个园子，把所造的人安置在那里。耶和华神使各样的树从地里长出来，可以悦人的眼目，其上的果子好作食物。园子当中又有生命树和智慧树（分别善恶树）。有河从伊甸流出来，滋润那园子，从那里分为四道。第一道名叫比逊，就是环绕哈腓拉全地的。在那里有金子，并且那地的金子是好的。在那里又有珍珠和红玛瑙。第二道河名叫基训，就是环绕古实全地的。第三道河名叫希底结，流在亚述的东边。第四道河就是伯拉河。耶和华神将那人安置在伊甸园，使他修理看守。耶和华神吩咐他说，园中各样树上的果子，你可以随意吃。只是智慧树上的果子，你不可吃，因为你吃的日子必定死。耶和华神说，那人独居不好，我要为他造一个配偶帮助他耶和华神用土所造成的野地各样走兽和空中各样飞鸟都带到那人面前，看他叫什么。那人怎样叫各样的活物，那就是它的名字。那人便给一切牲畜和空中飞鸟，野地走兽都起了名。只是那人没有遇见配偶帮助他。耶和华神使他沉睡，他就睡了。于是取下他的一条肋骨，又把肉合起来。耶和华神就用那人身上所取的肋骨，造成一个女人，领她到那人跟前。那人说，这是我骨中的骨，肉中的肉，可以称她为女人，因为她是从男人身上取出来的。因此，人要离开父母与妻子连合，二人成为一体。当时夫妻二人赤身露体，并不羞耻。

上帝创造了人，又为人造出伊甸园，让人在园中相爱。伊甸园是按全知的神的灵在运行，人的生命被圣灵充满，没有“自我”观念，所以“赤身露体，并不羞耻”。上帝让人修理看守这个园，诸事物是顺服人的，人可以在自由中实现“一件事情对应一个正确的智慧”，所以伊甸园是零缺点世界。

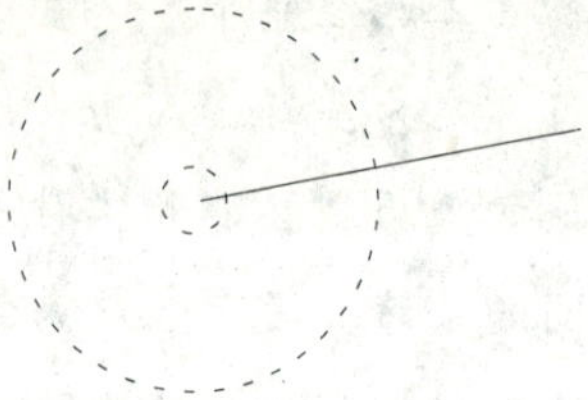

伊甸园
（图 7–1）

在伊甸园中有生命树，是与生命水的河相关联的，是神赐予的，人在神的生命里，是永生的状态。而伊甸园中又有智慧树，代表撒但的生命（撒但是堕落天使，在神造人之前就有的邪灵）。神给了人自由意志，神以禁令（吩咐人不可吃智慧树的果子）来考验人的自由意志：即真正顺服神就要禁得住撒旦的引诱。

第三章

耶和华神所造的，惟有蛇比田野一切的活物更狡猾。蛇对女人说，神岂是真说，不许你们吃园中所有树上的果子吗？女人对蛇说，园中树上的果子，我们可以吃，惟有园当中那棵树上的果子，神曾说，你们不可吃，也不可摸，免得你们死。蛇对女人说，你们不一定死，因为神知道，你们吃的日子眼睛就明亮了，你们便如神能知道善恶。于是女人见那棵树的果子好作食物，也悦人的眼目，且是可喜爱的，能使人有智慧，就摘下果子来吃了。又给她丈夫，她丈夫也吃了。他们二人的眼睛就明亮了，才知道自己是赤身露体，便拿无花果树的叶子，为自己编作裙子。天起了凉风，耶和华神在园中行走。那人和他妻子听见神的声音，就藏在园里的树木中，躲避耶和华神的面。耶和华神呼唤那人，对他说，你在哪里。他说，我在园中听见你的声音，我就害怕。因为我赤身露体，我便藏了。耶和华神说，谁告诉你赤身露体呢？莫非你吃了我吩咐你不可吃的那树上的果子吗？那人说，你所赐给我，与我同居的女人，她把那树上的果子给我，我就吃了。耶和华神对女人说，你作的是什么事呢？女人说，那蛇引诱我，我就吃了。耶和华神对蛇说，你既作了这事，就必受咒诅，比一切的牲畜野兽更甚。你必用肚子行走，终身吃土。我又要叫你和女人彼此为仇。你的后裔和女人的后裔也彼此为仇。女人的后裔要伤你的头，你要伤他的脚跟。又对女人说，我必多多加增你怀胎的苦楚，你生产儿女必多受苦楚。你必恋慕你丈夫，你丈夫必管辖你。又对亚当说，你既听从妻子的话，吃了我所吩咐你不可吃的那树上的果子，地必为你的缘故受咒诅。你必终身劳苦，才能从地里得吃的。地必给你长出荆棘和蒺藜来，你也要吃田间的菜蔬。你必汗流满面才得糊口，直到你归了土，因为你是从土而出的。你本是尘土，仍要归于尘土。亚当给他妻子起名叫夏娃，因为她是众生之母。耶和华神为亚当和他妻子用皮子作衣服给他们穿。耶和华神说，那人已经与我们相似，能知道善恶。现在恐怕他伸手又摘生命树的果子吃，就永远活着。耶和华神便打发他出伊甸园去，耕种他所自出之土。于是把他赶出去了。又在伊甸园的东边安设基路伯和四面转动发火焰的剑，要把守生命树的道路。

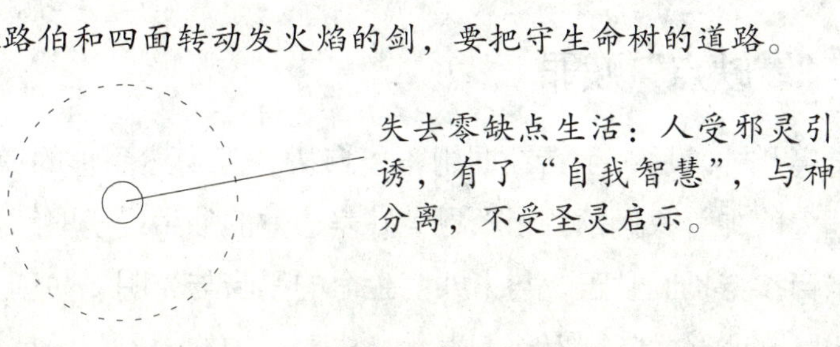

失去伊甸园

（图 7–2）

撒但附在蛇身上进入伊甸园引诱人，人的自由拣选了撒但，人的生命被撒但侵入。于是，人能分辨善恶，有了“自我智慧”，知道了羞耻，便拿无花果树的叶子为自己编作裙子，立即败坏了零缺点的伊甸园，所以“天起了凉风”，人的“自我智慧”成为反宇宙的因素。

世界本来是零缺点的，诸事物及人的自由本来很好地运行在按神的旨意中，而人却多出自己的智慧来，有了自己的旨意，地必为人的缘故受咒诅，所以人与环境的和谐不复存在。诸事物也不再顺服人了，人必终身劳苦，才能从地里得吃的。地必给人长出荆棘和蒺藜来，人也要吃田间的菜蔬。人必汗流满面才得糊口，直到归了土。

人虽然为神所造，但却背叛了神，亏缺了神的荣耀，这就是人的罪。从此，人不能再吃生命树的果子，与神的生命隔开了，失去了永生的状态。人类从离开神以后，开始过一种以自己为中心的生活，随从肉体而行，虽能发出奇妙的理想和理论，做各样的事情，然而不再受圣灵的启示，这个世界不再是“一件事情对应一个正确的智慧”，混浊的生活是人的“自我智慧”带来的。人类来自零缺点世界，却又失去了零缺点世界，陷入充满“罪”的生活中，却又不以为然。

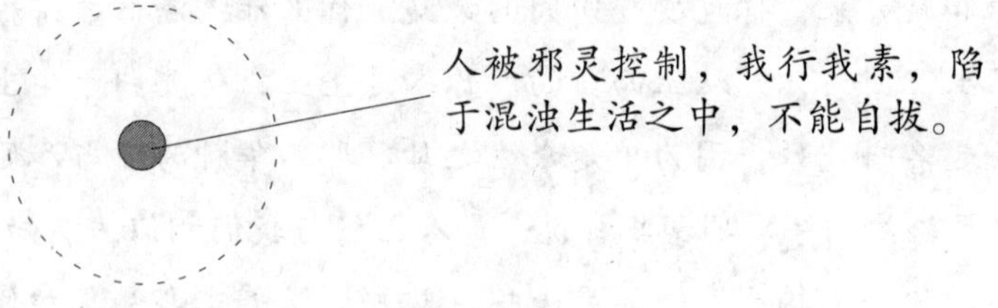

现实生活
（图 7–3）

为“零缺点”赎罪

人类离开神以后，生活在罪中不能自拔，无力达到神的道德标准。但是，伟大的神为我们预备了救恩，并差遣他的独生爱子耶稣基督道成肉身，亲自参与世间甘苦，与人共度生命的黑暗与光明，共创“新天新地”——可以理解为恢复零缺点生活（注意：神的救恩并不是神话或空话，而是真实可靠的，因为耶稣基督亲临人间是历史的事实）。

在二千多年前，耶稣通过以色列人一位名叫马利亚的童女降生。他到 30 岁时，开始在以色列人中将神的大能大爱表明出来，也说明他就是《圣经》（旧约）所预言的救世主。很多人都相信了他，作了他的门徒。但那些不信的犹太权贵们为了自己的利益，阴谋逮捕了耶稣，给耶稣强定死罪，交给当时统治以色列的罗马人钉十字架。耶稣是无罪的，但他甘心被人钉在十字架上，舍命流血，为要担当人类的罪，替人类接受罪的刑罚，并用他的血洗去人类一切的罪，把我们从罪中救赎出来。他死后，被人埋葬，就在死后第三天，神叫他从死里复活了。他的身体活过来的同时，由血肉之体改变为不朽的灵性之体。他复活后，亲自多次向门徒显现，达四十天之久，使门徒能够亲眼见到他，亲手摸到他。他多次引证《圣经》（旧约）对他的有关预言，向他们讲述神借着他受死，埋葬，复活，以救赎人的道理和计划，他们就相信、明白了。耶稣显现四十天后，就升天，坐在神的右边。耶稣复活后第五十天，门徒被圣灵充满，大有能力为主耶稣作见证，将耶稣拯救世人的福音，传遍耶路撒冷，传遍以色列地，传遍罗马帝国。今天，这个福音，已传至全世界。

我们生在亚当、夏娃的生命源流里，因为他们败坏了零缺点的生活，犯下了罪，亏缺了神的荣耀，我们也带上这样的罪。而神差派他的独生子耶稣降世为人，用他在十字架流出的宝血洗净世人的罪。人在神面前本来都是罪人，耶稣替人们受了罪的刑罚，他的血也洗净了人们犯罪的痕迹。我们信了耶稣，靠着主耶稣的救赎，神就不再称我们为罪人，而称我们为义人（义是无罪的意思）。从罪人改变成为义人（义人就是罪得赦免以后的清白身份），这一个身份上的改变，就是称义（称义的意思是宣布无罪）。从前是罪人，现今因信着主耶稣就转换过来，站在义人的地位上，神又将主耶稣复活的生命，就是属神的永活的生命赐给人。人有了地位，并不意味着可以生活得随便些，《圣经》提醒我们，人称义是因着行为，不是单因着信。在人面前称义，就得在实际生活上显出来，也就是说信仰不应只停留在口头上，还要表现在行动上。“在这弯曲悖谬的世代作神无瑕疵的儿女”（来自《圣经》）。

神固然爱一切人，“不愿一人沉沦，乃愿人人都悔改”，可惜许多人不珍惜救恩，虽然相信，却不顺服神的旨意，结果成了神不喜欢的人。“因信得救”只是我们生命的开端，要真正得永生，就要做一个遵行神的旨意的人，把自己交给神。对我们来说，以零缺点要求自己，让生命在付出爱的过程中被真理、爱和生命的灵（圣灵）充满，顺着圣灵的引导，与神的同心同行。原来，神就是爱——《圣经》写道：“凡有爱心的，都是由神而生，并且认识神；没有爱心的，就不认识神，因为神就是爱。”

我们生来就是有罪的，我们做不到零缺点，但是神能救我们！主耶稣基督说过：“你要尽心、尽性、尽意爱主你的神，这是诫命中的第一，且是最大的;其次也相仿，就是要爱人如己。”耶稣认为爱神和爱人是一切道理的总纲。神给我们的恩典是充足的，藉祷告和付出“爱”能使人得着救恩，也使人得着更丰盛的生命。靠着神的救恩靠着圣灵的工作，我们坚持“零缺点”的信心，永远向着那“爱”的极至进步，旧我会一点点退化，生命会一点点更新！当我们行完人生的路程，离开世界的那一天，我们的灵魂将升天堂，与主相见，接受主的赐福和奖赏。（图 7-4）

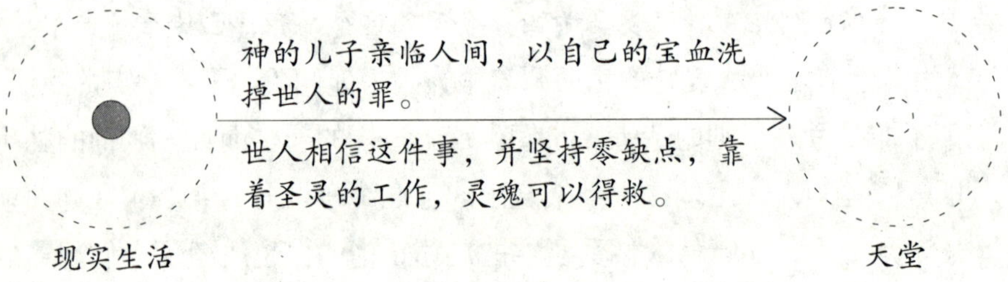

（图 7-4）

以“零缺点”迎接未来的命运

未来的一天，耶稣基督还要再来，再来的日期我们不能知道。他将要带着千万天使和去世信徒的灵魂从天堂大有荣耀、威严和能力地驾云再来，显现在天空中。每一死去的人的灵魂，以及活在那时候的人，都要看见他再来。主再来的时侯，要使死去的信徒复活，活着的信徒改变，身体都变成不朽的灵性身体，与他复活的灵性身体相似。主耶稣要使一切作恶的人复活或者改变，使他们也具有灵性之体，然后照他们所作的审判他们，定他们的罪，将他们和魔鬼一同扔到火湖中焚烧，直到永远。主耶稣还要与上帝一同创造新天新地，除去旧的天地。虔诚的信徒们将在新天新地里，与圣父、圣子、圣灵同在，事奉、敬拜、赞美三位一体真神，享受祝福，得蒙奖赏，与主同掌王权，直到永远。

对于我们将来的命运，不妨可以这样理解：

宇宙万物按零缺点的旨意运行着，表现在各种粒子、星体的运行中，也表现在花草树木及种种动物身上……这种趋向使万事万物趋向未来更高级的文明。相应的，那些更有效地服务了宇宙文明的灵魂，未来会被置于更享受的空间——那里可以让其更舒展，从而统摄更广阔的场，以便于宇宙文明的升级。那些逆向而行的品质低下者，因为迟滞了宇宙文明的节律，其灵魂会被排挤在不利于施展的角落里。总之，每一个人的灵魂（或躯体），在宇宙间（或社会生活中）总有一个空间让其理应如此地存在，而不是别的什么原因。

作为与自然环境息息相通的文明团队，它的运行规则也是如此。零缺点的旨意使得诸事物的运行法则取代了“地位”、“位置”、“技巧”等等观念，付出“爱”的意愿取代了“我”的旨意，人的行为与价值流的符合程度成为择优汰劣的尺度，成为成功与失败的分野。无论我们处于组织分工的哪个层次，把每一件事情“做到零缺点的旨意里”才是正道。与优质的生存状态对应的是优质的工作状态。

从东方到“新天新地”

宇宙间的真神只有一位，那就是上帝—耶和华，万物都源于他。上帝创造了人，并为人造出伊甸园，人被圣灵充满，生活在零缺点世界。

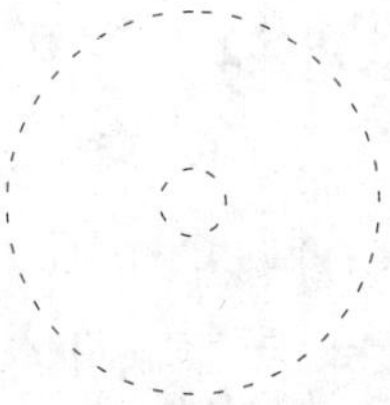

伊甸园
（图 7–5）

而人由于邪灵的诱惑，陷入“自我智慧”的泥潭，失去了与神同在的“永生状态”，离开了零缺点世界，生活在混浊之中。人类的“自我智慧”在西方表现为“具体执行”的智慧——以“人”为中心（图 7–6），对自然的态度是征服改造（图 7–7）；

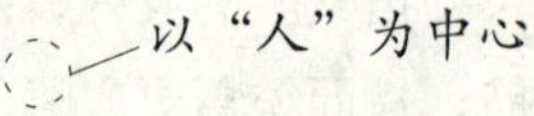

西方文化
（图 7-6）

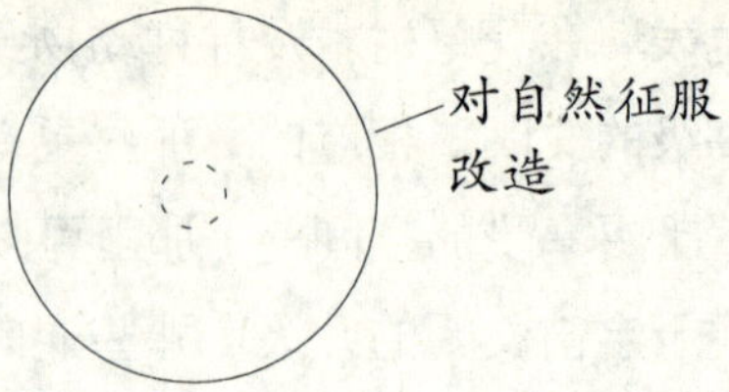

西方文化对自然的态度
（图 7-7）

人类的“自我智慧”在我们东方则表现为“抽象执行”的智慧——人的行为应当“与天同道”（图 7-8），以“道”来界定人的活动（图 7-9）。

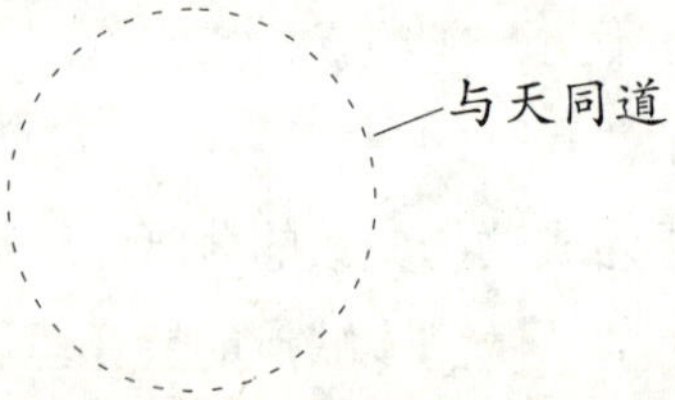

东方文化
（图7-8）

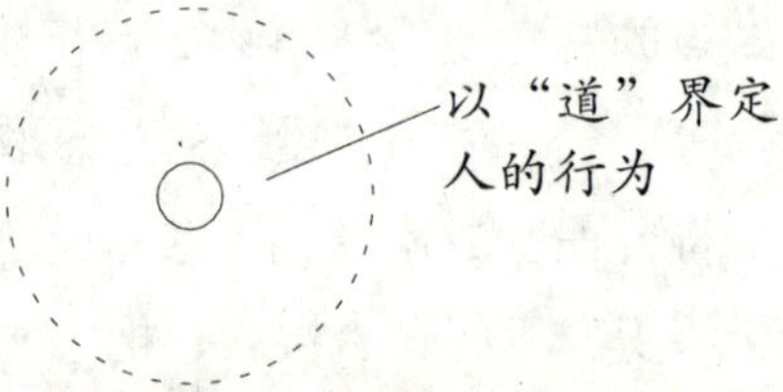

东方文化对人的态度
（图 7-9）

东方文化的核心是天人合一，古代的先人自觉地领会“天道”——即上帝运行万物的旨意，将所领会的道理以抽象的表达来规范人的行动，缺少西方文化中的“人”为中心，对自己征服改造的积极性。因为“天”在人们的心中了，所以不信上帝，不读《圣经》，没有得到神的又真又活的真理，人的活动无法完全做到神的旨意里。

《西游记》告诉我们，在东、西方文化之间，有一个非常好的联系，就是“佛”。一件事情的零缺点相当于佛在人间的“极乐”。当我们以零缺点为要求做一件事情，就会自觉兼顾具体执行与抽象执行，在具体执行与抽象执行的互动中得到“正确智慧”，这个“正确智慧”就不再是“自我智慧”，而相当于圣灵启示而来的“灵感”。当真正实现了“零缺点”，我们便不是按“自我智慧”工作，而是随着“圣灵”的引导而行，这时，我们符合了神的旨意，重新回到了与神同在的“永生状态”，迎来“得救”的希望。

《西游记》的写作目的，是告诉我们走出混浊的生活，离苦得乐，追求永生，并且能得到真正的永生。当我们带着“道”的智慧 ，通过一条追求零缺点的路去带给人间“极乐”，补上传统文化中“具体执行”的不足，人的活动完全符合上帝的旨意，将有机会认识我们的真神，让东土大唐的我们来到“真理、爱和生命”的世界，在东方文化中走出一条与神的“新天新地”殊途同归的道路。

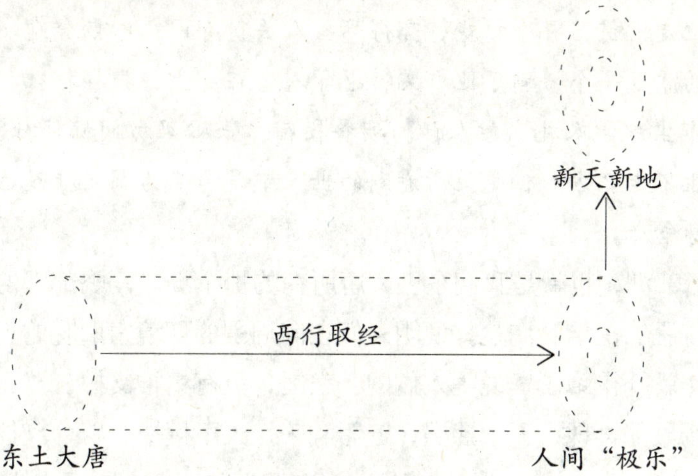

从东方到新天新地

（图 7-10）

永生的盼望

《西游记》故事的一开始，猴子在花果山称王，领群猴朝游花果山，暮宿水帘洞，合契同情，不入飞鸟之丛，不从走兽之类，独自为王，不胜欢乐。一日，与群猴喜宴之间，忽然忧恼，堕下泪来。众猴慌忙罗拜道：“大王何为烦恼？”猴王道：“我虽在欢喜之时，却有一点儿远虑，故此烦恼。”众猴笑道：“我等日日欢会，在仙山福地，古洞神州，不伏麒麟辖，不伏凤凰管，又不伏人间王位所拘束，自由自在，乃无量之福，为何远虑而忧也？”猴王道：“今日虽不归人王法律，不惧禽兽威服，将来年老血衰，暗中有阎王老子管着，一旦身亡，可不枉生世界之中，不得久住天人之内？”众猴闻此言，一个个掩面悲啼。这时，一个通背猴说：“大王不必烦恼！我听说大千世界古洞仙山之中，多有佛祖、神仙。大王以拜他们为师，学点本领，就能长生不老。”猴王听了满心欢喜。第二天，众猴砍树伐竹，编了个渡海的筏子，猴王跳上筏子，向大海中漂去。

猴子伤心落泪，因为“心”天然地希望更充分地享受到世界的欢乐，而“王位”本身无法满足这一点，带着永生的盼望，坐是筏子向大海中漂去，开始了漫无目的的访仙学道。

猴王首先漂到南赡部洲地界。他看见海边有人捕鱼、打雁、挖蛤、淘盐。他走近前，弄个把戏，吓得那些人丢筐弃网，四散奔跑。他将那跑不动的拿住一个，剥了他衣裳，也学人穿在身上，摇摇摆摆，穿州过府，在市尘中学人礼，学人话。朝餐夜宿，一心里访问佛仙神圣之道，觅个长生不老之方。但是他所看到的世人都是为名为利之徒而已，没有一个为身命者。

南赡部洲，也就是我们东土大唐所在的那个洲。南赡部洲的人们在捕鱼、打雁、挖蛤、淘盐，说明人们在向周围的环境索取吃的，猴子做个怪动作就吓得跑了，说明人们内心空虚，没有精神支撑。这正是对现实生活场景的再现，天下熙熙，皆为利来，天下攘攘，皆为利往，大家成天关心着“我”的产品怎么卖出去，“我”的业务能赚多少钱，“我”下一个月该怎样去跳槽……只在向身边的环境索取吃的，稍有对己不利的情况，就溜之大吉了。所以猴王发现“世人都是为名为利之徒，没有一个为身命者。”

《西游记》让石猴经过此地，就是提醒我们缺少一个基本的东西，那就是永生的盼望。

真心不改

美猴王经过一番寻访，在灵台方寸山斜月三星洞见到须菩提祖师。美猴王一见，倒身下拜，磕头不计其数，口中只道：“师父，师父！我弟子志心朝礼，志心朝礼！”祖师道：“你是那方人氏？且说个乡贯姓名明白，再拜。”猴王道：“弟子乃东胜神洲傲来国花果山水帘洞人氏。”祖师喝令：“赶出去！他本是个撒诈捣虚之徒，那里修什么道果！”猴王慌忙磕头不住道：“弟子是老实之言，决无虚诈。”祖师道：“你既老实，怎么说东胜神洲？那去处到我这里，隔两重大海，一座南赡部洲，如何就得到此？”猴王叩头道：“弟子飘洋过海，登界游方，有十数个年头，方才访到此处。”祖师道：“既是逐渐行来的也罢。”

猴王作完自我介绍，须菩提立即要把他赶出去，因为两地相隔遥远，不可能到这里来，认为他是个“撒诈捣虚之徒”。如果须菩提那里象征了人生境界的话，说明一个人只玩虚的是不能进入人生境界的。而猴王说他访到此处经过了飘洋过海，登界游方，有十数个年头，须菩提立即改了态度，因为是他能“逐渐行来”。说明要进入人生境界得永生，看重的是实际的行为，不能缺少被考验的过程。

祖师道：“你姓什么？”猴王又道：“我无性。人若骂我我也不恼，若打我我也不嗔，只是陪个礼儿就罢了，一生无性。”祖师道：“不是这个性。你父母原来姓什么？”猴王道：“我也无父母。”祖师道：“既无父母，想是树上生的？”猴王道：“我虽不是树上生，却是石里长的。我只记得花果山上有一块仙石，其年石破，我便生也。”祖师闻言暗喜道：“这等说，却是个天地生成的。”

祖师“闻言暗喜”，是因为猴子的生命与世俗之人不一样，他是天然生成的，没有受到污染，是原本无罪的。须菩提不是见人就可以收徒的，他收猴王为徒，是因为猴王符合两个条件：一是天地生成，二是逐渐行来。这正好符合把事情做到零缺点的主观动机：

一是起心动念是天真无邪的——就如来自花果山天地生成的猴子一样，是无罪的。比如做一个零件，如果我们抱着一种世俗的、同流合污的态度，一开始的“心”就是被污染的，怎么得永生呢？不管做什么事情，一开始的起心动念要天真，即在事情的起源处，你的“心”就是无染的。

二是愿意付出心力，经历一个被考验的过程，逐渐行来。比如做一个零件，一开始的用心很好，决心蛮大的，就是动手的过程中，看到别人在图省事、上司的态度又不好、努力了也没奖金……算了算了，差不多就行，不愿付出心力，怎么可能得永生呢？一件事情做得怎么样，首先要看人的愿意，就象猴王那样能漂过两重大海，横跨南赡部洲，说明心的力量能前后贯通，过难关，本色不改。

猴王原本无罪，且能做到始终追求，跨过世俗的世界，所以被须菩提收为弟子，说明自始至终的真心不改是得永生的前提。

学具体执行

美猴王得名孙悟空，须菩提祖师即命大众引孙悟空出门外，教他洒扫应对，进退周旋之节。悟空又拜了大众师兄，就于廊庑之间，安排寝处。次早，与众师兄学言语礼貌，讲经论道，习字焚香，每日如此。闲时即扫地锄园，养花修树，寻柴燃火，挑水运浆。凡所用之物，无一不备。在洞中不觉倏六七年。

须菩提收孙悟空为徒，让他住在廊庑（堂下周围的走廊）之间，接触的是与人打交道的常识，闲时从服务于别人生活的日常事务，涉及诸多寻常而不起眼的事项。这正是具体执行的内涵。比如做一个零件，用麻花钻钻孔，涉及的事项如：选用切削液，消除卷在钻头上的切屑，保护钻头，防止刃带严重磨损等寻常的事项，而这些事项时刻要与人打交道，需要把自己放在次要位置上，殷勤地做工。

美猴王本来是追求永生的，到了须菩提这里却首先让他从事一般人眼中那些琐事，这是在强调具体执行的重要意义。今天，我们从事的工作多种多样：在生产线上作业，在办公室接听电话，在网络上营销，开会作报告，研究问题作决策……每一件事情说到底都是服务于他人生活的，都涉及诸多寻常不起眼的事项，必须摆正自己的位置，一项一项地做起。

《西游记》提醒我们，事情的价值实现需要在服务于人的具体的环节上做工，“具体执行”是得永生的基本功。

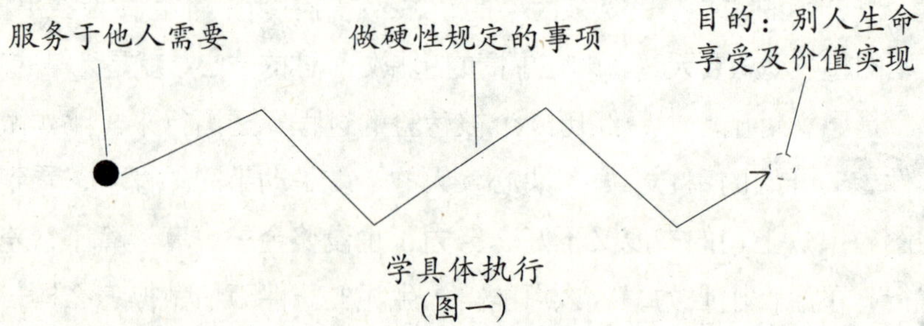

学具体执行
（图一）

学抽象执行

一天，须菩提祖师讲道，孙悟空在一旁欢喜异常。须菩提祖推荐给他术、流、静、动四字门中之道，因为这些“道”不能长生，孙悟空一一不学。祖师闻言，咄的一声，跳下高台，手持戒尺，指定悟空道："你这猢狲，这般不学，那般不学，却待怎么?"走上前，将悟空头上打了三下，倒背着手，走入里面，将中门关了，撇下大众而去。那猴王已打破盘中之谜，暗暗在心。祖师打他三下者，教他三更时分存心；倒背着手走入里面，将中门关上者，教他从后门进步，秘处传他道也。

孙悟空欲学长生之道，长生之道就是生命与自然环境永远共存的"道"，古人认为，"道"是虚无的本体，当然要悟性好才能入门。祖师在将悟空头上打了三下，倒背着手，走入里面，将中门关了，撇下大众而去，"实"的含义是生气走了，但"虚"的含义是三更时分存心，倒背着手走入里面，将中门关上者，教他从后门进步，在秘处传道。既然是秘处传道，就只可意会，不可言传。

当晚约到子时前后，悟空轻轻的起来，穿了衣服，偷开前门，躲离大众。从旧路径至后门外，只见那门儿半开半掩，即曳步近前，侧身进得门里，只走到祖师寝榻之下。等祖师醒来。悟空道："师父昨日坛前对众相允，教弟子三更时候，从后门里传我道理，故此大胆径拜老爷榻下。"祖师听说，十分欢喜，暗自寻思道："这厮果然是个天地生成的，不然，何就打破我盘中之暗谜也?"祖师传了他长生妙道的口诀。此时说破根源，悟空心灵福至，切切记了口诀。

孙悟性从前是花果山的石头"感天真地秀、日月精华"而生成的，他的生命就是"道化"而来的，天生机灵。到了三星洞有"讲经论道"的经历，听祖师开讲大道欢喜异常，说明了心有灵犀，祖师在他头上打了三下，心有灵犀一点通，领悟了祖师的用意，学到了长生之道。

过了三年，祖师复登宝座，与众说法。谈的是公案比语，论的是外像包皮。忽问："悟空何在?"悟空近前跪下："弟子有。"祖师道："你这一向修些什么道来?"悟空道："弟子近来法性颇通，根源亦渐坚固矣。"祖师道："你既通法性，会得根源，已注神体，却只是防备着三灾利害。"祖师告诉他，此乃非常之道，夺天地之造化，侵日月之玄机。丹成之后，鬼神难容。有雷灾、火灾和风灾，必须躲过才能长生。

过了三年，师徒对话。祖师说他通法性，会得根源，已注神体，说明这长生之道基本学成了，但又提醒悟空有“三灾”危险，因为他学的是非常之道，夺天地之造化，侵日月之玄机，通俗的说就是将大自然的造化用在了自己的人体生命工程中。这种行为，触动了某种利害关系，所以鬼神难容，破坏了某种平衡机制，所以会带来“三灾”。

悟空闻说，毛骨悚然，叩头礼拜道：“万望老爷垂悯，传与躲避三灾之法，到底不敢忘恩。”祖师道：“此亦无难，只是你比他人不同，故传不得。”悟空问何以比人不同？”祖师道：“你虽然像人，却比人少腮。”原来那猴子孤拐面，凹脸尖嘴。悟空伸手一摸，笑道：“师父没成算。我虽少腮，却比人多这个素袋，亦可准折过也。”

悟空向祖师学躲避三灾之法，而祖师有了忌讳，因为猴子少腮，孤拐面，凹脸尖嘴，可以理解为不宽厚，先天缺少“爱”的素质——只知道关心自己，而不会去关心怎样服务于这个世界上的人们。孙悟空依然争执，他的意思是：虽然我的孤拐脸的表面上没有多少腮肉，但我的脸腮里却比人多一个素袋——素袋指猴的颊囊，即猿猴的口腔内两侧的囊状构造，用来暂时贮存食物——说明可以“把食物贮存在自己的口中”，说明保证别人吃不了，进一步说明了先天没有施爱的功能。

祖师说：“也罢，你要学那一般？有一般天罡数，该三十六般变化；有一般地煞数，该七十二般变化。”悟空道：“弟子愿多里捞摸，学一个地煞变化罢。”祖师道：“既如此，上前来，传与你口诀。”遂附耳低言，不知说了些什么妙法。这猴王也是一窍通时百窍通，当时习了口诀，自修自炼，将七十二般变化都学成了。

祖师说也罢，说明他放弃了原来的坚持。告诉孙悟空有一般天罡数三十六般变化，一般地煞数七十二般变化，让他选择。按长生之道，有有为、无为二法，一般天罡数变化者，上德者无为之事；一般地煞数变化者，下德者有为之事。孙悟空先天德行不高，他选了后者，祖师说既如此，就是认可了他的选择。孙悟空习了口诀，学会了七十二变。这个能力是保全他的性命，弥补他的先天不足的。

忽一日，祖师与众门人在三星洞前戏玩晚景。祖师道：“悟空，事成了未曾？”悟空道：“多蒙师父海恩，弟子功果完备，已能霞举飞升也。”祖师道：“你试飞举我看。”悟空弄本事，将身一耸，打了个连扯跟头，跳离地有五六丈，踏云霞去勾有顿饭之时，返复不上三里远近，落在面前，叉手道：“师父，这就是飞举腾云了。”祖师笑道：“这个算不得腾云，只算得爬云而已。自古道：神仙朝游北海暮苍梧。似你这半日，去不上三里，即爬云也还算不得哩。”悟空道：“怎么为‘朝游北海暮苍梧’？”祖师道：“凡腾云之辈，早辰起自北海，游过东海、西海、南海，复转苍梧。苍梧者，却是北海零陵之语话也。将四海之外，一日都游遍，方算得腾云。”悟空道：“这个却难，却难！”祖师道：“世上无难事，只怕有心人。”悟空闻得此言，叩头礼拜，启道：“师父，为人须为彻，索性舍个大慈悲，将此腾云之法，一发传与我罢，决不敢忘恩。”祖师道：“凡诸仙腾云，皆跌足而起，你却不是这般。我才见你去，连扯方才跳上。我今只就你这个势，传你个筋斗云罢。”悟空又礼拜恳求，祖师却又传个口诀道：“这朵云，捻着诀，念动真言，攒紧了拳，将身一抖，跳将起来，一筋斗就有十万八千里路哩！”

祖师问悟空学得怎么样了？孙悟空打了个连扯跟头，往返三里远又回来了，他的意思事情就是这么简单，我会了，自我感觉非常好。祖师告诉他，那只是爬云，自古的神仙朝游北海暮苍梧，将四海之外，一日都游遍，方算得腾云，是指自古以来的神仙都可以随心所欲，漫无边际，想到哪里就到哪里。孙悟空认为难，祖师说，世上无难事，只怕有心人，是在强调做事情中主观动因的重要，带着自己的心意和想法去驾御事情，难事会变得简单。悟空又要学，祖师只就他那个势，传了筋斗云的口诀，是因势利导让他真正具有不着边际的想法。

大众听说，一个个嘻嘻笑道：“悟空造化！若会这个法儿，与人家当铺兵，送文书，递报单，不管那里都寻了饭吃。”师徒们天昏各归洞府。这一夜，悟空即运神炼法，会了筋斗云。逐日家无拘无束，自在逍遥，此亦长生之美。

大众说他会了十万八千里筋斗云可以与人家当铺兵，送文书，递报单，不管那里都寻了饭吃，说明常人关心的还是具体执行的能力，也就是服务于人的本领有多大。而孙悟空并没在意，学会了筋斗云，又开始无拘无束，自在逍遥，享受自己的长生之美了。从此猴身变成了仙体，能够应物随心，一窍通，百窍通，全身毫毛皆能变化。

由此可见，他学到了在环境中变化自己的能力，学到了不着边际的意念。这是一种为自己的生命更好地存在于环境中而又可以“想当然”的能力，是一套完全服务于自己的“务虚”的本领，也就是抽象执行的能力。

事情的价值实现除了在服务于人的具体的环节上做工，还要善于根据环境而应变，“抽象执行”也是得永生的能力。

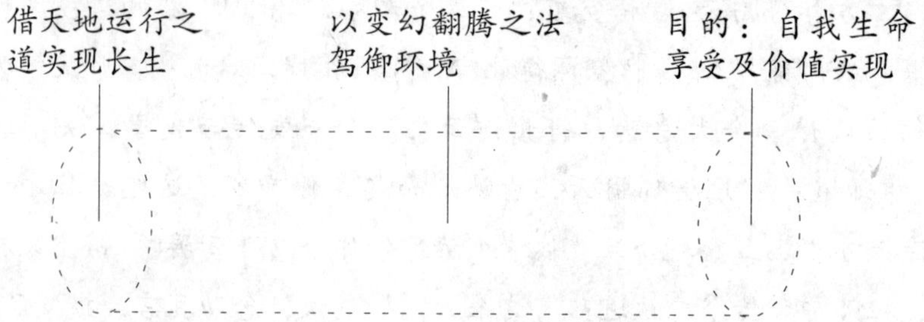

学抽象执行
（图一）

补零缺点意识

当初，孙悟空学了长生之道的口诀，便开始修练。过了三年，祖师复登宝座，与众说法。谈的是公案比语，论的是外像包皮。忽问：“悟空何在?”悟空近前跪下：“弟子有。”祖师道：“你这一向修些什么道来?”悟空道：“弟子近来法性颇通，根源亦渐坚固矣。”

祖师忽然问孙悟空在哪里？显然此时的孙悟空不在祖师身边。他近前来答话，祖师这问一向修些什么道？他以为问的是那个长生之道，便说“弟子近来法性颇通，根源亦渐坚固矣。”可见孙悟空答非所问——长生之道本来是祖师传的，他怎么可能还问修什么道呢？祖师的言外之意——你三年来为了长生也不太在师傅在说什么了，没有进一步学别的东西了。

他没在意什么呢——公案比语，外像包皮。

“公案比语，外像包皮”是一句禅语（禅是中土佛教的组成部分，禅是佛教的一种修持方式。禅的修行不离生活，不离工作，不离平常的活动，禅是当下完成的醒觉与实现）。“公案”乃古人参禅悟道的机缘记录，

“比”的古义是挨着，禅门贵心行，不拘泥文字，“比语”可以理解为接近公案本意的语言。“外像”与“包皮”同义，指表皮以外，指善、恶、美、丑表现在身上的，行动语言表现在外表上的。祖师谈公案比语，论外像包皮，是助弟子们于公案中与师者、禅者交流，领会古人之妙，获得觉悟——即拥有“生活中的零缺点意识”。孙悟空却没有用心听。

孙悟空回花果山之后，开始追求“实现自我”，被天宫招安，官封弼马温，他殷勤看管，滋养马匹，半月有余，那些天马都被他养得肉肥膘满。一朝闲暇，众监官都安排酒席。正在欢饮之间，猴王忽停杯问曰：“我这弼马温是个几等？”众监官道：“末等。这样官儿，最低最小，只可与他看马。似堂尊到任之后，这等殷勤，喂得马肥，只落得道声‘好’字；如稍有些尫羸，还要见责；再十分伤损，还要罚赎问罪。”猴王闻此，不觉心头火起，咬牙大怒道：“这般藐视老孙！老孙在那花果山，称王称祖，怎么哄我来替他养马？养马者，乃后生小辈下贱之役，岂是待我的？不做他，不做他！我将去也！”忽喇的一声，把公案推倒，耳中取出宝贝，幌一幌，碗来粗细，一路解数，直打出御马监，打出天门去了。

孙悟空正如人们功利的“心”，一旦明白了事情是怎么一回事，就开始盘算自己的欲求了，把服务于人的具体执行丢到了一边，在服务自己的抽象执行中变化多端：

孙悟空回花果山自封“齐天大圣”，玉帝闻知，派李天王带天兵天将捉他。巨灵神持宣花大斧战孙悟空，被猴王劈头一棒，斧柄被打成两截，败下阵去。

——恃强凌弱。

哪吒再去挑战，孙悟空变做三头六臂，把金箍棒变作千万条，双方不分胜负。正在那混乱之时，他拔下一根毫毛，叫声：“变！”就变做他的本相，真身一纵，赶至哪吒脑后，着左膊上一棒打来。哪吒败阵而回。

——乘人之危。

天宫封他为“齐天大圣”，因为无事牵萦，自由自在。闲时节会友游宫，交朋结义。今日东游，明日西荡，云去云来，行踪不定。

——虚度光阴。

因为怕他惹事，玉帝让他管蟠桃园，他在园中想吃桃子，称自己要在亭上少憩片时，叫园中的土地、力士和齐天府仙吏紧出门外，趁机把桃子吃了一个饱，过几天又去设法偷桃，尽情享用。

——明欺暗骗。

一天，王母娘娘设宴，在瑶池中做蟠桃胜会，派七仙女去蟠桃园摘桃，孙悟空使个定身法，把那七衣仙女一个个定在桃树之下。再纵朵祥云，跳出园内，竟奔瑶池路上而去。正行时，见赤脚大罗仙赴蟠桃会，孙悟空低头定计，说道："玉帝因老孙筋斗云疾，着老孙五路邀请列位，先至通明殿下演礼，后方去赴宴。"赤脚拨转祥云，径往通明殿去了。孙悟空驾着云，念声咒语，摇身一变，就变做赤脚大仙模样，前奔瑶池。

——非礼非义。

孙悟空来到瑶池，轻轻移步，走入里面，只见那里铺设得齐齐整整，还未有仙人来。忽闻得一阵酒香扑鼻，急转头见右壁厢长廊之下，有几个造酒的仙官，盘糟的力士，领几个运水的道人，烧火的童子，在那里洗缸刷瓮，已造成了玉液琼浆，香醪佳酿。孙悟空止不住口角流涎，就要去吃，奈何那些人都在这里，他就弄个神通，把毫毛变做几个瞌睡虫，奔在众人脸上。那伙人手软头低，闭眉合眼睡着了。孙悟空拿了些百味八珍，佳肴异品，走入长廊里面，就着缸，挨着瓮，放开量，痛饮一番。吃勾了多时，酕醄醉了，自揣自摸道："不好，不好！再过会，请的客来，却不怪我？一时拿住，怎生是好？不如早回府中睡去也。"孙悟空摇摇摆摆，到了兜率天宫。那里不见老君，四无人迹。孙悟空直至丹房里面，见放着五个葫芦，葫芦里都是炼就的金丹。他就把那葫芦都倾出来，就都吃了，如吃炒豆相似。一时间丹满酒醒，又自己揣度道："不好，不好！这场祸，比天还大，若惊动玉帝，性命难存。走，走，走！不如下界为王去也！"他就跑出兜率宫，不行旧路，从西天门，使个隐身法逃去，即按云头，回至花果山界。

——奸盗诈伪。

花果山上，四健将与七十二洞妖王，在那里演习武艺。风孙悟空大喜，即安排酒果接风，将椰酒满斟一石碗奉上。大圣喝了一口，叫道：

“不好吃，不好吃！我今早在瑶池中受用时，见那长廊之下，有许多瓶罐，都是那玉液琼浆，你们都不曾尝着。待我再去偷他几瓶回来，你们各饮半杯，一个个也长生不老。”又翻一筋斗，使个隐身法，径至蟠桃会上。进瑶池宫阙，只见那几个造酒、盘糟、运水、烧火的，还鼾睡未醒。他将大的从左右胁下挟了两个，两手提了两个，即拨转云头回来，会众猴在于洞中，就做个仙酒会，各饮了几杯，享受快乐。

——作践五谷，即糟蹋、浪费粮食，可以理解为不珍惜劳动成果，挥霍资源。

正如传统的生产经营活动，缺乏以最终服务对象为中心的“价值流”概念，比如批量生产、按计划作业等，每个作业环节犹如一个“天宫”，人们在天宫里按自己的主观意愿抽象执行：恃强凌弱，趁人之危，虚度光阴，明欺暗骗，非礼非义，奸盗诈伪，作践五谷……把具体执行做得“差不多”就行，再让别人来认可他。由于没有确立“以服务对象的完全享受为中心”的价值目标，时间、精力和资源被无意义地消耗了，工作被这样那样的麻烦困扰着，处于一片混沌之中。

孙悟空闹天宫，观音菩萨向玉帝建议派二郎神出战，玉帝又请如来佛祖帮忙。观音菩萨、如来佛来自佛家——代表明白零缺点的人。他们的出面，正如以零缺点的观点来要求工作品质一样，混浊的局面通过正确的观点得到了平息。人只有以零缺点为要求，才会面对自己的内心，战胜自己的妄想，才能解决价值实现的问题，解决与环境和谐的问题。孙悟空被佛祖压在五行山下，自我实现的“心”彻底失去了自由。正如传统生产经营活动经过一番乱糟糟的折腾，发现了做一件事情应该以零缺点为要求，即事情必须如此那般，而不是由“我”想当然。“心”必须为参与事情诸要素而失去一切妄想，也就是补上零缺点意识。

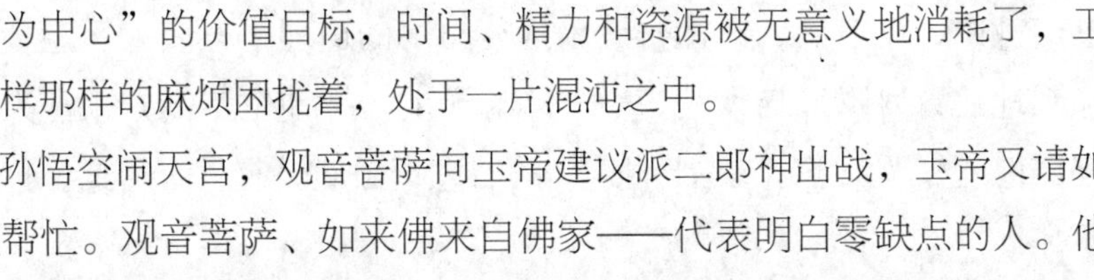

补零缺点意识

(图一)

孙悟空在五行山下生活500年，就如人们不尊重世界的真实规律而为此付出时间代价一样：我们从以前的“差不多先生”到今天认识到“零缺点”概念，中间历经的时间是多少年呢？《西游记》成书于明朝中叶，明朝始于公元1368年~公元1644年，从那时到现在经历的时间是500年左右。作者写孙悟空的上述经历，目的是给“东土大唐”的我们讲一个生动的道理。

带给人间“极乐”

大唐立道教为国教，道教的最高信仰是“道”，写了花果山上的一块石头感天真地秀、日月精华而产生猴子，也就是心猿，代表了“道”的生命形态。心猿出去访仙学道，就是本能地追寻道教教义。猴子拜须菩提为师，在那里学了一些道便半路出家，说明“心”还是“野的”就进入了人文世界，说明人们常常是以得了一点道的“野心”进入工作状态的。道教中，得道的人能懂得天地运行万物的道理，具有大智慧，可以参与天地化育万物，与天地齐——即与天地一样地位崇高的大圣人。孙悟空自称“齐天大圣”，是比喻人们的心态：虽然没有真正得道，但也自命不凡！

道教中的神仙是为长生而修得仙体的人，他们成仙的目的，就为了摆脱了红尘苦恼，高高在上地享受欢乐。所以《西游记》中的神仙生活在“天宫”，那里有无边的胜景，是一个充满欢乐的地方。

因为唐人信的是“道”，所以孙悟空就在唐人的心中，“天宫”就在唐人的脑海中。齐天大圣闹天宫，其实是用来比喻人们的工作状况的：人们既自命不凡，高高在上，又华而不实，爱占便宜，在逍遥快乐的不经意之间，导致彼此伤害，工作贬值内部矛盾重重。

所以，《西游记》在写完闹天宫后，就写了唐太宗魂游地府的故事：

一天，唐太宗的皇宫中闹鬼，唐太宗的魂灵被闹到地府。唐太宗在崔判官、朱太尉的带领下游观地府。见那阴司里，不忠不孝、非礼非义、作践五谷、明欺暗骗、大斗小秤、奸盗诈伪、淫邪欺罔之徒，受那些磨烧舂锉之苦，煎熬吊剥之刑，有千千万万，看之不足。又过着枉死城中，有无数的冤魂。尽都是六十四处烟尘的叛贼，七十二处草寇的魂灵，挡住了太宗的路。幸亏崔判官作保，借得河南相老儿的金银一库买转鬼魂，方得前行。

唐太宗的地府之行，见到那阴司里，有千千万万的灵魂在受刑，又有无数枉死的冤魂。让我们体会到社会生活品质的缺失带来的不幸。因为人们工作起来如同在“天宫”逍遥，将欢乐（利益、名誉、地位等）占为己有，对别人将就、哄骗、得过且过……所以有了不忠不孝、非礼非义、作践五谷、明欺暗骗、大斗小秤、奸盗诈伪、淫邪欺罔之徒，有了无数的冤魂。

《西游记》让孙悟空以唐僧为师去取经，就是告诉大唐的人们，“心”必须忠于零缺点意识。大唐的人们要取的“经”，就是用“心”去把一件事情做到零缺点的“经”！《西游记》将天上的佛请到了人间，以他们对宇宙事物的觉悟引导人们把一件事情做到零缺点，实现一件事情的“极乐”，将天上的“极乐”带给人间。佛教中的佛菩萨是通过自己的“涅磐寂静”到达“极乐世界”的凡人，以“不生不灭”的“空”将自己放到与上帝并列的位置上，没有为人们尽“爱”的责任，所以《西游记》把他们从天上请下来了。

带给人间“极乐”
（图 7-11）

当我们以零缺点为要求来做每一件事情，就会走出片面地生动适应环境的抽象执行，去兼顾服务于人的具体执行，以这样的状态工作，人就会从“天宫下凡”，来到真实的生活中“赎罪”，重新回到上帝的旨意中，真正迎来永生的希望。

联系到实际中来，我们不管是做管理工作，财务工作，还是从事具体的生产、服务工作，都以零缺点的“极乐”为要求，时刻警醒，不伤害一人、不损坏一物，不出一分的差错，不发生不良情况以及因不良情况产生的不必要的开销，产品、服务赢得公众的信赖，工作得到领导和同事的认可， “极乐世界”就会出现在我们的身边。

西行取经就是给传统文化补通向“零缺点”的路，让我们的灵魂从东方来到“新天新地”，与主我们的真神永远生活在一起!

完全放弃自己

唐僧是极乐世界的灵魂，是大唐凡人的肉身。唐僧取经，就相当于零缺点的意识引导人的肉体行动，最终摆脱肉体的控制，成为属灵的人。

唐僧代表零缺点的意识，意识是人的大脑的活动，唐僧最大的特点是对取经的坚定，就是大脑活动对零缺点的坚定。在取经的路上，当唐僧遇到妖怪时，总是“战战兢兢”，常常吓得“跌下马来”，当遇到艰难险阻时，唐僧常常伤感地哭泣，泪湿衣襟。唐僧的“战兢”代表了人的意识对不符合要求因素的胆怯，要把事情做到零缺点，不希望价值流过程产生错误，抛弃了安全感，当有了错误迹象时，人的意识就会“战兢”，也就是警觉。唐僧经常哭泣表现了充分感受到事情诸要素带来的“痛苦”，零缺点要求抛弃对环境条件的享受，让人的意识随时“哭着”，而不是“笑着”。唐僧在取经的路上虽然历尽艰辛，经常流露出思乡的感情，但他没有因此而退缩，直到完成取经大业，这是追求零缺点对人的意识的要求。

在取经一开始，唐僧处于“昏昧”的状态，常常不认识路，不知道方向，不认识妖怪，离不开孙悟空的引导和点拨。其寓意就是人的“意识”受着凡人自我智慧的局限，通常是蒙昧、不清醒的，需要用“心”的参与，才能实现“清醒意识到”怎样是对的，即高尚的意识。唐僧师徒西行来到布金禅寺，距离灵山不远了，唐僧在马上自言自语地说：“布金，布金，这儿难道是舍卫国地界吗？”八戒说：“奇怪，师父从来不认识路，怎么今天路倒熟了！”唐僧说：“佛经上有一个故事：给孤独长者向舍卫国太子买片园，想请佛来讲经。太子不肯卖，说除非用黄金把园子铺满才行。后来，给孤独长者就用黄金做成砖，铺满园子，这才买下园子，请佛来说法。这布金寺可能和这个故事有关。”唐僧师徒有说有笑，来到布金寺求宿。说明西行取经的这一过程，使唐僧逐渐变得清醒起来，接近零缺点的要求了，接近意识的最高尚。

唐僧师徒到达灵山时，经过“凌云渡”，坐上一只无底船。船到江心，上游忽然漂下一具唐僧的尸体，悟空告诉唐僧，师父已经脱了凡胎，象征了人不再随肉体而行，成为属灵的人。唐僧被封为旃檀功德佛，旃檀是檀香木，是雕刻佛像的好材料，寓意就是意识高尚（零缺点意识）的人。

为零缺点尽心尽力

《西游记》中，唐僧经过蛇盘山鹰愁涧时，原来骑的马被小白龙吞吃，观音菩萨教他锯角退鳞，变作原马，作脚力，供唐僧坐骑，登山越岭，跋涉崎岖，驮负圣僧来西，又驮负圣经去东。白龙马象征了为实现零缺点的力量支持——尽全力去为取经人服务。为什么要将龙变成马来为取经效力呢？龙是可以腾飞的，代表自我实现的形象，马是负重的形象，代表为别人付出的力量，以此说明通过尽全力为别人服务来实现自我的道理。给“龙”的精神中注入“马”的内涵。取经完成加升为八部天龙马，盘在华表柱上，可以理解为实现了意念的正确和稳定。

克服人性的弱点

我们做一件事情，通常不愿意追求零缺点，是因为我们带有人性的弱点。人性有三大弱点：·顺服心中运行的邪灵；·随从自己的肉体私欲，任意妄为；·随从世界的风俗潮流，随波逐流。这是人的原罪在人身上的体现。《西游记》以唐僧三个徒弟的经历来说明人性三大弱点克服过程。

〇消除心中的“邪”

《西游记》中，孙悟空生于石头，来到世间是天真无邪的，学道归来即先后与牛魔王、蛟魔王、鹏魔王、狮驼王、猕猴王、禺狨王六大王结拜为“兄弟”。他们经常在一起讲经论武，饮酒玩乐，就是“心”有了邪。孙悟空大闹天宫时，还没有师傅唐僧，没有零缺点意识，感觉不到“心”是邪的，感觉不到自己需要受约束。如来佛将其压在五行山下，唐僧又将其救出，就如同有了零缺点的意识，唐僧把孙悟空从五行山下放出来时，孙悟空欣喜若狂地冲向唐僧而去，事隔不久便不顺服地跑了，经龙王一劝他又回来了，自己去把那个“金箍帽”拿起来扣在头上，表达了“心”面对约束与自由的矛盾：自己也知道需要约束，但又难以放下“自由”。紧箍成为孙悟空随时随地的约束，当他在路上与唐僧的意志相违背时，唐僧就会念紧箍咒，就是让心服从零缺点意识，不允许产生“邪念”。孙悟空助唐僧去取经，在路上与当初的“兄弟”牛魔王父子打斗，又与猕猴、狮陀怪和大鹏（当初所认识的几个魔王）打斗，就是一心追求零缺点，与“魔王”划清界限，消除心中的“邪”。

当我们的“心”持续为零缺点意识约束，一般的心理活动是心不甘情不愿，不高兴，进而由“真心”变成“假心”——又被邪控制，所以《西游记》写了“真假美猴王”的故事：孙悟空不小心打杀强盗，唐僧刚赶走真的孙悟空，就出现了假的孙悟空，真悟空到处寻求辨别，在如来的帮助下，假悟空露出了真相，被真悟空一棍打死，说明了零缺点对人的要求，就是“真心”打败“假心”，并且完全消灭“假心”。西行到了后面，来到了比丘国的京城，妖鹿变的国丈要吃唐僧的黑心，孙悟空便变作唐僧，接刀在手，解开衣服，忝起胸膛，唿喇的响一声，把腹皮剖开，那里头就骨嘟嘟地滚出一堆心来，一个个让众人看，都是些红心、白心、黄心、悭贪心、利名心、嫉妒心、计较心、好胜心、望高心、侮慢心、杀害心、狠毒心、恐怖心、谨慎心、邪妄心、无名隐暗之心、种种不善之心，更无一个黑心。代表邪灵的妖鹿就是要针对人的“多心”

而来的。人有“多心”就会生出灾祸——心头鹿撞，收伏了这个妖鹿，心头也就没有鹿撞，“多心”变成了“一心”。《西游记》对团队文化的意义，就是它强调人的心理的重要，认为做事情的人具有复杂的心理，一个人如果没有正确的工作动机，没有“一心一意”的自觉，即便他能力非凡，也可能对工作无益！零缺点的要求是直指人心的，就是要把各种“多心”去掉。只要还存在“多心”，就会被邪灵利用、破坏。

孙悟空的金箍在取经路上一直戴着，直到灵山成佛之后才自然消失，就相当于在做事情的过程中随时约束自由的“心”，当把事情做到了零缺点，“心”改邪归正了，又重新回到真正意义上的自由，外在的约束就不必要了。孙悟空被封为斗战胜佛，寓意就是以“心”与妖邪战斗，并且得胜，通过消灭种种不良因素，成为了符合零缺点要求的人。

○克服肉体的私欲

《西游记》中，猪八戒以丑陋、滑稽的形象出现。在取经路上懒惰，贪吃，好色，说谎，占小便宜，念念不忘高老庄，遇到困难就喊着散伙，凡是他单独执行任务总是落入妖怪的圈套。他就是需要随时管教的“一团肉”，他的任务是挑担，也就是随时有责任在肩，人随时有责任感，就不会放纵私欲。孙悟空平常占他的上风，捉弄他，让他去拱路、巡山、下井，干苦累的活，就是在做一件事情的时候，让价值心支配人的初级情欲，让人性不随着肉体的私欲行动，他只有跟随孙悟空一起才能正常发挥作用，才能完成取经，正如人的肉体私欲必须由价值心控制才能实现零缺点一样。

零缺点要求我们自究自省，必须克服肉体的私欲：让“价值心”去支配它，让它负起责任来，去干苦累的活……取经完成，猪八戒修成净坛使者，净坛使者是负责把桌子上的供品清干净的职位。如来对他说道：汝食肠宽大，凡诸佛事，教汝净坛，乃是个有受用的品级，说明零缺点排斥肉体的私欲，但维持生命必须的情欲（必要的吃喝等）应予以保留。

○超越对世理的痴迷

《西游记》中，沙僧代表“性从”，对世理痴迷，随世间的俗理而行动。当初，沙僧谨记观音的教导，认定跟师父取经可以功成名就。他一路上看起来老实谨慎，实则表现了暗熟世理的一面。比如：当孙悟空与红孩儿怪论亲，他引用俗语“三年不上门，当亲也不亲”哂笑之;当唐僧喝了女儿国的河水怀了孕肚子痛，沙僧安慰说那是水凉，过些时间就好了;当太白金星为狮骆岭的妖怪前来报信，他说那老头儿可能就是妖怪变的;当面对唐僧与孙悟空冲突，孙悟空被逐时，不说一句话，以求自己的安全;当八戒失宠，被师父斥责，便跟着挑剔猪八戒的长相难看……沙僧在乎自己的功利，凡事见风使舵，跟着当前的形势走，也因疏忽和懈怠经常失职。比如，唐僧被妖怪抓进了无底洞，还在呼呼大睡;有时见了妖怪来忙躲起来;在危难时见八戒嚷着要散伙，便也开始分行李;打死小妖立刻投奔观音，依靠“保护伞”的安全……所以，取经路上沙僧的任务是牵马，让“性从”成为在前面引导的因素，避免细微的疏忽和片刻的懈怠。经过一路取经之行，沙僧也渐渐从世理的痴迷中改变过来。比如，当假孙悟空要另拉队伍西去取经时，他大怒，劈头打倒假沙僧，直奔南海向观音告状;当取回的经书散落在地上，三个徒弟中唯沙僧发现书中“并无半点字迹”。

零缺点要求我们关心事情本身，而不是“跟上形势”。如果一味地按照世俗的风气去执行，就会出现这样那样的失误。工作必须摆脱对世理的痴迷，超越自己的功名，去向零缺点“告状”，去发现“经”的真伪——即做事情的经验见解的对错，主动参与事情之中，不为俗理影响所动。沙僧完成取经，因登山牵马有功，加升为金身罗汉。罗汉是佛的得道弟子修证最高的果位。金身罗汉，表明身体的性质已变得尊贵，从流沙河为妖到修成金身罗汉，意味着脱离了随波逐流的世俗性，修炼到人性不受外来影响，真正能够坚守本性，可以把一切的诽谤、非议等置之度外，不为所动!

《西游记》以取经五众在西行路上的受难和成长，来说明做一件事情时为零缺点“完全放弃自己”，人从凡人的“自我”中解脱出来，回到了真实生命的原初状态。

爱是永不止息

《西游记》向我们展示真实生命的意义，说明“完全放弃自己”不是自己的成仙、成佛，而是为了向“爱”升华，带给人们快乐的生活。

取经人 (唐僧师徒) 在路上帮助的第一个凡人，是宝象国的公主。西行经过宝象国，唐僧被碗子山波月洞的黄袍怪抓了起来，被关在后院。见一位妇人走来，她原是宝象国的公主，13 年前被黄袍怪抢到波月洞。公主对唐僧说：“我叫黄袍怪饶了你，你出去后，帮我带一封信给父王。”唐僧为了救出公主答应下来，师徒几人“一程一程，长亭短亭，一共走了二百九十九里”，才来到了宝象国。唐僧把公主写的信递给国王。

唐僧从妖怪那里出来“一程一程，长亭短亭，一共走了二百九十九里”到国王那里。那么把信送到了，把关文一换，是否就可以走自己的路了呢？

国王读完公主的信，马上要调兵遣将前去捉拿妖怪。可满朝的文武百官没有一个敢去。这时，有个大臣启奏道：“那妖怪云里来雾里去，凡人哪能降得住那妖怪。这位圣僧从东土大唐而来，一定能降妖除魔。”国王请唐僧帮忙，唐僧便让猪八戒和沙僧去抓黄袍怪。猪八戒和沙僧来到波月洞，八戒举起九齿钉耙把洞口砸了一个大洞。黄袍怪大怒，拿了钢刀走出波月洞，大声责问道：“我放了你师父，你们怎么又来捣乱。”猪八戒骂道：“你霸占宝象国的公主为妻，我们奉国王之令，前来捉拿你这妖怪。”

黄袍怪不吃你唐僧肉，并让你走了，够意思吧？结果你还要找上门来打架，这是一个什么道理呢？那就是唐僧付出“爱”的意愿还没有结束，因为真正的“爱”没有止息。正如工作中要给下一道工序的人提供一个零件，或者要给顾客做一次售后服务，对于看起来不碍事的小问题也不能说算了，如果我们真正爱下一道工序的人，真正爱顾客，即便通过了也要回来清除它，把“爱”进行到底。

黄袍怪大怒，双方斗成一团，猪八戒败走，沙僧被妖怪抓回洞里。黄袍怪又变成一个年轻人来到宝象国，进了王宫，国王和文武百官见他彬彬有礼，反而以为他是好人。黄袍怪开始对国王说谎：“微臣是碗子山波月庄人氏，自幼以打猎为生。十三年前见一只猛虎驮着一女子下山，我一箭射伤猛虎，救了那女子，并和那位女子结为夫妻，最近才知道，这女子是宝象国的公主。那只猛虎带着箭伤逃走后，却修炼成精，专门害人。现在，这妖精又变成取经的和尚，来哄骗国王。”黄袍怪说完，将一口水朝唐僧喷去，唐僧果然变成了一只老虎。国王忙命武士把老虎活捉，关在铁笼里，又大摆酒宴，感谢“驸马”。

唐僧为了救出公主，反而被妖怪变成老虎，关在铁笼里，也就是为了“爱”失去了自己的人格、尊严、荣誉等等一切。在今天的商业环境中，一件事情怎样做才能满足那个反复无常的顾客的需要、怎样做才能满足那个古怪刁钻的同事的需要，就是像唐僧那样变成老虎，让人关进铁笼子里——即放不下自己的人格、尊严、荣誉等等一切，以牺牲自己的自由为代价。耶稣基督说过：“有人打你的右脸，连左脸也转过来由他打……要爱你们的仇敌……”真正的爱可以为满足任何人的需要而完全放下自己。

晚上，妖怪在宫中喝酒，白龙马知道唐僧变成老虎，于是变成宫女去去营救唐僧，正欲刺杀黄袍怪，反而被妖怪所伤。八戒得知唐僧变成了老虎，不知如何是好。这时，白龙马对八戒说话了，叫八戒去花果山去请悟空回来（悟空之前因为打白骨精被唐僧赶走）。猪八戒去花果山请回孙悟空，孙悟空未拿住黄袍怪，来到天宫查出黄袍怪原来是奎木狼星下界为妖，玉帝命人收回该星。

请看，为了救出被困的公主，师徒五众全部参与进来了。说明做一件事情需要以服务对象的完全享受为中心，对别人的“付出”需要尽意（唐僧因得罪妖怪被关进笼子里）、尽心（孙悟空未拿住妖怪，到天上请出玉帝降妖）、尽性（沙僧打妖怪被抓）、尽力（白龙马现形帮忙受了伤），让肉体的私欲承担责任（派猪八戒去妖怪洞前挑战，并且根据任务需要被来回差遣着），把“爱”执行到事情价值流的各环节中，成为真正的“爱”。

什么是真正的“爱”？《圣经》是这样说的：爱是恒久忍耐，又有恩慈；爱是不嫉妒；爱是不自夸，不张狂；不作害羞的事，不求自己的益处，不轻易发怒，不计算人的恶，不喜欢不义，只喜欢真理；凡事包容，凡事相信，凡事盼望，凡事忍耐。爱是永不止息。

儒家奉行“仁者爱人”。“仁爱”是由“天道”派生而来的“爱”，“爱”是为了天下的“治”，有自己的原则立场，比如当被问到“何以报怨”时，孔子说：“以直报怨，以德报德。”没有为了爱任何人而完全放下自己的愿意。而《西游记》在西行取经的路上，把“仁爱”中对人有界定的那个圈激活了，神仙对凡人进行着平民式的服务，让“爱”不再是抽象的立场，而是植根于生活之中。这样一来，我们不再以自己为仁者爱人的圣人，因为我们有了真正的“爱”。

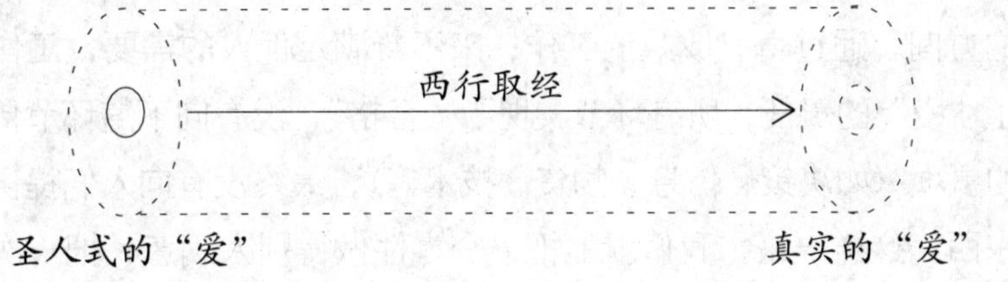

激活“爱”
（图 7-12）

取经人一路上遇到的麻烦，有时并不是因为受到妖怪的直接阻拦，而是为了主动满足别的人需要，是为了把“爱”进行到底。比如：

·西行经过车迟国，见有几百个和尚，穿得破衣烂衫，在那里喊着号子拉车做苦力，修盖寺院。又看到和尚见了道士显得心惊胆战，一句话也不敢说，只顾埋头拉车。悟空便上前问个明白……接下来降了妖怪变的道士。

·西行经过祭赛国，看到有十几个和尚披枷带锁，沿路乞讨，唐僧走上前询问。原来他们宝塔内国宝不见了，国王和众大臣一口咬定是寺里的和尚偷了塔里的宝贝，所以罚寺里的和尚带枷乞讨……接下来降了碧波潭的九头怪。

·西行经过比丘国的京城，家家户户门口放着一个鹅笼，鹅笼里坐着一个小孩子，小的三五岁，最大的也不过六七岁。唐僧师徒不解，住在一客店后，便问店里的驿丞是什么原因，原来是孩子是用来给国王做药引子的……接下来降妖怪变的国丈。

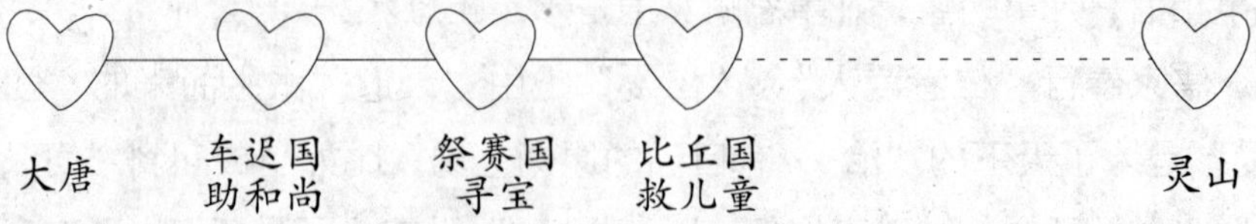

把“爱”进行到底
（图 7-13）

西行取经一路上通过施爱的活动，为人们消除了生活中的烦恼，带给了他们想要的幸福。就相当于我们在做一件事情时，将服务对象的满意作为根本追求，他们当前的需要是什么，未来会有什么期望……成为努力的方向，通过卓有成效的工作，来不断满足他人的需要，工作流程尽到了“爱”的责任，所有环节实现了“合格”，没有向下道环节传送有缺陷的事项（如决策、信息、物资、技术等），最终没有向人们提供有缺点的东西。这样一来，我们就能把一个零件做得别人满意，把一次电话打得别人满意，把一次交接做得别人满意……以施“爱”的能力建立起了自己无缺点的形象，改善了生命的素质。

试想，当人们在工作中互相付出爱，诸如设计、研发、生产、交易、客服等等工作的过程，就不再是“策划”的结果，而是“爱”的流淌。如果大家都做到了，都没有了“自我”，那就像亚当和夏娃又回到了伊甸园一样，我们在美丽的世界相爱着，即便不穿衣服也不会感到羞耻，与上帝最初造出我们时的状态一样，永生的盼望就会变成现实！

《西游记》认为，我们东土已经具有道的智慧，要把事情做到零缺点，需要要补上“爱”的思维过程，所以唐僧取经从一个缺少爱的环境中走出来，取经之路上对人们施爱成为主旋律。让东土大唐的我们从此告别只为“我”或“我们”盘算的文化，在社会生活中彻底消除“无奸不商”！

第八章　零缺点是预防的心智

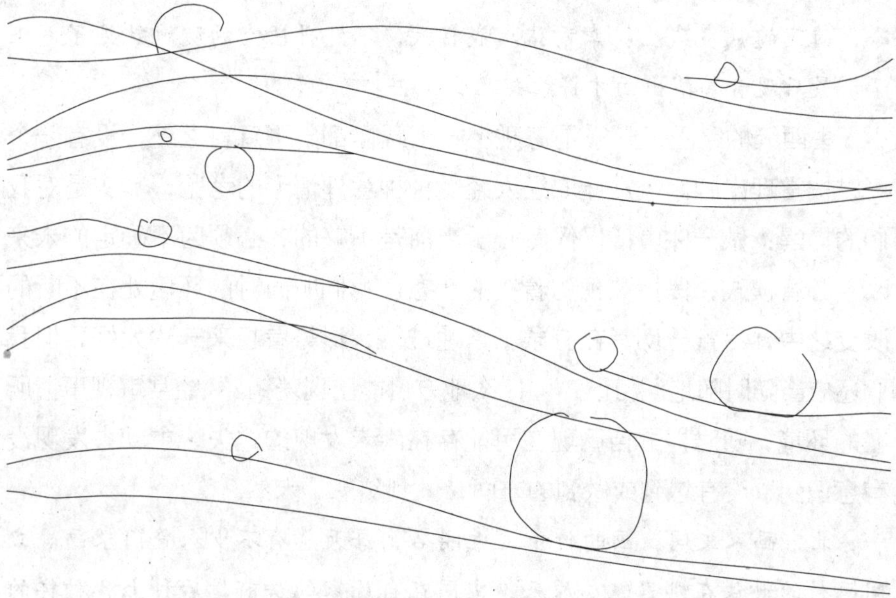

A truth was told by lively and interesting scenes

《西游记》告诉我们，做一件事情，如果不知未来的情况，只在乎当前的作业，届时可能导致自身能力在变化的情况面前难以应对。要确保行为一直不出错，就应当预知未来可能发生的“问题”，提前修正行为，这需要预防的心智。

预知未来的“问题”，运行在准备中

按零缺点的要求，人的行为必须成为符合价值流要求的“柔性”，如果“悟空”只在当前，对未来的认知不足，则可能因为行为的惯性而带来不必要的麻烦。

比如西行遇到红孩儿，看上去一小孩儿，喷一口三昧真火，孙悟空没当回事，纵云头走了。没想到这一身烟火，炮燥难禁，径投于涧水内救火。怎知被冷水一逼，弄得火气攻心，三魂出舍，可怜气塞胸堂喉舌冷，魂飞魄散丧残生！幸亏猪八戒相救，不然孙悟空的魂魄就见了阎王了。最后观音菩萨出面才将红孩儿收了去。

去西天的路上，几乎是每碰上一个妖怪都出乎意料之外，没有一个可以按常理出牌。经常让取经人经受种种意外情形的考验，其实是对我们的提醒：做一件事情仅仅专心于当前是不够的，必须为不确定的未来改善心智模式，保持“预防着”的状态。我们所面对的环境处在不断的改变之中，尽管一切都在有条不紊地进行，形势看起来一片大好，但我们还应当随时随地问自己：“什么地方可能出现差错？”经常审视事情所在的环境，随时提醒自己现在可能存在尚未发现的过失，主动去发现没有意识到、没有想到或做到的方面，做到防患于未然。

北宋画家文同，画的竹子远近闻名，每天总有不少人登门求画。文同画竹的妙诀在哪里呢？原来，文同在自己家的房前屋后种上各种样的竹子，无论春夏秋冬，阴晴风雨，他经常去竹林观察竹子的生长变化情况，琢磨竹枝的长短粗细，叶子的形态、颜色，每当有新的感受就回到书房，铺纸研墨，把心中的印象画在纸上。日积月累，竹子在不同季节、不同天气、不同时辰的形象都深深地印在他的心中，只要凝神提笔，在画纸前一站，平日观察到的各种形态的竹子立刻浮现在眼前。所以每次画竹，他都显得从容自信，画出的竹子，无不逼真传神。这就是成语“胸有成竹”的故事。

预防，不是一个淡淡的念头、朦胧的意识，是为实现零缺点而杜绝随意心的过程。在做一件事情之前就在脑海里完成了艺术般的奇思妙想，创造了精品，工作才是卓有成效的。对我们来说，不管是填写定单、制造零件、抛锚启航……刚有不良征兆就作出了反应，在麻烦产生以前就把事情做对了，才符合真正意义的预防。

张瑞敏说：“永远战战兢兢，永远如履薄冰。”比尔·盖茨说，微软距离破产永远只有 18 个月。不管什么事情，我们只有一开始就小心谨慎，工作的同时也在为可能的意外作准备，才会逐渐实现“游刃有余”的境界！

完美的预防表现为无止息地趋向具体和幸运

做一件事情，有预防的意识只是起点，要完全化解可能发生的问题，必须作实际的准备，它体现在当下的行为中。正如德鲁克所说：“管理好的企业，总是单调无味，没有任何激动人心的事件。那是因为凡是可能发生的危机早已被预见，并已将它们转化为例行作业了。”《西游记》注重这种例行作业能力的实际养成，它需要对“未来问题”的预先知道。

在西行的路上，经常有仙佛向取经人提醒将会遇到的麻烦。这种事前的提醒，可以理解为对“未来问题”的预告——主要由道家的太白金星和佛家的观音菩萨负责。比如：

·唐僧师徒来到狮驼岭，遇到太白金星来报信。告诉他们，这狮驼岭上有三个魔王：青狮怪、白象精和大鹏金翅雕。他们神通广大，本领高强。手下还有四万八千妖兵。他们听说唐僧要经过狮驼岭，一心要吃唐僧肉，派了小妖日夜巡山。

·唐僧师徒向西行走，忽然路旁柳树荫中出现一位老妈妈，对唐僧师徒说，西去五六里，就是灭法国。那国王两年前许下罗天大愿，要杀一万个和尚。这两年陆陆续续杀了九千九百九十六个无名和尚，只等四个有名的和尚，凑一万，好做圆满。原来是观音菩萨来报信。

他们预先的提醒，增加了取经人的认知范围，让“未来问题”还没有发生就得到关注，现在的行为得到及时修正，不至于到时来不及应对。

探究未来问题的最初成因，方法不断具体化

《西游记》告诉我们，对于“未来问题”必须追究实际上是怎么一回事，探究不良情形的最初成因，并以零缺点的思维知道在当前“本来该怎么办”，得到更具体的方法，人因此获得更高的理智。

西行到狮驼岭，为什么太白金星向取经人报信呢?太白金星，亦名启明，长庚，明星。古时，以金星辰见于东方谓“启明”，夕位于西方曰“太白”。作为运行于东西方之间的“星”，对西行一路上的诸事物有充分的认识。太白金星以道家长者的地位出现提醒狮驼岭上的危险，是因为道者擅长灵活而不擅长具体，所以这种“需要具体化才能解决问题”的情况在他看来就是危险的。

悟空听了太白金星的报信，叫八戒和沙僧保护着唐僧。自己先到前面去探路。悟空来到山前，碰到一个巡山的小妖“小钻风”，敲着梆，摇着铃，在高声叫喊。悟空一棒把小妖打死，夺了小妖的令牌，变成小妖的模样，直往狮驼岭走去。

探究未来的问题，也就是认识事物的真相，要把实证作为认识的来源。比如，一边用眼睛观察，一边倾听，一边推理，避免不必要的虚话、空话，就会实实在在。“小钻风”，可以理解为在“风中钻来钻去”的不良心态，也就是打探风声的意思。孙悟空打杀小钻风，这是潜心探究问题的前提，杜绝有事没事“钻风”。

悟空来到狮驼洞，被三个魔头捆了起来。小妖抬来阴阳二气瓶，把孙悟空吸到瓶里去了。悟空被装进瓶里，悟空用当年观音菩萨赠他的三根救命的毫毛变成金刚钻，在瓶底上钻了一个洞，变成虫子飞出来。一棒把瓶子打得碎，飞出了洞。孙悟空再带猪八戒来挑战，青狮怪一口把孙悟空吞下了肚。孙悟空连踢带抓，把老魔王痛得昏倒在地。从魔王的

肚里蹦出来。白象精不服气，用长鼻子卷住猪八戒回洞去。悟空变成小虫子趴在八戒耳朵上，一起进了洞。妖怪把猪八戒泡在水里，准备蒸了吃。悟空把八戒拉上岸，从后门出了妖洞。白象精再斗孙悟空，伸出长鼻子来卷。悟空把金箍棒一下子插进了他的鼻孔，白象精被悟空一把抓住，和八戒一起来到唐僧面前。唐僧不准伤他性命，叫妖怪们送过山就可以了，悟空把他放了回去。白象精回到山洞，与另两个魔王商议如何送唐僧他们过山。三魔头笑着说，这里向西几百里，就是我狮驼国，给他来个调虎离山计，保证吃上唐僧肉。小妖们抬着轿子来，唐僧师徒坐上轿，一路上，魔王前后照应，小妖们十分殷勤，悟空放松了警觉。眼看要到狮驼国了，小妖们抓住了唐僧，三个魔头抓住了悟空、八戒和沙僧，带回了狮驼国。三魔头准备把唐僧师徒蒸了吃，悟空忙念个咒，把北海龙王叫来，让他将冷气吹入锅下，盘旋围护。

上述情景说明，成功地解决“未来问题”，避免缺点的发生（留住唐僧），需要当前工作方法彻底符合实际。妖怪的各种技俩，相当于做事情时遇到的不良情形的各种迹象，取经人针对妖怪的技俩而不断拿出应对的办法，就是为了消除不良情形使得工作的方法不断具体化，从而不断符合实际。

孙悟空到西天拜见如来。对最厉害的大鹏怪的出身，如来说道：“自那混沌分时，天开于子，地辟于丑，人生于寅，天地再交合，万物尽皆生。万物有走兽飞禽，走兽以麒麟为之长，飞禽以凤凰为之长。那凤凰又得交合之气，育生孔雀、大鹏。孔雀出世之时最恶，能吃人，四十五里路把人一口吸之。我在雪山顶上，修成丈六金身，早被他也把我吸下肚去。我欲从他便门而出，恐污真身；是我剖开他脊背，跨上灵山。欲伤他命，当被诸佛劝解，伤孔雀如伤我母，故此留他在灵山会上，封他做佛母孔雀大明王菩萨。大鹏与他是一母所生，故此有些亲处。”悟空闻言笑道：“如来，若这般比论，你还是妖精的外甥哩。”如来道：“那怪须是我去，方可收得。”如来带着文殊、普贤二菩萨和悟空一起来到狮驼国。二菩萨收伏了青狮、白象。大鹏魔头不服，现了原形，展翅张爪来抓悟空。如来用手一指，大鹏就只能在佛祖头顶上盘旋，飞不走、逃不脱，只好皈依佛门。

佛是对宇宙事物的觉者，如来对大鹏身世的解释是在说明不符合要求的因素（“妖怪”）的最初成因，它需要从宇宙事物的最初起源那里开始认识。人只有通过求真、求实，认识事物的来龙去脉，向宇宙事物的起源那里认识，才能获得更高的理智，得到“符合实际”的方法，成功地解决问题。佛菩萨出面收降妖怪，相当于以完全觉悟的零缺点见解得到“终极符合实际”的方法。举个例子：

我国某地曾发生了一次局部地区突发性大暴雨，山洪将一个村庄夷为平地，但是没有人员伤亡，因为当地气象台及时发布了警报。当预报员被问到是如何预报出来这一过程时，他们指着雷达屏幕上的一个小亮点说，因为及时发现了这一信号。这个故事中，由现象到事物起源的追究是预防成功的关键。

但是，零缺点的观点认为，预防不应到此结束：明年的这个时候会不会出现这个小亮点？它的到来有什么规律？会不会是气候反常的先兆？这种反常的气候有什么特点？怎样为此而建立长效机制？这才是真正的预防。

预防要求在做事情的过程中持续发现不良的迹象并加以消除。对我们来说，单凭直观、感觉是不可靠的，必须追究事物的真相，尊重、探究客观性的知识，让工作的过程在对已知的批判中进行，不断地通过辩证的扬弃，形成正确的理论，以此作为行动的指南，工作的方法在否定之否定中无限接近真理。人在做工的同时，也知道了从前未知的世界。

根据未来问题支配环境因素，行为趋向幸运

《西游记》告诉我们，对于“未来问题”必须立即应对，观察分析当前的环境因素，并以零缺点的思维知道在当前“本来该怎么办”，适时改变支配环境因素的方式，通过生动地驾御环境而处于幸运之中。

西行到灭法国，为什么观音菩萨向取经人报信呢？观音菩萨来自佛家，相当于明白事情怎样做才符合零缺点要求的“觉者”。因为成佛的境界是“空寂”，是“不生不灭”的状态，不追求生动灵活地适应自然环境

的能力。灭法国国王因为僧人诽谤，许天愿要杀一万个和尚，还差四个，那么顺利通过灭法国，就必须躲过——当然需要生动地适应环境的能力才能避免问题。这种的情况在观音菩萨看来是危险的。

孙悟空听了观音菩萨的报信，要前去打探一下。他将身一纵，跳在空中，往下观看。他一边看，一边摇身变作一只扑灯蛾，翩翩飞向城隅拐角上的一家客店。只见里面八九个客人脱了衣服，摘了头巾。孙悟空于是取出哪些衣服和头巾，驾云飞了回去。让唐僧、八戒和沙僧换上俗人的衣服，戴上头巾。孙悟空说："从现在起，师父叫唐大官，八戒叫朱三官，沙僧叫沙四官，我叫孙二官。到城里住店，就说是贩马的，把白马做个样子。"四人牵马挑担，进城住店。店家姓赵，是个寡妇。四人吃好，准备睡觉。怕万一睡得很死，落了帽子，露出光头，被人发现，悟空就问赵寡妇找个暗处睡觉，赵寡妇有一个大柜，里面可睡六七上个人。于是唐僧师徒四人在大柜子里就睡下了。悟空睡在柜子里，伸手在八戒腿上一掐，故意说："我们原来的本钱是五千两，前面卖马得三千两，如今两褡里有四千两，这一群马再卖他三千两，也有一本一利……"赵寡妇店里跑堂的、挑水的、烧火的素与强盗一伙。他们听说悟空有许多银子，就叫来二十多个贼打劫马贩子。众贼直奔大柜，拴好绳杠，牵好马，把柜子抬起来就走。一路摇晃，师徒们都醒了，悟空忙说："别嚷，让他抬去！如果抬到西天，也省得我们走路。"众贼人得了手，不往西去，倒奔向城东。他们打开城门出去，惊动了官府，总兵府派兵捉贼。众贼人一看不妙，慌忙放下大柜子，丢了白马，各自逃走，众官兵没抓住强盗，只是夺下大柜，捉住马，送到总兵府。三更时分，孙悟空变成一只蚂蚁爬了出去，直入灭法国王宫。那国王正睡着，孙悟空从左臂上拔下一把毫毛变成众多小孙悟空，又从右臂拔下一把毫毛变成瞌睡虫。他让瞌睡虫飞到王宫内外所有人的枕边，使他们沉睡不醒，然后变出千百把剃头刀子，众小孙悟空各拿一把，去王宫内院、五府六部各衙门剃头。待全部剃完，孙悟空将毫毛收回，又变成蚂蚁钻入大柜内。那王宫内外的人醒来，摸不着头发，吓得魂飞魄散。国王心想一定是自己杀和尚造成的报应，于是立即下令：从此以后再不许杀和尚了。此时，大柜被抬上朝，唐僧师徒从里面出来。国王说：“长老是天朝上国高僧，朕有失远迎。因为僧人诽谤，朕许天愿，要杀一万个和尚，没想到昨夜叫朕为僧了。如今君臣后妃头发都被剃光了，望长老收我们为徒。”国王大摆筵席，又改国名为钦法国，然后送唐僧师徒出城西去。

取经能通过灭法国，是因为预先将国王要杀和尚这个问题延伸到了当前的环境来解决，而不是“到时候再说”。利用俗人的衣物、店家提供的大柜子、吸引盗贼偷柜子运出城、趁官兵夺了柜子的安全晚上出来剃国王头发等，有效地利用环境因素，根据当前的环境应变，获得幸运的结果。《西游记》告诉我们不要认为工作就是平平常常，事情就是普普通通，自己“反正就那样”，四平八稳地做事，而要让心智灵动起来，在工作同时也向未来穿行。

被授予“白求恩奖章”的北京积水潭医院医生韦加宁教授，几十年来追求医术的尽善尽美，不留遗憾。平常，他总是根据患者的实际情况，精心设计最佳手术方案。他绘制的手术图谱，体现了独辟蹊径的医术素养。他的大衣口袋里平时总是放着一把血管钳，只要有空儿就将血管钳套在无名指上翻飞练习。手术时，大拇指与食指在持刀持针的间隙，能在瞬间从无名指上“捞”过血管钳。他用娴熟、敏捷、精确的手术，让成百上千的患者获得了新生。

韦加宁教授把每一个病例向当前环境的延伸，精心绘图，有空就在手上练习使用血管钳……人的心智生动地存在于当前的环境，趋向最适当的医术，让病人得到了康复，避免了可能有的失误。

做一件事情，根据未来问题支配环境因素，这一过程如同孙悟空在灭法国的穿行顺利通过了国王那一关一样，行为将不断接近幸运。

“我们要悔改！”

显然，完美的预防是兼顾“方法的具体化”及“生动地适应环境”而得来的“第一次就把事情做对”。执行“第一次就把事情做对”的行为，让我们不光在物质层面作为，还成为精神领域的探路者，积极进入常人未曾进入的领域。我们的心智穿越时空，通向世界的起源和未来，知道生命的正确道路，以生命的激情演绎全新的工作理念。

生命的正确道路，就是在圣灵的引导下顺着上帝的旨意而行。《圣经》是上帝对人的启示，是作为造物主旨意的记载，不仅忠实准确地叙述了从世界受造之初的历史，而且还将未来永恒世界的奇妙展示给世人。其神圣的历史直通到永恒。在纷扰迷乱之中，上帝的圣手保持了其神圣的清纯。

耶稣基督曾和蔼地说：“现在事情还没有成就，我预先告诉你们，叫你们到事情成就的时候，就可以信。”世界上的事，正在按《圣经》所预言的时间、地点逐一准确应验。所以，我们不要执迷不悟，我们要悔改！悔改是上帝赐给人的恩！从悔改而得到圣灵的引导，从而行走在上帝的旨意中，让行为符合未来的正确和幸运！

第九章　零缺点是团队的默契

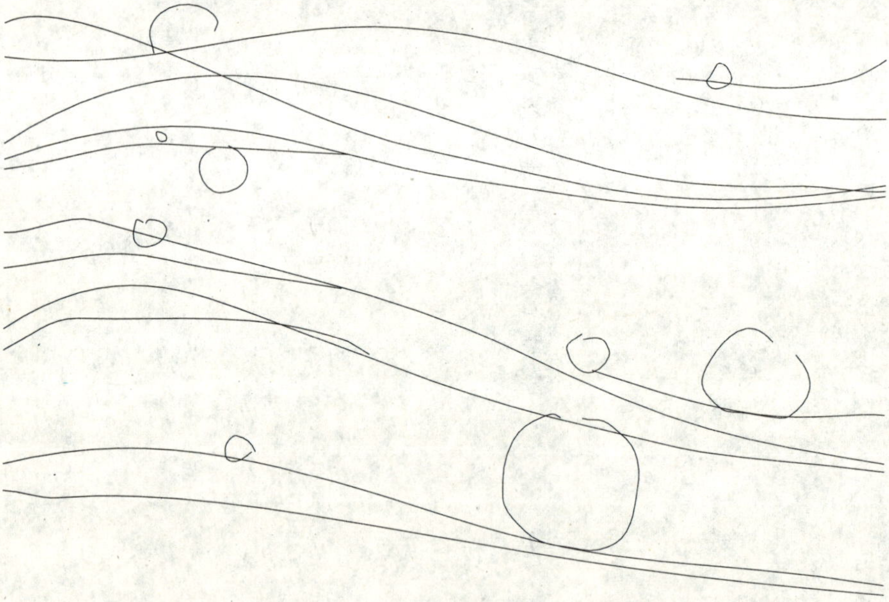

A truth was told by lively and interesting scenes

今天，社会高度分工合作。通常，一件事情的价值是通过与他人沟通、联系、合作的过程来实现的。不论什么行业，一件事情都不太可能完全凭一个人从头干到尾，不管是做产品、服务、做决策，团队合作已成为常态。工作的完美结果意味着多个人的行为均符合事情价值流过程的要求。人际间只有具有心灵的默契，行为的一致，将个人的行为完好地融汇到共同事业的价值流当中，才是实现自我价值的正确方式。这样的团队素质在《西游记》的一开始就得到重视。

话说孙悟空当了须菩提祖师徒弟，在洞中不觉倏六七年。

一日，祖师登坛讲道，看见孙悟空在一旁听得欢喜，叫孙悟空道："你在班中，怎么颠狂跃舞，不听我讲？"悟空道："弟子诚心听讲，听到老师父妙音处，喜不自胜，故不觉作此踊跃之状。望师父恕罪！"祖师道："你既识妙音，我且问你，你到洞中多少时了？"悟空道："弟子本来懵懂，不知多少时节，只记得灶下无火，常去山后打柴，见一山好桃树，我在那里吃了七次饱桃矣。"祖师道："那山唤名烂桃山。你既吃七次，想是七年了。"祖师问他学些什么道？悟空道："但凭尊师教诲，只是有些道气儿，弟子便就学了。"

须菩提祖师见悟空听得欢喜，就问："你既识妙音，我且问你，你到洞中多少时了？"意思就是你既然听得懂，这么长时间了你在干什么？孙悟空回答的意思，我本来笨笨的，趁着工作上的便利，在那里"吃桃子"。他道破了长时间未得道的原因，正如一个人在团队中，把大量的时间用来谋求自己的"利益"了，怎么能得到成长呢？祖师问他要学些什么道，孙悟空的意思，随便你，我无所谓，其实他有所谓。他学道只是为了长生，长生是为了享受欢乐——除此之外的那些学问才无所谓。他一会说本来懵懂，一会说只是有些道气儿就学了，是为什么？因为他会耍"心眼"。孙悟空最初住在花果山水帘洞，山上有花果可以摘来就吃，洞中所用之物一应俱全，不需要做工，只管耍，石猴是"心"，水帘洞是"眼"，所以孙悟空最初的能力就是吃桃子，耍"心眼"。

祖师道："'道'字门中有三百六十旁门，旁门皆有正果。不知你学那一门哩？"悟空道："凭尊师意思，弟子倾心听从。"

祖师说，“道”字门中有三百六十旁门，“旁门”的意思即非主要的学问，不是“正门”。但是祖师又说，旁门皆有正果，说明旁门也是能修到一种境界、果位，通俗地说，就是有好的成果，能带来价值。比如大家共同来制造一辆汽车，如何具体地把零配件造出来，装配起来的学问是“正门”；如何改善操作符合运行规律的学问就是“旁门”，但也是能达成一定境界，能带来价值的。

祖师道：“我教你个‘术’字门中之道如何？”悟空道：“术门之道怎么说？”祖师道：“术字门中，乃是些请仙扶鸾，问卜揲蓍，能知趋吉避凶之理。”悟空道：“似这般可得长生么？”祖师道：“不能，不能！”悟空道：“不学，不学！”

“术”者法术也，法术能趋吉避凶，但对长生无直接帮助。孙悟空一心追求长生，所以不学。

祖师又道：“教你‘流’字门中之道如何？”悟空又问：“流字门中是甚义理？”祖师道：“流字门中，乃是儒家、释家、道家、阴阳家、墨家、医家，或看经，或念佛，并朝真降圣之类。”悟空道：“似这般可得长生么？”祖师道：“若要长生，也似壁里安柱。”悟空道：“师父，我是个老实人，不晓得打市语。怎么谓之‘壁里安柱’？”祖师道：“人家盖房欲图坚固，将墙壁之间立一顶柱，有日大厦将颓，他必朽矣。”悟空道：“据此说，也不长久。不学，不学！”

“流”字门中之道包含了多家学派，工作的价值流过程如同云游天涯，总会接触三教九流的人，只有明各家之理，才能成功地合作。那它能长生吗？回答是“壁里安柱”，表面意思是“流”字门中之道不能助你长生，真实意思是你长生而不入“流”，在一个团队中，你可以作一个“顶梁柱”，可是大厦倒了，也就是说团队散伙了，你的命运就是“必朽矣”！孙悟空自称老实人，只知道为自己盘算，没有听明白，不学。

祖师道：“教你‘静’字门中之道如何？”悟空道：“静字门中是甚正果？”祖师道：“此是休粮守谷，清静无为，参禅打坐，戒语持斋，或睡功，或立功，并入定坐关之类。”悟空道：“这般也能长生么？”祖师道：“也似窑头土坯。”悟空笑道：“师父果有些滴汰。一行说我不会打市语。怎么谓之‘窑头土坯’?”祖师道:“就如那窑头上,造成砖瓦之坯,虽已成形,尚未经水火锻炼,一朝大雨滂沱,他必滥矣。”悟空道:“也不长远。不学,不学!”

“静”者寂静也,要保障工作价值流过程的流畅,需要根据客观情势收敛自己的任性,一言一行,一举一动,都不可干扰别人和事情的运行,做到“休粮守谷,清静无为”。那它可以长生吗?回答是“窑头土坯”,表面意思是“静”字门中之道无助于长生,真实意思是你长生而不明此道,你看起来是一块材料,但是未经修炼,经不起变化着的世事的考验,命运就如“一朝大雨滂沱,必滥矣”。孙悟空没有听明白,不学。

祖师道:“教你‘动’字门中之道如何?”悟空道:“动门之道却又怎么?”祖师道:“此是有为有作,采阴补阳,攀弓踏弩,摩脐过气,用方炮制,烧茅打鼎,进红铅,炼秋石,并服妇乳之类。”悟空道:“似这等也得长生么?”祖师道:“此欲长生,亦如水中捞月。”悟空道:“师父又来了。怎么叫做‘水中捞月’?”祖师道:“月在长空,水中有影,虽然看见,只是无捞摸处,到底只成空耳。”悟空道:“也不学,不学!”

“动”是行动的意思。要保障工作价值流过程的流畅,应当根据环境的变化恰到好处地作为,正如“有为有作,采阴补阳,攀弓踏弩”,学会与诸事物的运行相一致的行动。那它可以长生吗?回答是“水中捞月”,表面意思是“动”字门中之道无助于长生,真实意思是你一心追求自己的欲望,却又不明此道,那么你的目标就会变成:“月在长空,水中有影,虽然看见,只是无捞摸处,到底只成空耳。”孙悟空没有听明白,不学。

须菩提在反复提醒孙悟空一个道理:生命价值的实现不完全系于自己,你必须按事情本身的要求,与他人结成团队根据环境的变化去运行自己。而孙悟空生来就在花果山水帘洞中称王,从来都是在美境之中,别人之上,只为满足自己的欲求而活着,因为“术、流、静、动”四字门中之道不能长生,所以一一不学。为什么祖师拐弯抹角地讲上述的道理而不直截了当说出来呢?因为这猴子会要“心眼”,所也以要“心眼”的方式来沟通吧。

祖师生气地走了,撇下大众而去。唬得那一班听讲的,人人惊惧,皆怨悟空道："你这泼猴，十分无状，师父传你道法，如何不学，却与师父顶嘴?这番冲撞了他，不知几时才出来呵！"此时俱甚报怨他，又鄙贱嫌恶他。悟空一些儿也不恼，只是满脸陪笑。原来，孙悟空领会了祖师的用意，半夜三更时到祖师那里记了口诀，依旧路转到前门，轻轻的推开进去，坐在原寝之处，故将床铺摇响道："天光了，天光了！起耶！"那大众还正睡哩，不知悟空已得了好事。

祖师生气走了，大家鄙贱嫌恶猴王，猴王忍耐无言，并不是因为他的道德高尚，而是因为自己有好处，所以对大家不在乎，不理会，大家生气，他还高兴。他去学了长生妙道得了好处回来，大家还在睡，他一个劲地喊"天光了，天光了，起耶"！表面意思是天亮了，起床，其实想抒发自己的心情，不得了了，不得了了，大家都起来响应我的心情吧！可以看出孙悟空没有把身边的人和环境放在心中。《西游记》之所以要安排几十个人在须菩提那里一起学道，应是设置一个团队（又相当于"小社会"）对孙悟空"考试"的，看你能不能以正确的方式在这个社会中生存。

一日，春归夏至，大众都在松树下会讲多时。大众道："悟空，你是那世修来的缘法？前日老师父附耳低言，传与你的躲三灾变化之法，可都会么?"悟空笑道："不瞒诸兄长说，一则是师父传授，二来也是我昼夜殷勤，那几般儿都会了。"大众道："趁此良时，你试演演，让我等看看。"悟空闻说，抖擞精神，卖弄手段道："众师兄请出个题目，要我变化什么?"大众道："就变颗松树罢。"悟空捻着诀，念动咒语，摇身一变，就变做一颗松树。大众见了，鼓掌呵呵大笑，都道："好猴儿，好猴儿！"不觉的嚷闹，惊动了祖师，祖师急拽杖出门来问道："是何人在此喧哗?"大众闻呼，慌忙检束，整衣向前。悟空也现了本相，杂在丛中道："启上尊师，我等在此会讲，更无外姓喧哗。"祖师怒喝道："你等大呼小叫，全不像个修行的体段。修行的人，口开神气散，舌动是非生，如何在此嚷笑?"

孙悟空学了点皮毛就开始在人前卖弄，引起大家呵呵大笑。须菩提祖师的训话，修行的人，口开神气散，舌动是非生，说明这里是修行的地方，容不得人吵吵闹闹的。这正是工作的价值流过程对我们的要求，不得随便做小动作，不得打扰别人，不得有随意性，就如同修行一样。孙悟空学了一些“道”就卖弄本领，逗大家嘻嘻哈哈，行为违背“道”了，自己还不知道。

祖师让众人过去，再叫：“悟空过来！我问你弄什么精神，变什么松树？这个工夫，可好在人前卖弄？假如你见别人有，不要求他？别人见你有，必然求你。你若畏祸却要传他，若不传他，必然加害，你之性命又不可保。”悟空叩头道：“只望师父恕罪！”祖师道：“我也不罪你，但只是你去罢。”悟空闻此言，满眼堕泪道：“师父，教我往那里去？”祖师道：“你从那里来，便从那里去就是了。”

祖师的意思，就凭你这小技俩就卖弄了？不知天高地厚。并告诉他：“假如你见别人有，不要求他？别人见你有，必然求你。你若畏祸却要传他，若不传他，必然加害。”这是一个“趋吉避凶”的道理，而祖师最先推荐的“术”字门中之道的作用正好是“趋吉避凶”，他没有学。虽然你学了长生之道，又会了七十二变，但你在人中间惹祸，性命又难说了。孙悟空“考试”不合格，祖师从此将其拒之门外。

孙悟空回去后，很快当了天上的“齐天大圣”，与当时在烂桃山吃桃子一样，趁着工作的方便，又在蟠桃园吃桃子了。这个吃桃子，就是以大家的资源条件为自己谋利。因为一个没有真正得道的人，只会考虑满足自己的胃口，因此与团队的运行格格不入，大闹天宫上演了。

天宫请来如来佛，如来对孙悟空呵呵冷笑道：“你那厮乃是个猴子成精，焉敢欺心，要夺玉皇上帝尊位？他自幼修持，苦历过一千七百五十劫。每劫该十二万九千六百年。你算，他该多少年数，方能享受此无极大道？你那个初世为人的畜生，除了长生变化之法，再有何能，敢占天宫胜境？”

玉帝经历如此多的劫难而享受“无极大道”，脱离了阴阳掌控，获得了永生，说明他才是一位知道“如何幸运”的神仙，知道了宇宙的运行规律，天然成为主持神仙团队运行的“皇帝”。天宫神仙听命于玉帝，是因为那样去做能达到趋利避害的目的，使团队的运行受到规律的制约，在动态环境中保持组织机体的平衡。孙悟空连一个“术”字门中之道都没有学，就要以“以自己为中心”，怎么能在一个团队中长久呢？所以如来骂他是“初世为人的畜生”，只懂为自己服务的“长生变化之法”，全无团队素养。

一个组织机构，其成员是各种各样的，但是大家走到一起来，就相当于组成一个家庭，在一起相互依赖，相互支持。《西游记》通过取经之行中各路仙佛的配合，向我们展示了那种心灵共振般的默契，那种行云流水般的协调配合，带给“悟空”从前所没有的团队精神！

“值日”般的自觉

取经之行开始，唐僧、孙悟空正在路上，听得空中有人言语道：“我等是观音菩萨差来的一路神祇，特来暗中保取经者。”悟空道：“你等是那几个？可报名来，我好点卯。”众神道：“我等是六丁六甲、五方揭谛、四值功曹、一十八位护教伽蓝，各各轮流值日听候。”西行取经这一路，时刻都有观音菩萨差来的神祇在轮流“当值日”，暗中护佑取经人。

观音菩萨（明白零缺点的人）为取经人派“值日生”，这就是让我们知道，要把提供给最终服务对象的产品（服务）做到零缺点，每一个成员都应当时刻对形成最终产品（服务）的价值流各环节保持关心，当事情可能出现问题的时候，就自觉出来发挥作用，不让缺点产生，就如同默默无闻的“值日生”。当大家共有了这种心灵的默契，日常工作，就象观音菩萨派了神祇在暗中护佑一样！

精心准备别人需要的帮助

唐僧取经过黄风岭，唐僧被黄风怪抓进洞里。孙悟空去打妖怪，又被那怪劈脸喷了一口黄风，不能睁开，败下阵来，猪八戒也无可奈何。此时渐黄昏，只见那路南山坡下有一家庄院灯火光明。他两来到那家门前，叫声开门，那里有一老者请他们进入。孙悟空说，今日在黄风洞口救我师父，黄风怪一口风喷来，吹得我眼珠酸痛，些眼泪汪汪，想寻眼药。那老者即走进去，取出一个玛瑙石的小罐儿来，拔开塞口，用玉簪儿蘸出少许与悟空点上，教他不得睁开，宁心睡觉，明早就好。点毕，收了石罐，退于里面。悟空、八戒解包袱，展开铺盖睡下。不觉五更将晓，悟空眼好了，睁开眼一看，房舍窗门全没了，但有一些老树，那树上有个纸帖儿。上面写着：“庄居非是俗人居，护法伽蓝点化庐。”原来是伽蓝在此提供帮助。

请看，因为伽蓝提前知道取经人困了，知道受了什么伤，所以在一个“正好”的地方准备了一个温暖的“卫生之家”，人一到便请进屋里，小心翼翼地治了伤，退于里面，不影响人家睡觉。可以说做了一场精心的准备。一般来说，我们自己要做什么知道做准备，而真正默契的团队成员之间，这样的准备却是随时发生着的。

提前沟通容易出错的地方

唐僧师徒正在难行之处。只见那绿莎坡上，伫立着一个樵夫。那樵夫正在坡前伐朽柴，对唐僧说道：“那西进的长老！暂停片时。我有一言奉告，此山有一伙毒魔狠怪，专吃你东来西去的人哩。”唐僧闻言，忙呼徒弟去细问。孙悟空拽开步，径上山来，向樵夫问讯。樵夫说道：“此山径过有六百里远近，名唤平顶山。山中有一洞，名唤莲花洞。洞里有两个魔头，他画影图形，要捉和尚；抄名访姓，要吃唐僧。你若别处来的还好，但犯了一个唐字儿，莫想去得去得！”那樵夫说完话就不见了，孙悟空观看漫山越岭，却无踪迹。忽抬头往云端里一看，看见是日值功曹。

我们的工作不是一味重复过去，需要保持对未来的注意。个人的智力是有限的，而团队的默契可以弥补它。如果我们希望事情的进行是顺畅的，就应当关心他人的状况。工作中，当你只顾忙碌着前行，没有意识到会出错的时候，别人及时出现了，他对问题了解的精细，以至于能把所有你要注意的细节全部都告诉你，他对自己的不在乎，以至于给你提醒后又静悄悄地离开。如果随时随处都有这样的“值日生”，什么情况都能让大家一齐明白，就能总是在充分的准备中前行。

主动疏通流程遇阻的环节

孙悟空与银角大王斗法时，银角大王变成一个跌断了腿的道士让孙悟空背，孙悟空正想摔他，而银角大王却念动咒语，接连把须弥山、峨眉山、泰山三座大山移来，把孙悟空压在山底下，又把唐僧抓回了妖洞。孙悟空被三座大山压住，动弹不得。惊了山神土地与五方揭谛神众，会金头揭谛道："这山是谁的？"土地道："是我们的。""你山下压的是谁？"土地道："不知是谁。"揭谛道："这压的是五百年前大闹天宫的齐天大圣孙悟空悟空，如今跟唐僧做了徒弟。你怎么把山借与妖魔压他？他若有一日脱身出来，他肯饶你！"那山神、土地才怕道："委实不知，只听得那魔头念起遣山咒法，我们就把山移将来了，谁晓得是孙大圣？"揭谛道："他有一条如意金箍棒，十分利害，打着的就死，挽着的就伤。磕一磕儿筋断，擦一擦儿皮塌哩！你且休怕，不知者无过。你放他出来，不要教他动手打你们。"那土地山神，心中恐惧，与五方揭谛商议了，来到三山门外叫道："告大圣得知，遣开山，请大圣出来，赦小神不恭之罪。"悟空道："遣开山，不打你。"那众神念动真言咒语，把山仍遣归本位，放起悟空。

孙悟空被三座大山压着，取经之行不能继续，这就正如流程遇到阻碍一样。揭谛立即出面，通过一番对土地、山神的施压，解除了障碍。工作中，不顺利是常见的，但总有人及时出来疏通，竭尽自己的才智来解除阻碍。这样的主动，就那就好象是不同的人变成同一个人在做事一样。

应声而到，遵照执行

唐僧师徒经过比丘国，国王要用一千一百一十个儿童的心肝煎汤服药。唐僧知道后，止不住眼泪直流，悟空于是念动咒语，将城隍、土地、五方揭谛、四值功曹等一起来召，吩咐各路神仙把鹅笼里的小孩全都带到城外，好好照顾。众神领命，立即照办，不一会，所有的鹅笼都没了踪影。唐僧见了，这才放心睡觉。等孙悟空降了妖怪，国王明白了真相。

悟空又念了咒语，叫城隍、土地、五方揭谛、四值功曹等各路神仙把小孩送回京城。各路神仙答应一声去了。过了一会儿，只听半空中一阵风吹，从空中落下一千一百一十一个鹅笼。国王叫城里人各自把小孩领回家。

如果事情的进行让我们理应如此地工作，那时的行动就不再是权利，而是义务。

“小张!”

“有!”

“根据……需要，你必须如此这般去做!”

“是!”

默契意味着心甘情愿地服从任务的需要，总是在遵照执行。当然，服从不是简单的听话，是遵照“悟空”（悟空，即完全明白事情运行的真相）的意图。它带来一种公平理智的秩序，并且人人都是愉悦的。

运行在别人的困扰中

取经西行至玉华州，遇到黄狮精摄走师父、师弟及州王父子。孙悟空降妖未果，驾祥云在玉华城上转。这时，见那城头上各厢的土地与城隍迎空拜接。城隍道：“小神等知大圣下降玉华州，因有贤王款留，故不敢见。今知王等遇怪，大圣降魔，特来叩接。”此时，又见金头揭谛、六甲六丁押着一尊土地来到面前。悟空喝道：“汝等不在竹节山护我师父，却怎么嚷到这里?”丁甲神道：“我等见那妖法力甚大，将竹节山土地押解至此。他知那妖精的根由，大圣问他一问，便好处治。”悟空听言甚喜，那土地战兢兢叩头道：“那老妖乃是个九头狮子，须去到东极妙岩宫，请他主人公来，方可收伏。”东极妙岩宫是太乙救苦天尊，他坐下正是个九头狮子。孙悟空便教：“揭谛、金甲，还同土地回去，暗中护佑师父、师弟并州王父子。本处城隍守护城池。”众神各各遵守去讫。

孙悟空驾祥云在玉华城上转，说明他此时不知如何是好。这时，土地与城隍自觉地迎上前来，揭谛、金甲押着土地神前来，告诉他妖怪的来龙去脉，解决问题的方向一下明朗了。我们常有这样的体验，同理解自己的人共事会省掉许多麻烦，原因是你没有意识到该怎么做时，另外的人不是在一边看热闹，而是及时去弥补你的力不从心，诚诚恳恳，毫无假装的动机，《西游记》给了我们这样的团队气氛。

以系统诚信应对变化的环境

西行路上，唐僧收沙僧为最后一个徒弟，取经队伍（实际是一个人心智素质的基本方面）正式形成了，接下来，他们便经过万寿山的五庄观。

唐僧师徒向西天而行，来到了万寿山。万寿山上有座五庄观，观里有棵树结“人参果”，全天下都没有。地仙之祖镇元大仙就住那里。这天，镇元大仙接到元始天尊的简帖，邀他到上清天上弥罗宫中听讲混元道果。大仙当日带领四十六个上界去听讲，留下两个绝小的看家：一个唤做清风，一个唤做明月。

镇元大仙到元始天尊那里听讲混元道果是在强调“仙”与“佛”的渊源。道教中，只要悟得虚空，证得混元道果，就可以脱去天命掌控，旁观那宇宙演变轮回。证得混元道果与佛修成正果的境界是相通的，成佛的人放下了执著，得道的人清静无为，他们皆能通过改善自身，归于宇宙大道。

镇元子吩咐二童道：“不可违了大天尊的简帖，要往弥罗宫听讲，你两个在家仔细。不日有一个故人从此经过，却莫怠慢了他，可将我人参果打两个与他吃，权表旧日之情。”二童道：“师父的故人是谁？望说与弟子，好接待。”大仙道：“他是东土大唐驾下的圣僧，今往西天拜佛求经的和尚。”二童笑道：“孔子云，道不同，不相为谋。我等是太乙玄门，怎么与那和尚做甚相识！”大仙道：“你那里得知。那和尚乃金蝉子转生，西方圣老如来佛第二个徒弟。五百年前，我与他在兰盆会上相识，他曾亲手传茶，佛子敬我，故此是为故人也。”二仙童闻言，谨遵师命。那大仙临行，又叮咛嘱咐道：“我那果子有数，只许与他两个，不得多费。”二童领命，那大仙与众徒弟飞往天界赴会去了。

镇元大仙与唐僧在兰盆会上认识，兰盆会是佛教的传统节日，镇元大仙去参加，说明道教需要与佛教交流——成仙的人能生动地适应环境，成佛的人是宇宙中“不生不灭”的觉者，仙人的“心”需要觉者那样的境界，觉者的“生命”则需要仙人那种适应环境的能力。唐僧曾向大仙敬茶，镇元大仙现在用人参果款待唐僧，就是佐证仙与佛是有交往的朋友关系，且二者都能如儒家那样“仁者爱人”。说明当有了施“爱”的共识，仙与佛可以“道不同也相为谋”。

元始天尊这一次开讲混元道果，天上的神仙也参加了吗？元始天尊是道教最高神灵“三清”尊神之一，道教开天辟地之神。玉皇大帝是天庭的总管，实际上的最高神。打个比方，元始天尊就相当于全国人大委员长，玉皇大帝就相当于国家主席。既然镇元大仙的弟子除了清风、明月外全都去了，想必天上的神仙也会去了。镇元大仙去赴会前就知道唐僧要经过此处，说明了道教神仙对取经的重视，这次听讲混元道果是否就是形成各路神仙支持取经的共识呢？取经路上总能得到各路神仙的鼎力相助可以说明这一点。

今天，我们所提供的任何产品（服务）都是一种系统作业的结果。大家共同支持取经，也就是共同追求最终结果的尽善尽美，达成共同价值目标的实现。而道教中的神仙的价值观都是以“我”为中心的，要服从共同的价值目标，首先要修正以“我”为中心的价值观。

唐僧师徒经过五庄观前，清风、明月把唐僧师徒迎进五庄观，又沏上了茶。他们再去了后院的人参果树园内，爬到树上，用金击子敲了两个人参果，捧着来到唐僧面前，请他享用。唐僧见那人参果像个婴儿，怎么也不肯吃。清风、明月只好捧着人参果回到自己房间，这人参果不能久放，两人一人一个把人参果吃掉。猪八戒看见了清风、明月吃人参果，馋得口水都来了，他告诉了孙悟空。孙悟空知道人参果是宝贝，人吃了可以长生不老，便悄悄来到清风、明月的房间，拿了金击子，来到人参园内，爬上人参果树，敲下几个人参果，然后又把沙僧喊来，一人一个津津有味地吃了起来。

孙悟空以前当“齐天大圣”的时候，偷吃了蟠桃园的桃子，各路神仙拿他没办法，结果不了了之。就如同一个团队的成员都以“我”为中心一样，大家在一起各有盘算，由于各自施展，没有将资源和能力集中在共同价值目标上，“内耗”随时发生着，对混浊习以为常。所以事情的结果不可能符合零缺点的要求，一般是“差不多就行”。而在取经的路上，孙悟空以前的那个习惯还行得通吗?

清风、明月回到房间，见金击子掉在地上，连忙来到人参果园内，一数，人参果少了几个。清风、明月于是大骂唐僧，唐僧忙把悟空、八戒、沙僧喊来，询问此事，孙悟空如实承认。清风、明月要求孙悟空赔人参果，激起了孙悟空生气，他拔根毫毛变成了假悟空陪站，自己则飞到人参果园内，用金箍棒把人参果打得精光，把人参果树连根拔起。再回到房里，拔了毫毛变成瞌睡虫让清风、明月睡着，然后和唐僧、八戒、沙僧连夜离开了万寿山。

这一次在五庄观偷吃人参果，清风、明月不甘心让你占便宜，得理不让人，孙悟空一气之下将树打掉，让清风明月睡着，然后走人。意思就是我老孙吃了就吃了，你想干嘛，少装正经！毫不讲理地一走了之。以前的价值观带来了混浊，占了清风、明月的上风。

那镇元大仙赴会归来，看见清风、明月在呼呼大睡，忙把他们唤醒。清风、明月见了师父，把孙悟空偷吃人参果，打倒仙树的经过说了一遍。镇元大仙来到人参果园一看，不但人参果一个也没有了，连人参果树的叶子也开始枯萎了，他让清风、明月带路，前去追赶唐僧师徒。一会儿，镇元大仙追上了唐僧师徒，他指着孙悟空就骂，你不还我仙树，休想离开！孙悟空拿出金箍棒就向镇元大仙打去，斗了几个回合，镇元大仙一招“袖里乾坤”，把唐僧师徒四人全部收到自己的袖子里，回到了万寿山。镇元大仙叫徒弟们用绳子把唐僧师徒捆起来，叫徒弟拿来鞭子打，往悟空的腿上狠狠地抽了30下，便和徒弟们休息去了。夜里，悟空把身子一缩，绳子便落在地上，他又给唐僧、八戒和沙僧松了绑，弄来四棵柳树，把柳树变成师徒四人的模样，然后悄悄出了观门，逃离万寿山。天一亮，镇元大仙来到大殿内，发现唐僧师徒是四棵柳树变的，于是驾云追去，又把唐僧师徒抓回万寿山。

那镇元大仙赴会归来，带回了各路神仙支持唐僧去西天取经共识，首先唤醒清风、明月，知道人参果被偷吃，人参果树被毁，当然不再容这样的“内耗”发生——如此大家还怎么合作共事呢？所以，唐僧师徒在溜走后又被抓回来教训，溜走后又被抓回来教训，就是为了让他们明白这个道理。

孙悟空没办法了，只好答应帮镇元大仙救活人参果树，他驾云来到蓬莱仙岛。见了福、禄、寿三星，讲明了来意，三星以为人参果树不能救活了，于是去了万寿山为孙悟空说情。孙悟空又来到南海，请观音菩萨帮忙。观音菩萨责骂悟空说，那镇元大仙是地仙之祖，连我也让他三分，你怎么去打伤他的树！然后手托净瓶，和孙悟空一起往万寿山而去。观音菩萨叫孙悟空把人参果树栽了扶正，然后把净瓶里的甘露水洒在人参果树上，那人参果树一会儿就变得枝叶青翠，恢复了原来的模样。镇元大仙十分高兴，和孙悟空结为兄弟，又叫徒弟摘了10个人参果，开了个“人参果会”，请观音菩萨，福、禄、寿三星，唐僧师徒各人吃了一个人参果。镇元大仙又让唐僧师徒在五庄观住了几天，天天盛情款待，直到第六天，镇元大仙才亲自把他们送出五庄观。

福、禄、寿三星替孙悟空向大仙说情，观音菩萨帮助救活树，就是“道不同”的人同心同德支持取经。镇元大仙与孙悟空结为兄弟，并开“人参果会”，盛情款待，就是强调组织应当成为一个目标一致的整体，是称兄道弟的一家人，而不是分散的游击队。

道教中的神仙，是借天地运行之道的方式实现在天上的“逍遥游”，没有为人们尽“爱”的责任，通过走捷径实现长生，将自己放到与上帝并列的位置上。他们虽然具有一定的道德境界，但不可能符合真神零缺点的道德标准。所以，《西游记》让他们以各自的能力共同为凡人尽“爱”的责任，把事情做到零缺点。

今天，我们所提供的任何产品（服务）都是一种系统作业的结果。零缺点要求我们修正过时的价值观，追求最终结果的尽善尽美，实现成果的“共享”。这件事情的寓意，可以用一个简明的图来表示。

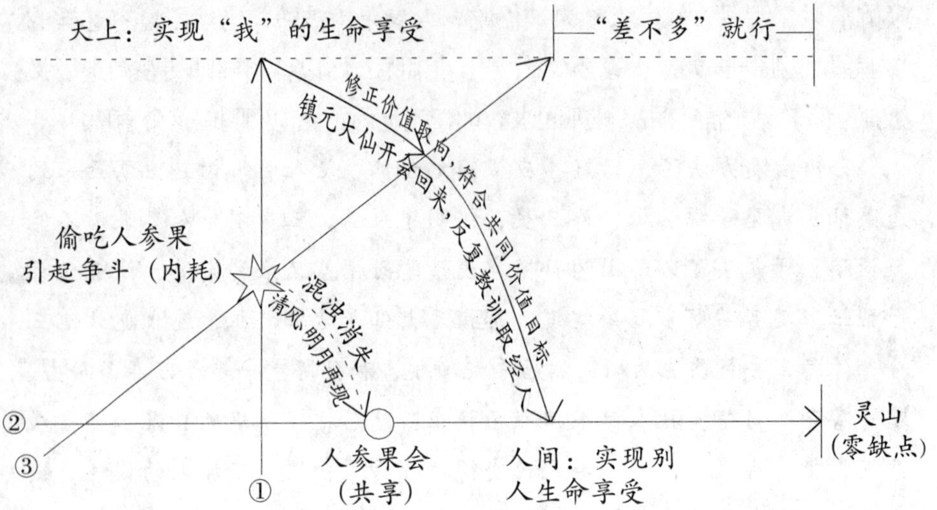

新型团队关系
（图 9–1）

说明：①以前，各路神仙追求天上生活，实现自我生命享受；②会前，虽然取经（追求零缺点），但念念不忘满足自己的胃口，事情结果“差不多”就行，希望蒙混过关；③现在，各路神仙共同支持取经，形成共同价值取向——在人间实现别人生命享受，事情结果以零缺点为目标。

今天，社会生活、市场环境总是在变化着，这种变化的环境对公司内部的运作提出了更高的要求，一个有生命力的团队是警觉的、运行顺畅的有机体，它以系统诚信从容应对各种各样的情况，成功的适应环境。西行取经先过“五庄观”，就是为适应一路上的环境变化创造一个前提，建立一种新型的团队关系！

在相互照应中前行，随机调整运行方式

取经西行至平顶山,金角大王和银角大王将唐僧摄到莲花洞中。孙悟空降妖未成，摇身变成个蓬莱山来的神仙，在路上见了两个小妖，一个是精细鬼，一个是伶俐虫。小妖称从莲花洞来，奉命去拿孙悟空，有两个宝贝可以装他，一个是红葫芦，一个是玉净瓶。悟空见了宝贝，拔了一根毫毛，变做一个大紫金红葫芦，说这葫芦连天都装在里面！两小妖

一听是个可以装天的宝贝，就愿意将手中的两个宝贝与他换——如果真的能装天。孙悟空低头捻诀，念个咒语，叫那日游神、夜游神、五方揭谛神去奏玉帝，将天借与老孙装闭半个时辰，以助成功！

孙悟空这一桩“换宝贝”的小事却要“借天”，这个“反差”实在太大了。说明什么呢？一个团队工作品质的无懈可击，表现为能在一个正好的时机把事情做对而改变运行方式，而不是巍然矗立在那里一动也不动。“借天”正是为了动摇传统的层级观念，颠覆组织结构的四平八稳。

那众神径至南天门里灵霄殿下，启奏玉帝，备言前事，玉帝道：“这泼猴头，出言无状，天可装乎？”才说装不得，那班中闪出哪吒三太子，奏道：“万岁，天也装得。”玉帝道：“天怎样装？”哪吒道：“自混沌初分，以轻清为天，重浊为地。天是一团清气而扶托瑶天宫阙，以理论之，其实难装。但只孙悟空保唐僧西去取经，诚所谓泰山之福缘，海深之善庆，今日当助他成功。”

玉皇大帝听了这个要求，不耐烦了：你这个猴子，你以为你是谁？天是我在管，却要装到你的葫芦里！怎么能装到你那葫芦里？说明组织运行方式的转变会带给高层不适应。以哪吒的话来明理，天自古以来就是高高在上，按这个理论是不能改变的。但是，取经是一件善事，也就是在追求“极乐”的实现，是一项增值的工作，乃“泰山之福缘，海深之善庆”，所以应当助他成功。这就说明了，组织机构存在的意义不是供神仙逍遥，而是供取经人“借用”的。

玉帝道：“卿有何助？”哪吒道：“请降旨意，往北天门问真武借皂雕旗在南天门上一展，把那日月星辰闭了。对面不见人，捉白不见黑，哄那怪道，只说装了天，以助悟空成功。”玉帝闻言：“依卿所奏。”那太子奉旨，前来北天门，见真武备言前事。那祖师随将旗付太子。早有游神急降大圣耳边道：“哪吒太子来助功了。”悟空仰面观之，只见祥云缭绕，果是有神，回头对小妖说，开始装天了。那小妖都睁着眼，看他怎么样装天。悟空将那个毫毛变的假葫芦儿抛将上去。只见那南天门上，哪吒太子把皂旗拨喇喇展开，把日月星辰俱遮闭了，真是乾坤墨染就，宇宙靛装成。悟空见小妖当真了，又念咒语，惊动太子，把旗卷起，又见了日光。小妖笑了，那精细鬼交了葫芦，伶俐虫拿出净瓶，一齐儿递与悟空，悟空却将假葫芦儿递与那怪，把妖怪的法宝换掉了。

名为“借天”，其实就是哪吒请玉帝降旨意，再往北天门问真武借皂雕旗在南天门上一展，把那日月星辰闭了，孙悟空趁这个机会把假葫芦抛起，形成天被假葫芦装的错觉，妖怪信以为真，于是用他们的法宝换了个假葫芦。“借天”的意义，实则是各岗位之间相互照应，相互提供方便条件，使得各岗位之间的随机调整来消除不良情况的发生，实现团队整体的协调一致。

天宫是玉帝在掌管，现在要听孙悟空的“启奏”，标志着传统运行方式的转变，克服困难的需要跨越了权力障碍。在日常的工作中，管理者通常是主角，他们决定着工作标准和内容，员工只能照章办事。而零缺点则把每一个人当主角，要求全员参与，人人想方设法消除不良情况，管理者则是与他们取得共识和帮助他们。因为“悟空”——完全明白事情运行的真相，把团队在环境中遇到的不良情况反馈到“玉帝”——掌管团队者，让团队采取主动调整自己，去服从外界的各种规律。试想，当我们遇到一个小小的麻烦都可以“借天”时，这样的团队就能在复杂的环境中履行使命。西行取经，一边行走一边“借天”，就是给一个团队的肌体增加免疫力，使它具有健康运行的机制。

打消“宽裕”的念头，把事情建立在必要条件上

唐僧师徒经过乌鸡国，为了救活国王。孙悟空半夜纵筋斗云，来到太上老君的兜率天宫。太上老君正在那丹房中炼丹。悟空道：“乌鸡国那国王被一妖精假妆道士，呼风唤雨，阴害了国王，那妖假变国王相貌，现坐金銮殿上。老孙与弟八戒找到国王，容颜不改。我师让老孙医救，万望道祖垂怜，把九转还魂丹借得一千丸儿，与我老孙搭救他也。”老君道：“这猴子胡说！什么一千丸，二千丸！当饭吃哩！是那里土块勘的，这等容易？咄！快去，没有！”悟空笑道：“百十丸儿也罢。”老君道：“也没有。”悟空道：“十来丸也罢。”老君怒道：“这泼猴却也缠帐！没有，没有！出去，出去！”悟空笑道：“真个没有，我问别处去救罢。”

老君喝道："去，去，去！"这大圣拽转步，往前就走。老君即命仙童叫回来，取过葫芦，倾出一粒金丹，递与悟空道："止有此了，拿去，拿去！送你这一粒，医活那皇帝，只算你的功果罢。"悟空接了，把那金丹噙在嗉袋里，谢了老祖，出离了兜率天宫，用这一粒金丹救活了国王。

孙悟空以救人为由，向太上老君要一千粒金丹，没同意，改要百十粒，也没同意，再改要十来粒，还是没同意，渐次少下来，直到一粒，其实一粒这就够了，所以太上老君只给了他一粒。这就相当于我们做一件事情时尽量争取资源条件的"宽裕"然后被渐次少下来一样，条件多工作起来舒舒服服，势必导致过多的支出引起事情的贬值。零缺点带来了新的工作原则，那就是精打细算地安排资源条件，不断减少支出，学会"抠门"，直到将生产经营的全过程的消耗减少至"必要"，不将额外的花销转嫁给客户。当我们以服务对象为中心的价值观来审视产品设计、制造过程、服务项目就会发现太多的浪费，我们没必要为服务对象提供奢侈，不必为产品（服务）性能的无意义的丰富而增加消耗。追求零缺点的工作品质，可以防止多种形式的浪费，降低了生产和服务的成本，取经作为一次实现事情价值的"苦行"，当然也包含了克服贪念这样的修炼。当我们持续这一状态，以精简的物资条件为人们奉献价值，工作的过程就会恰到好处地支配时间及身边的环境因素，让资源合理地流动起来，不断地增值再增值，在我们的良性掌控之中，事情快速地由量的积蓄发展到质的飞跃，获得卓越的绩效。

兼顾本分与协助，在许可的范围内变得灵活

西行途经六百里钻头山，红孩儿抓走唐僧。悟空与红孩儿战经二十合。红孩儿赢不了悟空，开始喷火。那火是"三昧真火"，悟空灭不了，只好来到水晶宫，向龙王借雨水灭火。那龙王道："我虽司雨，却不敢自作主张，必须有玉帝旨意，吩咐在哪个地方，要几尺几寸，什么时辰起住，还要三官举笔，太乙移文，会令了雷公电母，风伯云童。俗语说，龙无云而不行呢。"悟空道："我也不用着风云雷电，只是要些雨水灭火。"龙王道："悟空不用风云雷电，但我一人也不能助力，叫舍弟们同

助悟空。”

孙悟空因为不能灭火向东海龙王求助，东海龙王因为司雨，有一个严格的规范，不敢自作主张。说明一个团队的稳定运行，需要每个人都要担当好在这一过程中所扮演的角色，正视自已的工作，提高责任意识，消除过程中产生偏差的因素。

于是龙王撞响铁鼓金钟。须臾间，其余三海龙王都来了，悟空备言借水之事，众神个个欢从。

东海龙王撞响铁鼓金钟让其余三海龙王来帮忙。说明每一个人的工作除了服从整体的安排，负起这一份被明确界定的责任外，还不能对另外的事情置之不理。我们的价值目标是在环境的变化中实现的，每一个团队成员必须在自主的范围内变得灵活，要积极响应临时出现的种种情况，在相互支援中解决问题。一个人积极主动的程度体现在尽到职责的同时又在自主范围内干了些什么。

凭“悟空”调遣，打消专业之外的迷茫

西行经过车迟国，因为二十年前，车迟国遭大旱，国王请了许多和尚前来拜佛念经，没有求到一滴雨，后来来了虎力大仙、鹿力大仙、羊力大仙三个道士，他们能呼风唤雨，得到国王宠信，被封为国师，罚和尚给道士做苦力。孙悟空对此国王敬道灭僧甚是不满，冒犯了国师。

车迟国因为三个道士能呼风唤雨，得到国王宠信，被封为国师，罚和尚给道士做苦力。就相当于在一个团队中有人做了令人信服的事，大家因此言听计从，拜他们为偶像一样。孙悟空对国师的冒犯，即完全明白事情运行的真相（悟空）不会迷信偶像。

国王让唐僧师徒与国师赌求雨，以为民众求得一场甘雨论法力高低。那虎力大仙先登上高坛，点烛焚香，念声咒语，将一道符烧着，乒的一声令牌响，只见那半空里，悠悠的风色飘来。孙悟空见状，拔下一根毫毛，变作一个“假悟空”，立在唐僧旁边，真身赶到半空中，高叫：“那司风的是那个？”慌得那风婆婆捻住布袋，巽二郎札住口绳，上前施礼。

悟空道："我保护唐朝圣僧西天取经，路过车迟国，与那妖道赌胜祈雨，你怎么不助老孙，反助那道士？我且饶你，把风收了。"风婆婆道："不敢，不敢！"遂而没些风气。

斗法求雨，代表"妖道"的国师是为了自己的显圣，孙悟空则是为了让人们走出迷茫，尊重事情的真实性。双方斗法时，孙悟空制止风婆婆，理由是老孙保护唐僧西天取经，你怎么不助老孙，反助那道士？也就是说作为团队成员，你为什么不明不白地服从印象好的某个人的意思？风婆婆因为"悟空"（即完全明白事情运行的真相）立即停止了刮风。

那道士又执令牌，扑的又打了一下，只见那空中云雾遮满。孙悟空又当头叫停，又将前事说了一遍，那推云童子、布雾郎君也收了云雾。那道士念着咒，烧了符，再一令牌打将下去，只见那南天门里，邓天君领着雷公电母到当空。悟空又将前项事说了一遍，果然雷也不鸣，电也不灼。那道士愈加着忙，又添香、烧符、念咒、打下令牌。半空中，又有四海龙王一齐拥至。悟空又将前项事说了一遍，龙王道遵命！

推云童子、布雾郎君、邓天君、雷公、电母、四海龙王之前响应国师的旨意，就如同一种盲目趋焉附势的状态，现在因为"悟空"，立即停止了对妖道的配合。说明人们常常擅长专业内的业务，但却盲目跟风，真本领用来做了无用功，需要"悟空"来及时修正。

悟空又谢了敖顺道："那道士四声令牌已毕，却轮到老孙下去干事了。你列位却要助我成功。"悟空道："我将棍子为号，但看我这棍子往上一指，就要刮风。棍子第二指，就要布云。棍子第三指，就要雷鸣电灼。棍子第四指，就要下雨。棍子第五指，就要大日晴天。却莫违误。"吩咐完毕，遂按下云头下去。先让唐僧登台念经求雨，再拿出金箍棒对着天空指，天上开始刮风、布云、雷鸣电灼、下雨，斗法胜了虎力大仙。

各路神仙按"悟空"的指令行事，说明当每个成员明白事情运行的真相，抛开盲从和迷信时，团队的风气会发生彻底的改变。简单地说，一个团队不应该树立什么"圣人"，让不必要的捧场消失掉，大家都以平等的身份共同服务于取经，为了共同的价值目标及时修正努力的方向，摆脱盲目地行动，不做无用功。

团队运行效率低下的一个原因，是大家常常在迷失状态下各行其是，局部作业没有高效率地统一在整体的流程中，导致大量的工作相对于最终目标的实现毫无价值。一些企业为了提高绩效进行流程变革，但员工在变革过程中为了“本位”利益而迷茫、迟疑，不愿跟进，使得变革缺乏深层次的文化支持，成效不佳。《西游记》在这里向我们呈出了一次团队文化的改邪归正，每一个人在维护整体利益方面都不折不扣地认真，而不只是一团和气，让服从“真理”的自觉成为大家在一起工作的基本氛围!

资源集成，以有机系统取代“个人原则”

西行路过金兜山，唐僧、八戒和沙僧被金兜洞中青牛怪抓去，悟空与妖怪打斗。妖怪抛出一个亮灼灼白森森的圈子来，把金箍棒全部套了进去，孙悟空赤手空拳逃走。悟空认出那妖精是天上凶星，到天宫启奏玉帝，玉帝派天师勘查，未查出思凡下界的星斗，即让孙悟空挑选几员天将帮助降妖，悟空知道托塔李天王与哪吒太子有几件降妖兵器，玉帝即遣差李天王父子率领众部天兵前往。悟空又需要两个雷公，等战斗之时，教雷公在云端里雷霹那妖魔。玉帝又传旨教邓化、张蕃二雷公下界。

天宫没有发现不良情形产生的原因，于是让孙悟空根据取经的需要来选择人员，悟空知道托塔李天王与哪吒太子有几件降妖兵器，又需要两个雷公，等战斗之时，教雷公在云端里雷霹那妖魔，玉帝照办。这一举动相当于一个团队根据市场环境变化的需要来集成资源一样，在悟空的组织下，发挥了各人之长，已有资源条件得到合理调度，防止组织功能的松散，增加应对问题的能力。零缺点的实现需要统筹多种形态的资源（人力、物力、智力等）用以防范“问题”。

众神到了金兜山，列位商议，却教哪个先去索战？天王停下云头，扎住天兵在于山南坡下，让哪吒太子先出阵。哪吒太子至洞口与那魔王交战。那魔王取出那白森森的圈子来，望空抛起，把六般兵器套将下来，哪吒太子赤手逃生，魔王得胜而回。那邓张二雷公在空中还未来得及使法，见哪吒败回，即按落云头，聚到山南坡下商议。悟空道："只是圈子套不去的，就可拿住他了。"天王道："套不去者，惟水火最利。"悟空闻言道："说得有理！你且稳坐在此，老孙到南天门里上彤华宫，请荧惑火德星君来此放火，烧那怪物一场。"悟空又去请来火德星君纵火烧那妖魔。火德星君点本部神兵向那妖怪一齐放火。那火龙火马，火鸦火鼠，火枪火刀，火弓火箭，均被妖怪一圈子套将下去。众神又商议对策，悟空再请水德星君。水德星君即令黄河水伯神王随悟空去助战。水伯取出一个白玉盂儿道："我这一盂乃是黄河之水。半盂就是半河，一盂就是一河。"将盂儿望黄河舀了半盂，跟悟空至金兜山。待那妖怪开了石门，将白玉盂向里一倾，只见那股水骨都都的往外泛将出来，波涛泛涨，一会儿又被妖怪的圈子收走了。孙悟空一气之下，将毫毛拔下一把变做三五十个小猴与妖怪缠打，妖怪又用圈子把那毫毛变的小猴套走了。悟空摇身变化，钻进洞里去，费若干精神气力，将那铁棒等物偷出，又去向妖怪索战，又被妖怪套去，无法降伏。

首先商议谁是索战，李天王主动让自己的亲子哪吒前去，可以看出神仙这一方是完全没有私心的阵营。哪吒败在那圈子下，悟空说："只是圈子套不去的，就可拿住他了。"天王接着说："套不去的，惟水火最利。"这是一边解决问题一边沟通的情景，在沟通中得出"用水火对付圈子"的办法。一个团队按零缺点的要求运行，应时时以事实为基础，通过沟通、合作与过程优化，将分散的智力整合到一起，从而形成可信赖的共识和与一致的行动，避免漫不经心地"各自思考"。人与人之间具有共同的语言、工作的方法、技巧，没有什么是服务于"我"的（孙悟空的棒、哪吒的兵器、火德星君的火器、半河黄河水、毫毛变的猴兵都用来降妖了），西游记好象在说明，人间一切事物（金木水火土）的运行，都不应当是服务于"我"的，而是用来降妖的。

孙悟空上灵山向如来求助。如来听说，将慧眼遥观，对悟空道："那怪物我虽知之，但不可与你说。你这猴儿口敞，一传道是我说他，他就不与你斗，定要嚷上灵山，反遗祸于我也。"如来道："我这里着法力助你擒他去罢。"悟空道："如来助我什么法力？"如来即令十八尊罗汉开宝库取十八粒“金丹砂”与悟空助力。悟空道：“金丹砂却如何?”如来道：“你去洞外，叫那妖魔比试。演他出来，却教罗汉放砂，陷住他，使他动不得身，拔不得脚，凭你揪打便了。”悟空笑道：“妙，妙，妙！趁早去来!”那罗汉不敢迟延，即取金丹砂出门，悟空又谢了如来。与众罗汉驾祥云到了金山。悟空引出妖怪,罗汉把金丹砂望妖魔一齐抛下，那妖怪从漫飞砂中拔出脚来，忙取圈子，把十八粒金丹砂又尽套去。

原来，那个圈子是太上老君的防身之宝——是服务于“我”的。它挡在取经的路上，就如同大家追求共同价值目标时却有人抛出“我的原则”一样，一个笼而统之的“圈子”：以个人得失为中心，表态含糊其词，办事留个余地，交友服从利益……那么，一切人员、工具、方法均失去作用了。如来知道这妖怪跟太上老君有关，所以不愿说出底细。太上老君是道家的创始人，太上老君当年过函关，化胡为佛，就是用金钢琢作防身之宝。所谓“化胡为佛”，是指佛祖是太上老君过函关去天竺点化而成佛的。如来只能以金丹砂降妖，“陷住他，使他动不得身，拔不得脚，凭你揪打便了。”说明对付与价值流运行不一致的“个人原则”，必须设法限制他为自我安全设置的圈子——那一套策略、方法和技术。

这时有二罗汉前来告诉悟空，说如来让他上离恨天兜率宫太上老君处求助，原来那妖怪是太上老君坐骑青牛。太上老君下界，将金钢琢吹口仙气，穿了那怪的鼻子，解下勒袍带，系于琢上，牵在手中。跨上青牛背上，驾彩云，径归兜率院。

妖怪来自太上老君那里，最终只能由太上老君收回，说明高层的怠慢是问题产生的原因，解决问题的关键在于高层的重视。只有自上而下地统筹资源，以有机的系统运行整个团队，每个人都打破自己的“圈子”，才能完全消除不良，事情的进行才能变得顺利和流畅。

共同警觉不良迹象，形成自动预防的灵敏团队

西行路过火焰山遇阻，只有翠云山芭蕉洞中铁扇公主的芭蕉扇可以熄掉山上的大火。悟空前去借扇,铁扇公主哪里肯借，用芭蕉扇一扇阴风，孙悟空被风刮起，飘飘荡荡到了小须弥山，灵吉菩萨就住在这里，

孙悟空去请灵吉菩萨帮忙。灵吉菩萨送给他一颗定风丸，有了定风丸，芭蕉扇就扇不动他了。悟空一个筋斗云又回到了翠云山,再也不怕风了。

孙悟空被风扇到一个地方，正好遇到灵吉菩萨，然后请他帮忙，对方乐促其成。正如一个团队按零缺点的要求运行时，一切人和事物就会变得相互关联，具有应变性，通过各种联系来随机应对困难。

孙悟空设计从铁扇公主那里骗来芭蕉扇，不留神又被牛魔王骗走。牛魔王与悟空两个大展神通，在半山中赌斗，惊得那过往虚空一切神众与金头揭谛、六甲六丁、一十八位护教伽蓝都来围困魔王。众多神四面围绕，土地兵左右攻击。

牛魔王与悟空在半山中赌斗，惊动了那过往虚空一切神众，孙悟空身边的众神与土地兵参与进来降妖，正如团队成员共同保持警觉时，能做到心灵感应一样，对不良迹象天地不容。

牛魔王抵不住，败了阵，往北就跑。早有五台山秘魔岩神通广大泼法金刚阻住道：“牛魔，你往那里去！我等是释迦牟尼佛祖差来，布列天罗地网至此擒你！”正说话间，随后有悟空、八戒、众神赶来。那魔王慌转身向南走，又撞着峨眉山清凉洞法力无量胜至金刚挡住，喝道：“吾奉佛旨在此，正要拿住你也！”

牛魔王逃跑，先后被泼法金刚和胜至金刚挡住，这二位金钢均来自佛祖的派遣。佛祖远在数万里之外，怎么知道派金钢来降妖呢?因为成佛的人有一种能力就是慧观，即在符合自然客观规律的基础上，同时启动和运用灵感、灵悟、灵思，结合身感、心悟、心观进行观察，通过对事物的本因、内因和外因全面综合的研究，了解宇宙事物运行的规律。在这里相当于以零缺点的观点来观察整个事情的过程，发现某时某地有不良迹象，知道怎样去应对，指导当事人的实践。

牛王心慌脚软，急抽身往东便走，却逢着须弥山摩耳崖毗卢沙门大力金刚迎住道：“我奉玉帝旨意，特来此剿除你！”牛王急了，摇身一变，还变做一只大白牛，使两只铁角去触天王，天王使刀来砍。随后孙悟空又到，哪吒太子厉声高叫：“愚父子昨日见佛如来，发檄奏闻玉帝，说唐僧路阻火焰山，孙悟空难伏牛魔王，玉帝传旨，特差我父王领众助力。

牛魔王再逃跑，又撞见玉帝派来的人。玉帝怎么知道这里在发生什么呢？玉帝代表了彻大道的人，道家修炼成仙的人具有一种能力，就是对宇宙运行规律的掌握，以此能力可以济世度人，为世人指点迷津，去除不良观念和做法。在这里，相当于按事情运行的规律调配团队成员行事，消除不良情形。

哪吒取出火轮儿挂在那老牛的角上，便吹真火，焰焰烘烘，把牛王烧得张狂哮吼，摇头摆尾。才要变化脱身，又被托塔天王将照妖镜照住本象，腾那不动，无计逃生，只叫："莫伤我命！"让妻子铁扇公主交出了芭蕉扇,灭了山上火焰。

托塔天王和哪吒是父子关系，他们之间的配合最终降伏了牛魔王，象征了解决问题的思维、方法终究要依赖亲密无间的人际关系。

西行取经能顺利通过火焰山，得益于众仙佛在每个关键时间、地点的参与。这正如一个团队中自上而下确立了零缺点的工作信念，每个人看问题的角度、解决问题的方式被零缺点的价值目标统率起来，覆盖到整个工作过程，以各部分的配合形成无懈可击的系统，稍有不良迹象便能引起共同的关注，打破人与人之间、部门与部门之间的界线，敏捷的协同作战，对多变的市场环境响应灵敏度高、对工作价值流程所发生问题的反应时间短，有一套自动发现并解决问题的机制。

能力流动，让协作成为随时随处发生的机制

取经西行到祭赛国，护国寺庙中丢了塔上宝贝舍利子，乃是乱石山碧波潭九头虫偷走。悟空与八戒来到碧波潭，正与九头虫争斗间，忽然出现大风大雾，原来是二郎神领着梅山六兄弟在闲暇时打猎。他们架着鹰犬，挑着狐兔，抬着獐鹿，一个个腰挎弯弓，手持利刃，纵风雾经过此处。

取经人在降妖，二郎神在打猎，正如团队中有人在势单力薄地干活，有人闲得到野外找吃的，各干各的活，不良情形就可能随之增加。

悟空因为曾败在二郎神手下，碍于情面，便叫猪八戒去请二郎神助战。八戒急忙跳上云端，大喊道："真君慢走，齐天大圣孙悟空求见。"二郎神一听，马上和梅山六兄弟一起落下云头。见了孙悟空，二郎神道:

“大圣,你脱去大难,受戒沙门,刻日功完,高登莲座,可贺,可贺!”孙悟空请二郎神助战，打败九头怪，夺回宝贝。

孙悟空和二郎神是曾经的“对手”，取经的使命让他们冰释前嫌，由之前各自能力的互相消耗，变为能力互相补充。《西游记》告诉我们，大家在一起不是比谁更厉害，而是“不分你我”。

二郎神欣然同意，即取金弓，安上银弹，打那九头虫，那哮天犬撺上去汪的一口，把九头虫的一个头咬了下来，九头虫忍痛逃走而走。悟空、八戒趁机取回宝贝舍利子。

二郎神的加入，带来了金弓、银弹，还有哮天犬，妖怪很快被降伏了。“闲”的能力渗透到“忙”的环节中，取经人不仅得到人力的增加，还得到资源的补益，这就能力的流动。因为人是最活的资源，人在相对固定的岗位上作业的同时，也可以根据组织体适应环境的需要向薄弱环节渗透，补益资源的不足，实现整体能力的合理化。

《西游记》告诉我们，工作价值的实现必须以组织的系统能力作保障。一个组织体的系统能力，不只是人们按某种机械分工各就各位地干活形成的那个能力，还包括各自能力之间的“渗透”形成的能力。

在一些国际上的先进企业里，人们做事情有一个习惯，就是“不分你我”。一个人把手头的工作做完了，他觉得自己岗位比较空闲，就会做一些其它的事情，一点也看不出他们还有心思为自己盘算什么，因为人人关心着团队。

拒绝华而不实，以正确的见解指引工作过程

唐僧师徒往西天而行，看到一座寺院，上面写着“小雷音寺”。唐僧师徒进去，看到如来大殿，四金刚、八菩萨，还有五百罗汉排列两旁。唐僧、八戒和沙僧一步一拜，登上灵台。这时，听莲台上厉声叫道：“那孙悟空为何不拜？”悟空认出是妖怪所为，冷笑一声，拿出金箍棒就打。正在这时，只听得“丁当”一声，那妖怪抛出一副金钹，把悟空合在金钹之内。那些罗汉们一拥而上，把唐僧、八戒、沙和尚捆了起来。

唐僧取经的地方是西方天竺国雷音寺，这个“小雷音寺”是妖怪设

的。唐僧、八戒和沙僧一步一拜，登上灵台。说明人被假象迷惑了。悟空认出是妖怪，而妖怪用金钹把悟空装了起来（金钹是一种圆形的打击乐器，两个圆形片，中心鼓起成半球形，合在一起敲打，中间是空的，外围密不透气，铿锵作响，声音洪亮）。说明虽然发现了不良情况，而一种空洞的、高调的理论观点蒙蔽了人心，也就是哗众取宠被认可了。唐僧被妖怪抓了——“意识”被不良情形俘获，说明事情运行中随时可能产生缺点。

悟空被妖怪合在金钹里，左拱右撞不能出来，只得念个咒语，招来五方揭谛、六丁六甲、一十八位护教伽蓝帮忙，众神一齐掀钹，但是不能揭得分毫。于是揭谛上南天门禀明玉帝，玉帝立即差遣二十八星宿前去救援。二十八星宿使枪的使枪，使剑的使剑，使刀的使刀，使斧的使斧；扛的扛，抬的抬，掀的掀，捎的捎，弄到三更，也没有把金钹打开。

悟空念咒招来众人帮助，就是当事人认识到问题的存在，为了保证事情的质量（不产生缺点），呼吁大家破除空洞的观点，拒绝言之无物的东西。众人一齐来鼓捣这个钹，使用各种工具也没有打开，说明大家认知简单、方法笨拙，没能发现有什么破绽，这种空洞的表述看上去无懈可击。

天神亢金龙把身子变小，用似针尖儿一般的龙角尖儿顺着钹的合缝口伸进去，用了千斤之力，才穿透到钹的中空里。悟空将金箍棒变作一把钢钻儿，在龙角尖上钻了一个小孔眼儿，再把身子变小，蹲在孔眼里。亢金龙将角拔出，悟空才跳出了金钹，并打碎金钹。

天神亢金龙用似针尖儿一般的龙角尖儿顺着钹的合缝口伸进去，用力地钻进去，寓意是用更加精细的方法做工，加上坚持不懈地努力，才能找到理论的破绽。悟空在龙角尖上钻了一个小孔眼儿，再蹲在孔眼里，亢金龙将角拔出，悟空跳出打碎金钹。寓意是在精细方法的引导下，从迷惑中解脱出来，把原来空洞的观点打破了。

悟空和二十八宿天兵以及揭谛众圣，各拿器械，把那妖怪围在中间，老妖魔公然不惧，一只手使狼牙棒，架着众兵，一只手去腰间解下一条旧白布搭包，往上一抛，滑的一声响，把孙大圣、二十八宿与五方揭谛，一起装了去，挎在肩上回到洞中，解开搭包，拿一个，捆一个。

这个妖怪和身份是弥勒佛面前司磬的一个黄眉童儿，他用的旧白布搭包是弥勒佛的后天袋子。后天袋子，可以理解为用作外包装的工具，对“后天”的表现进行包装。妖怪用这个“后天袋子”把所有人都装进去，寓意就是大家取得一点成绩又听不得奉承话，别人用语言来包装一下就不知东南西北了，正如被“后天袋子”装进去了一样。

悟空设法逃出，救出众人上路，没想到半路又被妖怪用褡包将唐僧、八戒、沙僧、天兵等众收去，唯悟空没被装。

大家摆脱出来，有了不落“俗套”的自觉。半路又被装进去，说明刚有点“成绩”再来“包装”一下，又不知东难西北了，这就是人性的弱点。

孙悟空想起南赡部洲武当山上有位真武师祖，号称荡魔天尊。悟空于是去请他帮忙。荡魔天尊派遣龟、蛇二将并五大神龙去小雷音寺助力擒妖，与妖魔战经半个时辰，那妖精就解下搭包，把个龙神龟蛇一下又装去了。

荡魔天尊是元始天尊的属下，是道教尊者，生性豪爽,自有一股傲气,向来不轻易服输,神仙称他为“天地不怕”。他当年威镇三界，剪除天下妖邪，玉帝命镇守五当山。而他手下的人也被后天袋子装了，说明他们也自认为“了不起”，也经不起奉承。

悟空正在沮丧之中，这时日值功曹来了，说在南赡部洲盱眙宾城有个大圣国师王菩萨，神通广大。他手下有个徒弟，叫小张太子，还有四大神将，曾降伏水母娘娘。去请他准可以降妖。国师王菩萨答应帮助悟空，派遣小张太子和四大神将帮忙。众人与妖怪争战多时，不分胜负，那妖精又解搭包，把四大将与太子又装了进去。

小张太子原是一国君王的儿子，后入沙门，成佛家子弟，俊朗潇洒，为人正义。而他和手下的人也被后天袋子装了，说明他们也自认为“了不起”，也经不起奉承。

悟空正无可奈何的时候，路上碰到东来佛祖弥勒佛，专门为了这个小雷音妖怪而来。弥勒佛道：“他是我面前司磬的一个黄眉童儿。三月三日，我因为赴元始会去，留他在宫中看守，他却把我的宝贝拐来，假佛成精。那搭包儿是我的后天袋子，俗名叫做人种袋。”弥勒用右手食指蘸着口中神水，在悟空掌上写了一个“禁”字，教他捏着拳头，见妖怪当面放手。于是悟空向妖怪索战，斗了一阵，把拳头一放，那妖怪受了禁，果然不用那个搭包。

妖怪见“禁”字不再使用后天袋子，就是当事人明确地向你表示：禁止华而不实，不接受你那种虚伪方式了。正如工作过程中，人们都向不负责任的空话、表面上的好话说“不”，那么华而不实就失去作用了。

弥勒佛告诉悟空，他装成瓜农，让悟空前去挑战，把那妖精引到瓜田旁，然后变成个大熟瓜，当那妖精要吃瓜时，弥勒佛把悟空变成的瓜给那妖精，悟空趁机钻到那妖怪的肚里，使他就犯。悟空依计而行，降了妖怪，弥勒佛将黄眉童儿装在白布褡包里，回了极乐世界。

弥勒佛出面降妖成功，说明真正明白零缺点的人带来正确的见解，使得事情在正确的见解的指引下进行，消除了不良情形，从根本上解决了问题。

关照簿弱环节，实现系统能力的均衡

西行路经黄花观，遇见一妖怪道士。唐僧、八戒、沙僧被一妖怪道士的毒茶毒倒。悟空打道士，道士用他胁下的一千只眼迸放金光，悟空只在那金光影里乱转，败下来，变作穿山甲从地下钻了二十余里才出来。正在为失去师傅悲伤时，忽见一个妇人，身穿孝服，左手托一盏凉浆水饭，右手执几张烧纸黄钱，从那厢一步一声哭着走来。原来是黎山老姆，才自龙华会上回来，见唐僧有难，假做孝妇，借夫丧之名，免唐僧一死。黎山老姆告诉悟空，那道士是个百眼魔君。千里之外有个紫云山，山中有个千花洞，洞里有位毗蓝婆能除他。

唐僧被妖怪道士毒倒，悟空打道士败下来，黎山老姆自龙华会上回来，见唐僧有难，她假做孝妇，借夫丧之名，免唐僧一死。相当于工作流程中由于未料到的问题的出现，当事人无能为力，马上要产生缺点了——眼看唐僧没有了，在这个时候有人及时站出来哭，表明甘受委屈和被人误解，提醒悟空该怎样去做，避免了缺点的出现——留住了零缺点意识。说明取经之行（追求共同价值目标的过程）引起了人们自觉关照薄弱环节的意识。

悟空来到紫云山，见了毗蓝婆，悟空请毗蓝婆到黄花观降妖。毗蓝婆说："我隐姓埋名，已有300余年来未曾出门，你怎么知道我在这里?"悟空说不管哪里，都能访着。毗蓝婆道："本当不去，无奈大圣下临，恐怕负了求经的善举，就和你去走一趟吧。"

百眼魔君在那里干坏事，而可以降伏它的毗蓝婆却在千里之外，隐姓埋名有300余年未曾出门，说明没有取经（没有共同价值目标）的时候，没能让"正好"的人做"正好"的事，虽然问题多多，而能人却远在天边，是闲在那里的，才能是被埋没的。毗蓝婆恐怕负了求经的善举，去走一趟，则说明对共同价值目标的追求能引起人们对事情运行中存在的问题的关注，以各自的所长对问题进行"牵制"。实现各种人才互相取长补短，人尽其才，才尽其用。

毗蓝婆和悟空一起来到黄花观，百眼魔君眼放金光，炫人眼目。毗蓝婆用儿子昴日星官炼成的一根绣花针，抛向天空，百眼魔君闭了眼，动惮不得。毗蓝婆又拿出解毒丹救活了中了毒的取经人。

百眼魔君的眼睛很厉害，昴日星官的一根绣花针能破它，百眼魔君的毒药很厉害，毗蓝婆的解毒丹能化解。像五行相克一样，任何事物的威力都不会超过一定的限度，不会达到无法控制的地步，必然存在一种对它进行有效制约的方法，否则，以动态平衡为特征的工作流程就会遭到破坏。《西游记》告诉我们用"道"的智慧加以控制，改善流程的质量。

在一个完好的品质体系中，"诚信"构成了它全部，互补、互助构成了系统能力的基础。当哪里出现了别人没注意的"空白"，就有人主动在哪里负起责任，通过注意力、方法、技术等的补充，使得各种困难得以克服，实现系统能力的均衡化。

主动参与，避免知识与职责的分离

西行至天竺国东界金平府旻天县，唐僧被本县慈云寺僧留赏元宵。金灯桥上有金灯三盏，点灯用酥合香油，价贵白金五万余两，年年有诸佛降祥受用。正看时，有三尊由妖怪变的佛像降临。唐僧上桥就拜，被妖怪摄去。悟空追到青龙山玄英洞，洞中有三怪，名辟寒大王、辟暑大王、辟尘大王,唐僧被锁在洞中。悟空与八戒沙僧苦战妖怪未胜，八戒沙僧又被妖怪捉去捆了。悟空因此上天宫请玉帝查妖怪来历，收复妖怪。

孙悟空到了西天门外，忽见太白金星与增长天王，殷、朱、陶、许四大灵官讲话。悟空说明来意，金星呵呵冷笑道：“大圣既与妖怪相持，岂看不出他的出处?”悟空道：“认便认得，是一伙牛精。只是他大有神通，急不能降也。”金星道：“那是三个犀牛之精。他因有天文之象，累年修悟成真，亦能飞云步雾。其怪极爱干净，常嫌自己影身，每欲下水洗浴。他的名色也多：有兕犀，有雄犀，有牯犀，有斑犀，又有胡冒犀、堕罗犀、通天花文犀，都是一孔三毛二角，行于江海之中，能开水道。似那辟寒、辟暑、辟尘都是角有贵气，故以此为名而称大王也。若要拿他，只是四木禽星见面就伏。”

孙悟空见到太白金星，说明来意，太白金星笑悟空对妖怪的了解不多。接着，仔细地描述了妖怪的成因、能力、生活习性、名色以及谁能拿他们。那么,你太白金星知道的这么清楚，为什么不主动去降了他们呢？如同一个人对已经存在的问题、解决问题的办法知道的一清二楚，但偏要让问题放在那里一样，不愿尽职责。是为什么呢？没有参与事情的主动。

悟空连忙唱喏问是那四木禽星，金星笑道：“此星在斗牛宫外，罗布乾坤。你去奏闻玉帝，便见分晓。”悟空拱拱手称谢，径入天门里去。不一时，到于通明殿下。四天师即领悟空至灵霄宝殿启奏。玉帝传旨：“教点那路天兵相助?”悟空奏道：“老孙才到西天门，遇长庚星说，那怪是犀牛成精，惟四木禽星可以降伏。”玉帝即差许天师同悟空去斗牛宫点四木禽星下界收降。及至宫外，早有二十八宿星辰来接，天师道：“吾奉圣旨，教点四木禽星与孙大圣下界降妖。”旁即闪过角木蛟、斗木獬、奎木狼、井木犴应声呼道：“孙大圣，点我等何处降妖?”悟空笑道：“原来是你。这长庚老儿（太白金星）却隐匿，我不解其意，早说是二十八宿中的四木，老孙径来相请，又何必劳烦旨意?”四木道：“大圣说那里话！我等不奉旨意，谁敢擅离？端的是那方？快早去来。”

悟空当面请示玉帝，玉帝却问:“教点哪路天兵相助?”说明他对这个问题是毫不知情，也不知道怎么去解决。在慈云寺金灯桥上的，年年用酥合香油点金灯，酥合香油价贵白金五万余两，这些都被犀牛精受用了。玉帝全权掌管天上之事, 却全然不知。显然，一切在他的“下面”，不太关心人间的不良情况。天上的太白金星知道有这帮妖精，直接告诉孙悟空找谁帮忙，岂不省事?可是权力又在玉帝手中。

悟空道：“在金平府东北艮地青龙山玄英洞，犀牛成精。”斗木獬、奎木狼、角木蛟道：“若果是犀牛成精，不须我们，只消井宿去罢。他能上山吃虎，下海擒犀。”悟空道：“那犀不比望月之犀，乃是修行得道，都有千年之寿者。须得四位同去才好，切勿推调，倘一时一位拿他不住，却不又费事了?”天师道：“你们说得是甚话！旨意着你四人，岂可不去？趁早飞行，我回旨去也。”那天师遂别悟空而去。四木禽星跟着孙悟空，驾着祥云，来到青龙山。

四木禽星内部开始拆台,斗木獬、奎木狼、角木蛟的理由是：“若果是犀牛成精，不须我们，只消井宿去罢。他能上山吃虎，下海擒犀。”意思就是这点事我们还不清楚吗?井宿去就可以了,以知识来推御职责。悟空说那犀牛修行得道，须得四位同去才好，这是让他们加深对问题的认识。天师补充，旨意着你四人，岂可不去?这是在强调履行职责的重要。有了对问题的认知，有了职责，必须参与到事情中去。

四木禽星让悟空去挑战，把妖怪引出洞。悟空来到洞口挑战。三个妖王指挥小妖，把孙悟空团团围住。这时，四木禽星从山上跳下来，大喝孽畜住手！三个妖王回头一看，认得是四木禽星，吓得赶快逃命！众小妖都显了原形，山牛精、水牛精、黄牛精满山乱跑。那三个妖王也显了原形，是三只白犀牛，放开蹄子朝东北方向逃去。悟空和四木禽星紧紧追赶，直追到西洋大海。犀牛精一头钻进海水里，他们头上有角，极能辟水，逃得飞快，一直向海心里逃去。

悟空和四木禽星追赶，妖怪显了原形到处乱跑。众小妖都显了原形，山牛精、水牛精、黄牛精满山乱跑。那三个妖王也显了原形，放开蹄子朝东北方向逃去。由此可见，知识与责任的分离带来的结果是:大小问题到处都是，以各种形态分布，增加了最终解决问题的难度。

西海中探海的夜叉远见犀牛分开水势，又认得孙大圣与二天星，即赴水晶宫对龙王慌慌张张报道：“大王！有三只犀牛，被齐天大圣和二位天星赶来也！”老龙王敖顺听言，即唤太子摩昂：“快点水兵，想是犀牛精辟寒、辟暑、辟尘儿三个惹了孙悟空。今既至海，快快拔刀相助。”敖摩昂得令，即忙点兵。顷刻间，龟鳖鼋鼍，鯾鲌鳜鲤，与虾兵蟹卒等，各执枪刀，一齐呐喊，腾出水晶宫外，挡住犀牛精。三妖怪很快被降，随后消灭了山上的小妖。

悟空和四木禽星追赶，妖怪显了原形到处乱跑。老龙王敖顺一听，很快知道是犀牛精辟寒、辟暑、辟尘儿三个，说明老龙王敖平时也知道有妖精的存在，但没有管他们，现在是惹了孙悟空，也就是妨碍了取经，而且又到自己家门口来了，快快拔刀相助。说明了逃避并不是稳妥的办法，因为问题就在自己身边，终究还会轮到你接手。所以，取经的使命（工作的价值流正确流动符合零缺点要求）唤起了大家的主动参与，主动参与形成了知识与职责的统一，是解决问题的关键。

《西游记》告诉我们，有那份知识，就要尽那份责任；有那份责任，就要具备身在其位必须掌握的信息。在一个团队中，虽然我们有各样的职能分工，有不同的专业背景，但我们不仅要工作，还要支持取经，我们不能放任不良情况。对问题有所认识，就立即尽到职责，认识问题的当时就应当去尽职责，有了职责的当时，就应当注意任何可能发生的问题。如果上级还不知道，就应当及时告诉他，如果自己是上级，就应当关心下面天天在发生什么，如果问题是自己分内的，就不要推诿和拖延。总之，我们要高度参与。

《西游记》改变了人们的传统观念，揭露出组织体旧有模式的弊端，也使人们重新思考过去习以为常的工作方式及习惯。当我们一切因循守旧，按原有流程的框架进行，那么我们总是在修补漏洞中作业，工作创造价值的过程就会被这样那样的问题打乱节奏。它要求我们“支持取经”，关注“流程”的质量，主动参与进去，把整个“流程”变成自己分内的，根据需求连续改善或变革自己的工作方式，让事情进行得流畅。

及时响应，在本岗位尽“随时帮忙”的义务

西行经过天竺国，悟空追打玉兔精，妖怪慌了手脚，化道清风，奔碧空之上逃走。悟空纵祥光一直赶来。将近西天门，悟空厉声高叫道：“把天门的，挡住妖精，不要放他跑了！”那天门上有护国天王率领着庞刘苟毕四大元帅，各展兵器拦阻。妖怪不能前进，只能回头使短棍又与悟空相持。那妖怪斗了几回合又败走，悟空随后追来，忽至一座大山，妖精钻入山洞，不见了。悟空寻一会不见动静，便念咒语唤出山中土地山神，二神即引悟空去那三窟中寻找，寻到绝顶上窟中，那妖怪果然藏在里面，呼的一声跳了出来，又与悟空打了起来。这时，太阴星君带着姮娥仙子驾彩云来收它，妖怪现了原形，原来是一只兔子。

妖怪向天上跑，把天门的挡住了妖怪的去路，妖怪往地下钻，土地山神又把它找了出来，只好束手就擒了。在一个高品质的团队，每个人都有随时干预问题的自觉，“这里怎么有油污”、“工具怎么又乱放了”、“那个水龙头怎么还开着的”……虽然随时有不确定的不良在发生，但总会得到正好遇见的任何人的及时解决，这样的行动就是对“取经”的随时帮忙，这是我们的义务。《西游记》告诉我们，不仅要坚守岗位，还要不给身边的“问题”留余地，及时消除不良迹象。团队的形象是身处其中的所有人的态度的综合体现，我们需要互相勉励和自勉。当我们能在本职岗位共同“追兔子”，每个岗位就不只是由职能分工得来的单一能力，而是系统能力的组成部分，实现了这样的工作状态，有助于获得工作过程的完美结果。

品质卓越的团队，各成员都有强烈的整体意识和服务意识，他们的工作不是单纯靠领导者的管理在进行，而是在一种主动付出的愿意下，依据自己的专业知识、业务能力主动为整个团队做贡献。各成员之间可以用一条对工作充满热情的纽带连接起来，相互交织在一起，在其中没有个人利益的冲突，也没有明确的利害关系，所有的工作都是服从于共同的价值目标的实现。

“虚空团队”气象一新

《西游记》告诉我们，“虚空团队”才能完美地实现价值目标，才是卓越的团队。

以“悟空”为中心

如来把孙悟空压在五行山下，让他在金、木、水、火、土里面生活500年，就是让“心”在做一件事情之前能完全参与事情诸要素，去懂得尊重事物真实性。再通过一条取经之路去正确认识事物的本质与现象，在社会生活中“悟空”，真正明白做一件事情是怎么一回事。这样一来，别人围绕他去运行就成为理所应当。

取经路上，各路仙佛在孙悟空需要的时刻出来各展所长，及时发挥作用，其寓意就是团队的活动以“悟空”为中心。《西游记》强调以“悟空”为中心，对于我们来说具有深刻的寓意：

·无论什么组织机构，总有一个中心主题，那就是“把事情搞清楚，在此基础上展开工作。”把事情搞清楚就是“悟空”，这是摆脱产品和服务带来的缺陷，让工作卓有成效的前提。“悟空”不是个人的，而是公共性的。你必须仔细深入每一个细节，掌握可能发生的问题，然后，帮助其他所有人以同样的方式来理解它。你必须愿意花时间去研究别人，了解他们的工作，知道别人改进的需要，随时准备好给他人的帮助。让协调配合成为“事中”的行动，而不是一句“事前”的口号或“事后”的总结。

·悟空还有“心”的意义，无论什么业务的运行，大家在一起共事，如同只有一个“心”。每个人心甘情愿地参与进去，了解自己应当在其中充当的角色、使命，积极提供协助，对不利的变化进行控制。人们诚心诚意，具有相同的认可，没有投机取巧，能够相互谅解、相互尊敬、相互信任，人际间充满和谐愉快。对精神层面的满足超越了物质利益需要。

·同一个“心”凝聚的心力形成无形的“场”，把各自的价值取向同化在相同的价值诉求之中，统一了努力的方向，增强了对自身的约束，愿意为整体作出局部的牺牲。最终把追求自我实现的愿望与公司发展的愿望统一起来，把公司发展的愿望与人们生活的愿望统一起来，把人们共同的愿望变成事情发展的动力。

·同一个“心”使得公司在价值实现的过程中，每个人的价值也得到实现，消除了因牺牲自己利益去服从整体利益的“不公平”，没有了不平衡心理，产生的凝聚力成为不断进步的动力。

按“虚态”运行

自然事物的运动变化是随时存在的常态，超越了人的主观意愿。一个团队的运行必须是适应环境的，选择时机、利用有效的方法、适时地有所改变，以“虚态”存在于市场环境中，让一切变化可以管理，获得持续成长的活力。在取经西行的路上，各路仙佛有的在天上，有的在地上，有的在东方，有的在西方，取经让他们成为一个团队，这个团队就像不存在一样地存在着，运行方式是无形的“虚态”。而只有他们恰到好处地参与才能成就取经之行。

○协作如行云流水

取经路上向灵山前行，相当于按零缺点的要求去做事情。一路上遇到环境的不断变化，相当于一个立足市场的组织体每天面对的种种新情况，面对种种妖怪的威胁，其中一个妖怪的得逞，都可能带来很大的破坏。妖怪带来团队运行方式的不断改变，团队运行方式的不断改变，又带来每个部门和个人运行方式的不断改变。我们必须为此变得“自动”起来，跨越岗位的障碍，打破对组织的固定理解，去应对外部环境的多变。在一个变化的环境中，将工作交由各部门单独僵化地负责，是不可靠的，各部门应当按照一定的规律协调起来，让各种形态的资源恰到好处地流动，各作业单元之间灵活而又流畅地配合。每一个成员不仅负起该当的职责，也要了解新的角色使命，总是清楚在团队中新的定位，熟悉团队其他成员的工作，通过充分的沟通及相互灵巧地配合，实现人与诸事物的有机协调平衡，以行云流水一般的方式对各种不良情况加以控制。个人的工作不再局限于明确的界定，而且还包含了“虚空”，每个人都悟得“虚空”，工作才能如神仙般随机配合，为共同的目标变得生动灵活。

○玉帝不离其间

我们做任何事情，都是受制于规律的，如果顺应规律，就会“幸运”，如果不按这些规律办事，规律就地惩罚你。一个团队，如果太强调、突出某方面的工作而忽视其它方面造成了与规律抵触，就会降低整体工作的价值。玉帝代表了明白宇宙规律的人。孙悟空在一路上的降妖，经常向玉帝求助；各路神仙在配合孙悟空降妖时，有时是一呼即到，而有时也要通过玉帝的批准方能行动，就是主动接受规律的约束。组织体与社会环境是息息相通的。一个团队要长期稳定地在变化环境中存在，每个人必须参与进去，积极了解世界上正在发生什么，大自然有哪些新变化，人们的生活有哪些新的趋势，知道自己所在的这家公司面临的挑战，知道怎样配合公司的目标，知道怎样处理好各大小部门之间的关系。当我们以此思考问题，及时发现内在矛盾并进行调节，消除运行中的不平衡状态，形成内外协调的功能，所作所为不超过组织体承受的限度，达到趋利避害的目的，保障公司整体上的“幸运”。当这种动机在我们身上发挥作用，我们就如同“悟空”在向“玉帝”启奏，“玉帝”差遣某某天将来帮助我们降了“妖怪”。组织体每天在解决问题中不断打破原来的平衡机制，又通过调适不断获得新的稳定机制，这一过程中我们总是在调兵遣将，所以总不能离开“玉帝”参与其中，实现系统能力的均衡。

执行“爱”的任务

我们以“悟空”为中心，是为了明白事情运行的真相，我们按“虚态”运行，是为了整体工作的“幸运”，我们一步一步地走向灵山，则是为了人们生活得更美好。

西行取经，各路仙佛组成的团队通过共同执行对人施爱的任务，让团队的运行在实现“悟空”和“虚态”的同时，又充满了“爱”。

西行取经的过程	
执行“爱”的任务	各路仙佛(团队成员)的参与
西行到宝象国，救出被黄袍怪困在洞中的公主	孙悟空追打黄袍怪不见踪影，到天上启奏玉帝，玉帝命天师查寻，发现二十八宿星内少了奎木狼星，命本部星员收他上界。
西行到乌鸡国，救出被埋在井下的国王	·从井下找出国王已故的身体，孙悟空到天宫找太上老君借九转还魂丹，国王活过来。 ·找到篡夺王位的假国王，原来是文殊菩萨的坐骑青毛狮子，文殊菩萨收回了青毛狮子。
西行到车迟国，看到和尚在那里做苦工，原来该国妖怪国师迷惑国王，导致国王敬道灭僧，需要解救和尚	孙悟空和妖怪国师比求雨。 ·当国师求雨时，风婆婆不吹一丝风，推云童子、布雾郎君忙收了云雾，邓天君领着雷公电母不给雷电。当孙悟空求雨时，风婆婆急忙扯开皮袋，天空响起了呼呼的大风，四海龙王一齐降雨。 ·孙悟空与羊力大仙斗法，比下油锅。轮到羊力大仙时，羊力大仙唤来冷龙附在油锅底下，那油锅一点儿也不烫，悟空召来北海龙王，撤走了冷龙，羊力大仙被烫死了，原来是只大灰羊。
西行到祭赛国，金光寺中的国宝被九头虫偷走，带来了晦气，需要找回来	悟空与八戒来到碧波潭，正与九头虫争斗间，二郎神领着梅山六兄弟经过，帮忙降了妖怪。
……	……

今天，一个部门、一家公司或者一个别的什么组织，可能是做人力资源的，做网络技术服务的，做医疗的，从事房产经纪的……大家的工作，说到底都需要关心诸如：张三今天上班怎么不开心了，李四遇到的困难如何通过网络来解决，王五的白内瘴如何治疗才没有痛苦，赵六那样的家庭该向他物色怎样的房子……然后来照顾他们，满足他们生活中的需要，当遇到困难因素时，“各路神仙”通过流畅的协作来消除。

《西游记》告诉我们，大家走到一起来，不是在天宫享受欢乐，而是在人间执行“爱”的任务。如果“虚空”的组织肌体具有存在的生命力，那么“爱”则如同生命的暖流，在部门内部流淌，延伸到客户，感染到我们的世界。

运行在唯一正确的轨道上

西行到最后，取经人之所以要经过一座独木桥才能上灵山，象征了零缺点的终极要求是所有活动都运行在唯一正确的轨道上，意味着人们每个举手投足的正确性，诸事物复归“正确的存在”，没有任何偏离轨道的可乘之机。

正如团队的运行，一开始各自在走路，并不知道我们所行走的正确程度。当以零缺点为要求，就会及时修正偏差，不致于今天有问题，明天又在出差错，在经过不断变化的市场环境时，找到了一条唯一正确的道路。那时的运行，就像在经过独木桥，只要有某一个环节有偏离，那个美好的结果就不能实现。所以，每个成员心领神会，并相互照应，配合如一人，保持了一种通过市场环境考验的平衡姿态，向最终服务对象交上了合格的答卷。

这时，我们每个人的工作就如同五线谱中每一个音，在一定时间内，发音体振动的次数是多少、振动幅度的大小、振动的时间的长短、振动所形成的音波波纹的曲折形式都应当是符合服务对象（听者）心理需求的，整个乐曲的运行是唯一正确的，让人享受到有节奏、有旋律的运转，没有不和谐感，酣畅淋漓地沉浸其中。

这是《蓝色多瑙河》中的一段序曲：

“0、1、2、3……”每一个音的唯一正确形成乐曲的唯一正确：柔和上行的音型，仿佛多瑙河从沉睡中苏醒，慢慢增强的力度，宛如东方晨曦初露，天色渐渐明亮。使人联想到充满诗情画意的河边景色。

又如同芭蕾舞，每一处布景、每一段音乐、每一个着妆、每一个动作都精心设计、安排和恰到好处地展示，让观众得到欣赏的愉悦。

这是芭蕾舞名剧《天鹅湖》中的一处舞景：

大幕徐徐拉开，在静静的湖畔，美丽的天鹅伴随着音乐的节拍翩翩起舞……观众开始欣赏“天鹅湖”的故事，获得美妙的享受。

组织如同成了一个有生命力的有机体，能在市场环境中维持整体平衡，按零缺点的终极要求，得到唯一正确的运行方式。那时，工作的面貌就会发生根本的改变：大家在一起制造产品、设计图纸、架桥修路时，就如同在一起欣赏音乐，在一起跳舞，在一起享受人间的美仑美奂。如果你要去逛街，只见清洁工就像米开朗基罗绘画、像贝多芬谱曲、像莎士比亚写诗那样来清扫街道。如果要去商场购物，就会到一个一尘不染的世界，里面全是翩翩仙子，只要说出自己想要的东西，就会通过一个奇妙流程的传递，在第一时间呈现到面前。如果要到机关去办事，就像到沃尔玛商场一样，来访的人还在三米距离时，接待的工作人员就会微笑着看着来访人的眼睛，主动打招呼，鼓励来访的人咨询和求助；微笑还有量化的标准，即要露出“八颗牙齿”；他们以亲切宜人的态度解决人们遇到的麻烦。如果你去采矿工地参观，会看到矿工们把矿石的开采、装运的流程当作弹钢琴;如果你要去车间考察，发现每个员工如同杂技演员走钢丝;如果要去农村采访，会看到人们把耕耘当作提琴演奏，把播种当作琵琶弹唱，把收获当作踢踏舞……我们生活的世界就会迎来一片赏心悦目！

勿因在天宫而惬意

取经之行就如一个团队有效地运行价值流一样，需要每个人都按时、完整地完成自己所在的那个环节的任务，我们在天宫（即工作的环境中）的惬意、自在常常是“问题”产生的根源。

“顺便有个约会”

取经西行至宝象国，遇到黄袍怪，黄袍怪将该国的公主摄到洞中已有十三年。孙悟空降妖未成，于是打个筋斗跳到天上，启奏玉帝，玉帝让天师查天上星斗，发现那斗牛宫外二十八宿星内少了奎星。天师回奏道："奎木狼下界了，今已十三日了。"天上十三日，下界已是十三年，玉帝即命那二十七宿星员收他上界，押见玉帝。玉帝道："奎木狼，上界有无边的胜景，你不受用，却私走一方，何也？"奎宿叩头奏道："万岁，赦臣死罪。那宝象国王公主，非凡人也。他本是披香殿侍香的玉女，因欲与臣私通。臣恐点污了天宫胜境，他思凡先下界去，托生于皇宫内院，是臣不负前期，变作妖魔，占了名山，摄他到洞府，与他配了一十三年夫妻。一饮一啄，莫非前定，今被孙大圣到此成功。"玉帝闻言，贬他去兜率宫与太上老君烧火。

每一件事情都是在公共的联系中存在的，都有一个公共的品质要求。如果人们不能在工作中割舍私人的乐趣，将个人的短期利益凌驾于组织发展目标之上，结果往往把事情搞砸了。享受"天宫"的人们，常常带着个人的需要去做事情，一边做事情，一边打着自己的算盘。他们会精心构思自己的行为，根据个人的需要拿捏做事情的方式。执行任务时，对个人有益的那部分事情充满热情，对另外的事情做到自认为"过得去"就行……因为缺乏对公共品质的关心，常常因为"问题"的暴露而带来不必要的麻烦。

"刚才没在意"

西行遇到一妖怪，把唐僧拿到洞里。孙悟空寻上门与他交战。那怪神通广大，把金箍棒抢去。因为妖怪认得孙悟空，孙悟空怀疑是天上凶星下界，为此上宫向玉帝启奏。玉帝闻奏，即忙降旨可韩司知："既如悟空所奏，可随查诸天星斗，各宿神王，有无思凡下界，随即复奏施行以闻。"可韩丈人真君领旨，当时即同大圣去查，回奏玉帝道："满天星宿不少，各方神将皆存，并无思凡下界者。"

日常生活中，经常可以看到人们在到处检查，他们现场忙忙碌碌地检测、量化，发现"曾经的疏忽"然后采取措施及时加以解决，检查的本质是不增值的劳动。因为人在天宫飘飘然，对事情的现状满意，不愿做进一步的深入研究，很难看到事情的真实情况，一看表面还过得去，没什么问题啊——越是不知真相，检查就越多，检查越多，越习以为常。

这个摄走唐僧的妖怪就是青牛怪，难以降伏，后经佛祖提示，找到了妖怪的出处——太上老君。悟空纵云直入南天门，径至太上老君的兜率宫，见了老君。悟空入里，东张西看，走过几层廊宇，忽见那牛栏边一个童儿盹睡，青牛不在栏中。悟空道："老官，走了牛也，走了牛也！"老君大惊道："这孽畜几时走了？"正嚷间，那童儿方醒，跪于当面道："爷爷，弟子睡着，不知是几时走的。"老君骂道："你这厮如何盹睡？"童儿叩头道："弟子在丹房里拾得一粒丹，当时吃了，就在此睡着。"老君道："想是前日炼的七返火丹，吊了一粒，被这厮拾吃了。那丹吃一粒，该睡七日哩，那孽畜因你睡着，无人看管，遂乘机走下界去，今亦是七日矣。"

这个下界的妖怪是一头青牛——因为青牛不是星斗，所以"例行检查"无法找到这个"问题"的原因。这个"问题"的产生原因，是童子吃了太上老君的金丹睡着了，太上老君的金丹被童子吃了，因为地上掉的就是，没有收拾好。由此可见，人们在享受"天宫"的时候，做事情常常是大而划之，敷衍了事。因为相信只要把面子上的事情做好了，或者符合总体上的要求了，而事情本身是可以随意一点的，对规定有所忽略也不致于影响全局，可以这样做也可以那样做，执行中不求彻底、准确，做事情蜻蜓点水，模棱两可，严谨的事情经常变成了随意性很大的事情。虽然天天在检查，但还是天天问题不断。

"下了一盘棋"

取经西行经过比丘国，孙悟空在国王那里识破妖怪国丈，正在追打，忽然有鹤鸣声，祥光飘渺，原来是南极仙翁来了。孙悟空举棒要打妖怪，南极仙翁连忙拦住道："大圣，请饶他一命。"悟空问道："这妖怪与寿星有什么关系？"南极仙翁答道："前些天，东华帝君过我荒山，我留坐着棋，一局未终，这孽畜走了。及客去寻他不见，我因屈指询算，知他走在此处，特来寻他，正遇着孙大圣施威。若果来迟，此畜休矣。"南极仙翁喝道："孽畜，快现本相，饶你性命。" 妖怪原来是头白鹿。

南极仙翁与东华帝君在荒山上下棋，让白鹿钻了空子。正如人们没有把心思用在工作上一样。多数情况下，“小问题”不会让事情明显变糟，这一经验常常让人们更加不在意未来的情形，将精力、时间和资源用来“消遣”了。由于我们做事情不愿自始至终郑重其事，报着侥幸心理去撞大运，寄希望于“到时候再说”，不良情况随之而来，是导致失败的常见原因。

“那没什么大不了的”

西行取经路上，遇到老鼠精在陷空山兴妖作怪。老鼠精手使两口宝剑，变化多端，化为狂风卷走唐僧，想与唐僧成亲。孙悟空打老鼠精时，看见一张供桌上供着“尊父李天王”、“尊兄哪吒三太子”的牌位，孙悟空于是拿着两个牌位，纵身驾云直奔天宫见了李天王。李天王一听大怒，不相信有此事，于是命人拿缚妖绳来，把孙悟空捆了。这时哪吒上前拦住说：“父王息怒。父王是有个女儿在下界。她本是老鼠精，三百年前在灵山偷吃如来的香花宝烛，被我父子拿住，后又饶了她的性命。她因此拜父王为义父，拜孩儿为义兄。想不到她如今成精，要害唐僧。”托塔天王听了惊呼道：“这件事我真的忘了。”李天王解开孙悟空，再与哪吒下界收回了老鼠精。

当孙悟空为了解决问题向李天王求援时，李天王首先关心的是此事与他自己的利害关系，把孙悟空绑了起来，他的意思：“你想干嘛，我拷！”老鼠精三百年前在灵山偷吃如来的香花宝烛，这就表明她已经是一个具有危害性的问题，而李天王对待问题的态度是什么呢？不仅是轻易就原谅过去，还要和她认亲，认了亲并没有教化她，而是“忘了”，可见，在他看来，“那点小问题”有什么大不了的呢？这正是享受“天宫”的人常有的态度。他们认为“人难免会犯错误”，好象是交通就难免有事故、是生产就难免有次品、是客服就难免有不满……习惯对一些不良情形持容忍态度。西行取经则带给我们零缺点的信念，它不容许“难免有不良”，不宽容错误的事物，即便所做的事情不起眼，也不允许说“那没有什么大不了的”。

“偷着乐了一下”

取经西行经过玉华州，遇到妖怪九头狮子。孙悟空到天上找到它的主人太乙救苦天尊，天尊即令众仙将到狮子房唤出狮奴来问。那狮奴正在熟睡，被众仙将将推摇醒来。天尊问道：“狮兽何在?”那奴儿垂泪叩头,只教:“饶命！饶命!”天尊道:“孙大圣在此,且不打你。你快说为何不谨,走了九头狮子。”狮奴交待说：“我前日在大千甘露殿中见一瓶酒，偷去吃了，不觉沉醉睡着，失于拴锁，狮子走了。”天尊道：“那酒是太上老君送的，唤做轮回琼液，你吃了该醉三日不醒。那狮兽今走几日了?”悟空道：“据土地说，他前年下降，到今二三年矣。”天尊笑道：“是了，是了！天宫里一日，在凡世就是一年。”叫狮奴道：“你且起来，饶你死罪，跟我与大圣下方去收他来。”

九头狮子下去干了三年坏事了，而管它的人在还天上睡觉，睡觉的原因是喝了一瓶酒，这一瓶酒是太乙救苦天尊的，是太上老君送来的。这个问题的成因很清楚了，如果太上老君不送酒，太乙救苦天尊就不会有酒，如果太乙救苦天尊把那酒保管好了，管狮子的就不能偷着喝那一瓶酒，如果管狮子的不喝那一瓶酒，就不会有九头狮子下界。为什么太上老君要送酒，为什么太乙救苦天尊管不好那一瓶酒，为什么管狮子的明知酒是主人的也敢偷来喝了？原来是人在环境幽雅的“天宫”，不食人间烟火，工作的状态是“偷着乐”，从上到下一盘散沙，出了问题还不知道。

零缺点的价值目标告诉我们，正常的“生存空间”存在于工作的价值流之中，比如，希望把产品做得合格的员工人会把心思用在流水线上，希望服务更完美的主管会经常与顾客打交道……它在人间，而不在一个安逸的“天宫”。通用电气公司前总裁韦尔奇在长达20年的管理实践中，经常手写“便条”并亲自封好后给基层经理人甚至普通员工；他能叫出1000多名通用电气管理人员的名字；他亲自接见所有申请担任通用电气500个高级职位的人员……他众多的管理信条中，有一条是：集中精力，绝对不妥协的向官僚主义开战。“官僚主义”的栖居地就是“天宫”。

《西游记》告诉我们每个人，不管有无职位，当我们在“天宫”享受私人的快乐时，问题就可能出现了，并且可能危害别人很长的时间。

“斗了一口气”

取经西行遇到玉兔精，他摄藏了天竺国王的公主，又欲与唐僧成亲。孙悟空正在追打，太阴星君带着姮娥仙子到来。太阴道：“与你对敌的这个妖邪，是我广寒宫捣玄霜仙药之玉兔也。他私自偷开玉关金锁走出宫来，经今一载。我算他目下有伤命之灾，特来救他性命，望大圣看老身饶他罢。”原来，那国王的公主是蟾宫中的素娥。十八年前，他曾把玉兔儿打了一掌，却就思凡下界。一灵之光，遂投胎于国王正宫皇后之腹，当时得以降生。这玉兔儿怀那一掌之仇，故于旧年走出广寒，抛素娥于荒野。

素娥打了玉兔一巴掌，到了凡间，玉兔怀恨在心，又下来报复。天上的神仙为了斗一口气，却搅得凡间的人们生活不得安宁。说明当我们享受“天宫”时，个人的恩怨常常高于一切，“勾心斗角”成为生活方式。我们在工作中“斗气”，让我们的顾客（服务对象）来埋单，那么我们在人们心目中的印象就会很糟糕，我们的信誉就会一败涂地。零缺点让我们将别人的快乐变成自己的目标，当我们用心关爱别人的生活时，凌驾于工作之上一切个人情绪就显得不重要了。

西行一路上的许多妖怪正是天上的神仙在快乐之间的“一不小心”带来的，“天上一日，人间一年”，妖怪在人间长时间作恶，屡屡因为神仙在天宫缺失了自律。《西游记》以这种方式对享受“天宫”的我们给予了忠告。

“东土大唐”呼唤团队文明

唐僧取经，最初因为长安城外泾河岸边的两个贤人：一个是渔翁，名唤张稍；一个是樵子，名唤李定。他两个是不登科的进士，能识字的山人。

一日，在长安城里，卖了肩上柴，货了篮中鲤，同入酒馆之中，吃了半酣，各携一瓶，顺泾河岸边，徐步而回。张稍道：“李兄，我想那争名的，因名丧体；夺利的，为利亡身；受爵的，抱虎而眠；承恩的，袖蛇而去。算起来，还不如我们水秀山青，逍遥自在，甘淡薄，随缘而过。”李定道：“张兄说得有理。但只是你那水秀，不如我的山青。”张稍道：你山青不如我的水秀。有一《蝶恋花》词为证，词说：烟波万里扁舟小，静依孤篷，西施声音绕。涤虑洗心名利少，闲攀蓼穗蒹葭草。数点沙鸥堪乐道，柳岸芦湾，妻子同欢笑。一觉安眠风浪俏，无荣无辱无烦恼。”李定道：你的水秀，不如我的山青。也有个《蝶恋花》词为证……渔翁道：你山青不如我水秀，受用些好物，有一《鹧鸪天》为证……樵夫道：你水秀不如我山青，受用些好物，亦有一《鹧鸪天》为证……

社会生活中，人人漠不关心公共责任，皆追求自己的享受，贪爱名利，通常没有好的命运。两个文人淡出尘世，却又在河边上比“优越”，他们满腹诗书，伶牙俐齿，不甘于人之下。正如在一个团队里，人与人之间“你搞管理的不如我做业务的-你做业务的不如我搞管理的”，“你看我做业务的，一觉安眠风浪俏，无荣无辱无烦恼……”，“你看我搞管理的，受用些好物……”，都以自己的处境好为快乐，就会失去合作共事的文化气氛。

他二人既各道词章，又相联诗句，行到那分路去处，躬身作别。张稍道：“李兄呵，途中保重！上山仔细看虎。假若有些凶险，正是明日街头少故人！”李定闻言，大怒道：“你这厮惫懒！好朋友也替得生死，你怎么咒我？我若遇虎遭害，你必遇浪翻江！”张稍道：“我永世也不得翻江。”李定道：“天有不测风云，人有暂时祸福。你怎么就保得无事？”张稍道：“李兄，你虽这等说，你还没捉摸。不若我的生意有捉摸，定不遭此等事。”李定道：“你那水面上营生，极凶极险，隐隐暗暗，有什么捉摸？”张稍道：“你是不晓得。这长安城里，西门街上，有一个卖卦的先生。我每日送他一尾金色鲤，他就与我袖传一课，依方位，百下百着。今日我又去买卦，他教我在泾河湾头东边下网，西岸抛钓，定获满载鱼虾而归。明日上城来，卖钱沽酒，再与老兄相叙。”二人从此叙别。

虽为朋友，却希望别人过得比自己差一些，分别时以咒人来宣泄一下。渔人张稍为了证明对方“咒”得不准，因此拿出令人信服的理由来说明自己是“安全而快活”的：就是每天用一尾金色鲤鱼讨好卜卦先生，也就是我有稳定的“地下交易”在维系生活的风光。这是在说明一个团队（东土大唐的人们）的风气，人们向往快活的生活，又轻视诚实的劳动，看上去一个个饱读诗书的样子，实则是投机巧取的高手。只知在舒适的空间扩张着自己的享受，却失去了对身边事物的敬畏，必然埋下被委屈和痛苦的种子。

这正是路上说话，草里有人。原来这泾河水府有一个巡水的夜叉，听见了百下百着之言，急转水晶宫，慌忙报与龙王："祸事了，祸事了！"龙王问："有甚祸事？"夜叉把听到道："臣巡水去到河边，只听得两个渔樵攀话。相别时，那渔翁说：长安城里西门街上，有个卖卦先生，算得最准。他每日送他鲤鱼一尾，他就袖传一课，教他百下百着。若依此等算准，却不将水族尽情打了？何以壮观水府，何以跃浪翻波辅助大王威力？"龙王甚怒，于是变作一个白衣秀士，到长安城找到了那卖卜的人袁守诚。

龙王与先生相见，请他卜天上阴晴一事。先生即袖传一课，断言："云迷山顶，雾罩林梢。若占雨泽，准在明朝。"龙王说："明日甚时下雨？雨有多少尺寸？"先生说："明日辰时布云，巳时发雷，午时下雨，未时雨足，共得水三尺三寸零四十八点"。龙王笑着说："此言不可作戏。如是明日有雨，依你断的时辰数目，我送课金五十两奉谢。若无雨，或不按时辰数目，我与你实说，定要打坏你的门面，扯碎你的招牌，即时赶出长安，不许在此惑众！"先生欣然而答："这个一定任你。请了，请了，明朝雨后来会。"

龙王辞别，回到水府。众水族知道此事，笑着说："大王是八河都总管，司雨大龙神，有雨无雨，惟大王知之，他怎敢这等胡言？那卖卦的定是输了，定是输了！"此时只听得半空中叫："泾河龙王接旨。"众抬头上看，一个金衣力士手擎玉帝敕旨，径投水府而来。龙王接了旨，旨上写着："敕命八河总，驱雷掣电行；明朝施雨泽，普济长安城。"旨意上时辰数目，与那先生判断者毫发不差。龙王吓得魂飞魄散，苏醒过来即和众水族商议对策，盘算如何应对。

至次日，他挨到那巳时方布云，午时发雷，未时落雨，申时雨止，却只得三尺零四十点，改了他一个时辰，克了他三寸八点。雨后，他又按落云头，还变作白衣秀士，到那西门里大街上，撞入袁守诚卦铺，不容分说，就把他招牌、笔、砚等一齐扌卒碎。那先生坐在椅上，公然不动。这龙王又轮起门板便打、骂道：“你卦又不灵，言又狂谬！说今日下雨的时辰点数俱不相对，你还危然高坐，趁早去，饶你死罪！”袁守诚公然不惧分毫，仰面朝天冷笑道：“我不怕，我不怕！我无死罪，只怕你倒有个死罪哩！别人好瞒，只是难瞒我也。我认得你，你不是秀士，乃是泾河龙王。你违了玉帝敕旨，改了时辰，克了点数，犯了天条。你在那剐龙台上，恐难免一刀，你还在此骂我？”

卜卦先生得到渔人每天送来的一尾金色鲤鱼，因为有这个小便宜可占，便将卦卖给渔人让他怎样怎样捕鱼。他卖的卦之准确的，以至于能算到天上玉皇大帝的旨意。因为他那精准的算计，搅得水族不得安宁，水族的代表泾河龙王反抗，却害得自己犯了天条。这是一个生动的比喻：说明人们在以精心的“策划”经营自己的人生，为了一点蝇头小利可以算尽天机，对身边事物的伤害满不在乎，追究起来应对自如，把责任推到了一边。如果由这样的人组成一个团队，是随时会有不良情况产生的，《西游记》是以这个例子在说明大唐社会生活中存的问题。

龙王见说，心惊胆战，毛骨悚然，急丢了门板，整衣伏礼，向先生跪下道：“先生休怪。前言戏之耳，岂知弄假成真，果然违犯天条，奈何？望先生救我一救！不然，我死也不放你。”守诚说：“我救你不得，只是指条生路与你投生便了。”龙说：“愿求指教。”先生说：“你明日午时三刻，该赴人曹官魏征处听斩。你果要性命，须当急急去告当今唐太宗皇帝方好。那魏征是唐王驾下的丞相，若是讨他个人情，方保无事。”龙王闻言，拜辞含泪而去。

这泾河龙王也不回水府，只在空中，等到子时前后，收了云头，敛了雾角，径来皇宫门口。此时唐王正梦出宫门之外，步月花阴，忽然龙王变作人相，上前跪拜。口叫“陛下，救我，救我！”太宗云：“你是何人？朕当救你。”龙王云：“陛下是真龙，臣是业龙。臣因犯了天条，该陛下贤臣人曹官魏征处斩，故来拜求，望陛下救我一救！”太宗说：“既是魏征处斩，朕可以救你。你放心前去。”龙王欢喜，叩谢而去。却说魏征丞相在府，夜遇天差仙使，捧玉帝金旨一道，着他午时三刻，梦斩泾河老龙。这丞相谢了天恩，斋戒沐浴，在府中试慧剑，运元神，不曾入朝。

泾河龙王不幸的命运源于市井中人的机谋巧算。泾河龙王向唐太宗讨人情，就相当于把团队成员机谋巧算带来的问题交给负责人处理。可是，负责人——唐太宗和魏征虽然在一起共事，却都各有一个自己的“梦”，他们并不知道事情的来龙去脉，就抱定了一个自己的打算。对受委屈的龙王，一个要救，一个要砍，同一件事情，想法截然不同。不难发现一个组织机构工作品质缺失的原因，一定程度上在于上层对事情当初的情况毫不知情，他们常常在事情发展到非要他们解决不可的程度才发现“问题”。由于喜欢通过自己的方式掌控结果，并不经常反省对不对，不太愿意沟通，结果是出了麻烦也不知道原因在哪里。看起来是负责人，其实却是局外人!

那太宗梦醒后，宣魏征入朝，与魏征对弈。到午时三刻，一盘残局未终，魏征鼾鼾盹睡。太宗任他睡着，更不呼唤。不多时，魏征醒来，太宗并不怪罪，继续对弈。只听得朝门外大呼小叫，秦叔宝、徐茂功拎着一个血淋的龙头来了。太宗与魏征起身问：“此物何来?”秦叔宝、徐茂功说道：“千步廊南，十字街头，云端里落下这颗龙头，微臣不敢不奏。”唐王惊问魏征：“此是何说?”魏征转身叩头道：“是臣才一梦斩的。”太宗闻言，心中悲喜不一。喜者夸奖魏征好臣，朝中有此豪杰，愁甚江山不稳？悲者谓梦中曾许救龙，没想到被斩了。

因为负责人——唐太宗和魏征各有各的打算，在那里“对局博弈”(博弈,是人们面对一定的环境条件,在一定的规则约束下,依靠所掌握的信息,从各自允许选择的行为或策略进行选择并加以实施，并从中各自取得相应结果或收益。对于团队及成员来说,很多情况下没能真正实现自身的最佳利益)。魏征在睡梦中把泾河龙王斩了,太宗夸奖魏征好臣,朝中有此豪杰,愁甚江山不稳？本来,魏征与太宗是貌合神离,不留神就把事情搞砸了,唐太宗还在凭表面印象评判工作绩效:真是豪杰啊——你办事,我放心。

太宗当晚回宫，二更时分，正朦胧睡间，又见那泾河龙王，手提着一颗血淋淋的首级，高叫：“唐太宗，还我命来，还我命来！你昨夜满口许诺救我，怎么天明时反宣人曹官来斩我？你出来，你出来！我与你到阎王处折辨折辨!”他扯住太宗，再三嚷闹不放，太宗箝口难言，只挣得汗流遍体。这时，只见正南上香云缭绕，观音菩萨前来，将杨柳枝用手一摆，那没头的龙，悲悲啼啼径往西北而去。却说太宗苏醒回来，只叫“有鬼，有鬼!”慌得那三宫皇后，六院嫔妃，与近侍太监，战兢兢一夜无眠。

一个渔人和卜卦先生投机巧取带来的问题，搅得皇帝的三宫六院不得安宁。正如一个团队的成员从上到下各有自己的“算计”，沉迷在主观感受里，失去了对“最底层”运行状况的关心，脱离了真实的世界却不知道有“隐患”，种种困扰随之而来。观音菩萨化解了困扰——此时观音菩萨正在长安城寻找取经的善人。

唐太宗做梦受惊吓，一病不起，皇宫中晚上闹鬼。太宗以为命不久矣，于是召来贤臣吩咐国家大事。此时，魏征上奏道：“陛下宽心，臣有一事，管保陛下长生。”太宗道：“病势已入膏肓，命将危矣，如何保得?”魏征道：“臣有书一封，进与陛下,捎去到冥司,付酆都判官崔珪。崔珪乃是太上先皇帝驾前之臣，先受兹州令，后升礼部侍郎。在日与臣相知甚厚。他现在阴司做掌生死文簿的酆都判官，梦中常与臣相会。此去若将此书付与他，他念微臣薄分，必然放陛下回来。”太宗闻言，接在手中，笼入袖里，闭上了眼睛。渺渺茫茫，神魂出殿，魂灵见到崔判官，太宗从袖中取出魏征的书信递上，崔判官看了书信，满心欢喜道：“泾河龙王一事，臣已早知。蒙魏征早晚看顾臣的子孙，今日既有书来，陛下宽心，微臣管送陛下还阳。”太宗遂与崔判官进入“幽冥地府鬼门关”，来到森罗殿，与十代阎王叙坐。阎王命掌生死簿判官：“急取簿子来，看陛下阳寿天禄该有几何?”崔判官先逐一检阅，只见南赡部洲大唐太宗皇帝注定贞观一十三年。崔判官急取浓墨大笔，将“一”字上添了两画，将簿子呈上。阎王看了，说道：“陛下宽心勿虑，还有二十年阳寿。此一来已是对案明白，请返本还阳。”太宗闻言，躬身称谢：“朕回阳世，无物可酬谢，惟答瓜果而已。”阎王喜说：“我处颇有东瓜西瓜，只少南瓜。”太宗道：“朕回去即送来，即送来。”阎王即令朱太尉、崔判官送太宗回去。

唐人的过失造成泾河龙王的枉死，唐太宗被鬼闹到阎王那里，魏征为保唐太宗生命寄书崔判官，崔判官因为魏征照顾他的子孙，在生死簿上给唐太宗加上二十年寿命，唐太宗得到新生赶紧表示要向阎王送南瓜。由此可见，官员的处事方式跟渔人和卜卦先生是高度一致的，以“地下交易”维系生命的存在，关照圈内的，排斥圈外的。说明东土大唐的人们以自己的利益为尺度处理关系，虽然同为一个国家的人，却在各自顾自己，大家生动地适应着环境，处处皆是华而不实的气氛。

唐太宗游完地府，与崔判官话别。朱太尉请太宗上马，行到渭水河边，只见那水面上有一对金色鲤鱼在河里翻波跳斗。唐太宗见了心喜，兜马贪看不舍，太尉道：“陛下，趱动些，趁早赶时辰进城去也。”太宗只管贪看，不肯前行，朱太尉撮着脚,高呼道:“还不走,等甚!”扑的一声,望那渭河推下马去,却就脱了阴司,径回阳世。

为什么唐太宗在还魂之前看到水面上有一对金色鲤鱼呢？唐太宗的灵魂之所以被鬼魂告到地府来，最初的原因就是因为泾河边的渔人张稍经常向卜卦先生袁守成送金色鲤鱼。鲤鱼在唐太宗面前翻波跳斗，是在向唐太宗作见证：你们大唐社会的人们贪爱欢娱，没有生活在应有的信仰里。

唐太宗地府归来，如梦初醒。重登金銮宝殿，放赦罪人回家，拜辞父母兄弟，托产与亲戚子侄，又放宫女，又出恤孤榜文。唐太宗进行了一系列事后的补救，并出御制榜文，遍传天下。榜曰：乾坤浩大，日月照鉴分明；宇宙宽洪，天地不容奸党。使心用术，果报只在今生；善布浅求，获福休言后世。千般巧计，不如本分为人；万种强徒，怎似随缘节俭。心行慈善，何须努力看经？意欲损人，空读如来一藏！

这是一种追求高品质的社会生活理想。《西游记》给出的一个团队运行的宗旨，不是费尽心机向别人索取，而是甘愿给别人提供帮助，排忧解难，大家不是为了满足各自己利益而纷纷“结伙”，是因为“爱”而变得更加公平、积极、可信赖。所以，心行慈善，何须努力看经？意欲损人，空读如来一藏！说明《西游记》关心的不是念不念经的问题，而是人心好不好的问题。

唐太宗又出招贤榜，招人进瓜果到阴司里去。榜张数日，有一赴命进瓜果的贤者，本是均州人，姓刘名全，家有万贯之资。只因妻李翠莲拔金钗斋僧，刘全骂了他几句，说他不遵妇道，擅出闺门。李氏忍气不过，自缢而死。撇下一双儿女年幼，昼夜悲啼。刘全又不忍见，无奈，遂舍了性命，弃了家缘，撇了儿女，情愿以死进瓜，将皇榜揭了，来见唐王。

唐太宗为了感谢阎王，回来后要送南瓜到阴司里去，需要招一位贤人，顶着瓜果服毒自尽去见阎王。刘全的妻子李翠莲把金钗送人，然后自缢而死——因为付出一点“爱”被骂得气死；刘全不忍儿女悲啼，以死进瓜——因为不能忍受没有“爱”的生活而送死，说明人们需要“爱”而现实生活又缺少“爱”。

唐王传旨意，教他去金亭馆里，头顶一对南瓜，袖带黄钱，口噙药物。那刘全果服毒而死，一点魂灵，顶着瓜果，来到森罗宝殿，见了阎王，将瓜果进上道：“奉唐王旨意，远进瓜果，以谢十王宽宥之恩。”阎王收了瓜果，让刘全在森罗殿下与妻相会。那阎王一看生死簿子，他夫妻们都有登仙之寿，急差鬼使送回。那鬼使领命，即将刘全夫妻二人还魂。带定出了阴司，到了长安大国，将李翠莲的灵魂取代李玉英的灵魂。唐太宗知道御妹寿限已到，即将御妹的衣物、首饰尽赏赐了刘全，就如陪嫁一般，又赐与他永免差徭的御旨，着他带领妻子回去。他夫妻两个欢欢喜喜还乡，旧家业儿女俱好。

经过一番自我“牺牲”的人又迎来了新的生活。这个故事的寓意，不是让我们去自杀，而是在告诉我们，团队成员（普通的大唐百姓）应当具有为了爱而“牺牲”自己的精神，一个人存在的意义在于“爱”，而不在于“我”，当大家都为了爱而“牺牲”——也就是“无我”，生产经营的过程就会变成爱的流淌，而不是在机谋巧算的个体之间建立链接。这样的牺牲就意味生命最大价值的实现，意味着“新生”。所以刘全夫妇有登仙之寿，又活过来了。

唐太宗又从宝藏库里取出金银一库，差尉迟公上河南开封府，访相良还债（唐太宗魂游地府时，被鬼拦住了去路，借了相良的一库金银才买通道路）。相良原来卖水为活，同妻张氏在门首贩卖乌盆瓦器营生，但赚得些钱儿，只以盘缠为足，其多少斋僧布施，买金银纸锭，记库焚烧，故有此善果。阳世间是一条好善的穷汉，那世里却是个积玉堆金的长者。尉迟公将金银送上他门，唬得那相公、相婆魂飞魄散。又兼有本府官员，茅舍外车马骈集，那老两口子如痴如哑，跪在地下，只是磕头礼拜。尉迟公道："老人家请起。我是个钦差官，我王的金银送来还你。"他战兢兢的答道："小的没有什么金银放债，如何敢受这不明之财？"尉迟公道："我也访得你是个穷汉，只是你斋僧布施，尽其所用，就买办金银纸锭，烧记阴司，阴司里有你积下的钱钞。是我太宗皇帝死去三日，还魂复生，曾在那阴司里借了你一库金银，今此照数送还与你。你可一一收下，等我好去回旨。"那相良两口儿只是朝天礼拜，那里敢受。尉迟公见他苦苦推辞，只得具本差人启奏。太宗见了本，知相良不受金银，道："此诚为善良长者！"即将金银买地，盖了敕建相国寺，就当还他一般。

唐太宗魂游地府时，被鬼拦住了去路，借了相良的一库金银才买通道路，唐太宗回来后派人去感谢。而被感谢的相良夫妇是怎样的人呢？把自己的付出当作了理所应当，见了别人给予就受宠若惊的人。他们的小心谨慎与国王的"雄才大略"形成了鲜明的对比:唐太宗的灵魂是一个穷汉积下的阴德换回来的，说明唐太宗的英明是卖乌盆瓦器的穷汉在支撑，我们的大唐国是人们的小心谨慎在维系。由此可见，一个团队，光有战略层面的"强大"而没有平民式的躬行，价值目标的实现将成为空谈。相反，如果人人都有相良式的平凡，在每一个需要的环节上默默无闻地做足功夫，那它还会有什么困难和麻烦呢？

唐太宗魂游地府，意识到社会生活品质的缺乏，决意派唐僧去西天取经，取经的目标是化解人间疾苦，保大唐江山永固。唐僧取经是从一个到处是缺点的环境中走出来的，取经就是为了告诉人们如何把事情做到零缺点的"极乐"。试想，当我们为了把大小事情都做到零缺点的"极乐"，而学会刘全那样的自我"牺牲"和相良那样的默默付出，那样的大唐，没有灾难，没有不幸，没有公安局，没有城管，没有监狱，没有犯人，没有消防队，没有质监局……社会实现了普遍的富足、优美、秩序井然，人们的疾苦岂不真正消失，大唐江山岂不真正永固？

《西游记》告诉我们，东土大唐需要提升团队文明！

第十章　付出的循环带来“极乐”

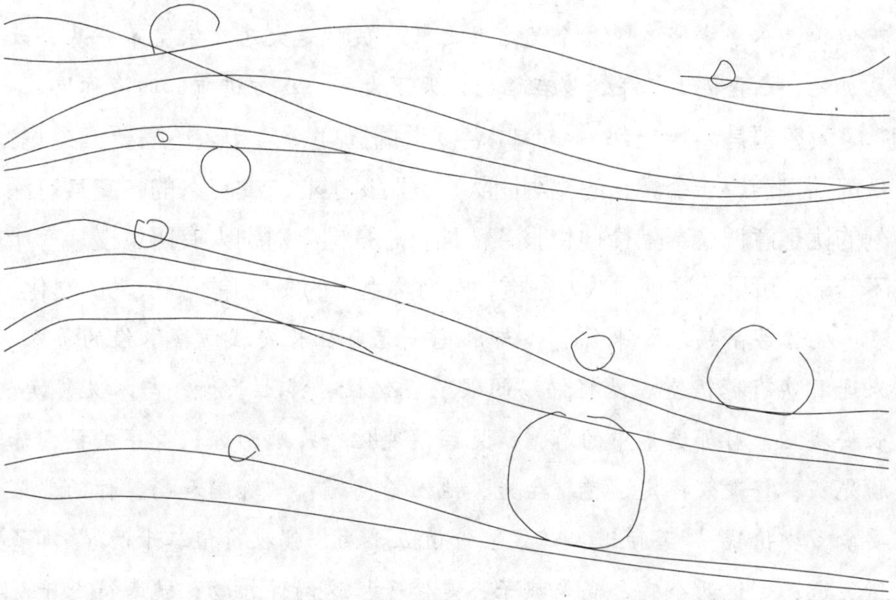

A truth was told by lively and interesting scenes

佛祖居于灵山大雷音宝刹，一日，如来讲罢佛法，对众言曰：“我今有三藏真经，可以劝人为善。我待要送上东土，叵耐那方众生愚蠢，毁谤真言，不识我法门之旨要，怠慢了瑜迦之正宗。怎么得一个有法力的,去东土寻一个善信,教他苦历千山,询经万水,到我处求取真经,永传东土,劝化众生,却乃是个山大的福缘,海深的善庆。”

如来（明白零缺点的人）想必对于东土大唐的社会生活已了然于心。他说，叵耐那方众生愚蠢，毁谤真言，不识我法门之旨要，怠慢了瑜迦之正宗，意思是人们把佛经当作了“保佑”的经，而没有当作提高工作品质的经。所以要找一个大唐的人苦历千山，远经万水来求取，也就是让我们知道工作的真谛是在恶劣的环境中“付出”得来的，而不是“送上门来”。当我们东土大唐的每个人都明白此理了，“劝化众生”的目的就实现了，岂不是一个“山大的福缘，海深的善庆”吗？

陕西大国长安城，乃历代帝王建都之地。自周、秦、汉以来，三州花似锦，八水绕城流，真个是名胜之邦。彼时是大唐太宗皇帝登基，改元贞观，已登极十三年，岁在己巳，天下太平，八方进贡，四海称臣。

大唐国是名胜之邦，一个闻名于世的国度，为什么还需要真经呢？从前面知道，一个真正的文明团队，是时刻担心“缺点”的，它具有深刻的忧患意识、奉献精神和服务精神，总是担心对别人有所怠慢、有所不恭敬。可见，这种“八方进贡，四海称臣”的文化并不是成功的文化。

观音菩萨领了如来佛旨，与木吒一道前往长安城访察取经的善人，未逢真实有德悟空。就将佛赐的袈裟、锡杖，捧上长街，与木叉货卖。长安城里，有那选不中的愚僧，见菩萨变化个疥癞形容，身穿破衲，赤脚光头，将袈裟捧定，艳艳生光，他上前问道：“那癞和尚，你的袈裟要卖多少价钱？”菩萨道：“袈裟价值五千两，锡杖价值二千两。”那愚僧笑道：“这两个癞和尚是疯子，是傻子！这两件粗物，就卖得七千两银子？只是除非穿上身长生不老，就得成佛作祖，也值不得这许多！拿了去，卖不成！”那菩萨更不争吵，与木叉往前又走。

观音菩萨没有遇到真实有德悟空，可以佐证如来佛的上面那一番话的正确性。他们遇到两个在城里游手好闲，想要好东西，又不愿出高价，出口就是一番粗话。他们虽然有信仰，却在追求自己的享受，没有一点人情味。观音菩萨之所以要以高价出卖此物，想必正是为人们的信仰设一个门槛——如果你真正有信仰，就不会把那七千两银子留给自己享用。观音菩萨在长安城访察取经的善人，其实是对人们“付出”意识的启蒙之行。

走出“陈光蕊”式理想

大唐正值太宗皇帝主政，天下太平，八方宁静。一日，依古法开立选场，招取贤士，擢用人材。传招贤文榜，颁布天下：各府州县，不拘军民人等，但有读书儒流，文义明畅，三场精通者，前赴长安应试。

适逢农耕文明的兴盛时期，人们以“安天下”为理想，“读书儒流，文义明畅，三场精通”的年轻人成为幸运儿。

此榜行至海州地方，有一人，姓陈名萼，表字光蕊，见了此榜，即时回家，对母张氏说：“朝廷颁下黄榜，诏开南省，考取贤才，孩儿意欲前去应试。倘得一官半职，显亲扬名，封妻荫子，光耀门闾，乃儿之志也。特此禀告母亲前去。”张氏说：“我儿读书人，幼而学，壮而行，正该如此。但去赴举，路上须要小心，得了官，早早回来。”陈光蕊便吩咐家僮收拾行李，即拜辞母亲，趱程前进。到了长安，正值大开选场，陈光蕊就进场。考毕，中选。及廷试三策，唐王御笔亲赐状元，跨马游街三日。不期游到丞相殷开山门口，有丞相所生一女，名唤温娇，又名满堂娇，未曾婚配，正高结彩楼，抛打绣球卜婿。适值陈光蕊在楼下经过，殷小姐一见陈光蕊人材出众，知是新科状元，心内十分欢喜，就将绣球抛下，恰打着陈光蕊的乌纱帽。陈光蕊被迎入相府，那丞相和夫人，即时出堂，唤宾人赞礼，将殷小姐配与陈光蕊。次日五更三点，太宗驾坐金銮宝殿，文武众臣趋朝。太宗问说：“新科状元陈光蕊应授何官？”魏征丞相奏说：“臣查所属州郡，有江州缺官。乞我主授他此职。”太宗就命为江州州主，即令收拾起身，勿误限期。陈光蕊谢恩出朝，回到相府，与妻商议，拜辞岳丈、岳母，同妻前赴江州之任。离了长安登途。

在农耕文化背景下，以陈光蕊（“光蕊”包含有亮丽、华美的意思）

为代表的知识青年的理想是“一官半职，显亲扬名，封妻荫子，光耀门闾”。当上新科状元，又被丞相的千金小姐的绣球打中，再官封江州州主，走马上任，衣锦还乡，美事都让他一个人占完了。看起来几乎没有错，但正是这样一种完全以自我价值的实现为中心的意识形态，对社会生活并不是一件好事。这预示着一个道理，把自己搞得很“光蕊”，别人乍办呢？

正是暮春天气，和风吹柳绿，细雨点花红。陈光蕊便道回家，同妻交拜母亲张氏。张氏说：“恭喜我儿，且又娶亲回来。”陈光蕊说：“孩儿叨赖母亲福庇，今来接取母亲，同去赴任。”张氏大喜，收拾行程。在路数日，前至万花店刘小二家安下，张氏身体忽然染病，与陈光蕊说：“我身上不安，且在店中调养两日再去。”陈光蕊遵命。至次日早晨，见店门前有一人提着个金色鲤鱼叫卖，陈光蕊即将一贯钱买了，欲待烹与母亲吃，只见鲤鱼闪闪斩眼，陈光蕊惊异说：“闻说鱼蛇斩眼，必不是等闲之物！”遂问渔人说：“这鱼那里打来的？”渔人说：“离府十五里洪江内打来的。”陈光蕊就把鱼送在洪江里去放了生。回店对母亲道知此事，张氏说：“放生好事，我心甚喜。”陈光蕊说：“此店已住三日了，钦限紧急，孩儿意欲明日起身，不知母亲身体好否？”张氏说：“我身子不快，此时路上炎热，恐添疾病。你可这里赁间房屋，与我暂住。付些盘缠在此，你两口儿先上任去，候秋凉却来接我。”陈光蕊与妻商议，就租了屋宇，付了盘缠与母亲，同妻拜辞前去。

母亲病了，要么服侍母亲，要么去上任，哪一件事情更重要？在陈光蕊看来后者更重要。丢下母亲不管，当官去了。这看起来也没有什么不对，但是我们发现，唐朝社会已经迎来了商业文明，人们还在片面以“一官半职，显亲扬名”为实现人生价值的方式，这是不幸的。母亲病重了怎么办？没有钱租房了怎么办？哎，不想不想，当上官再说了——失去了爱人的真诚。

夫妻到了洪江渡口。只见稍水刘洪、李彪二人，撑船到岸迎接。陈光蕊夫妻正齐齐上船，那刘洪睁眼看见殷小姐面如满月，眼似秋波，樱桃小口，绿柳蛮腰，真个有沉鱼落雁之容，闭月羞花之貌，陡起狼心，遂与李彪设计，将船撑至没人烟处，候至夜静三更，先将家僮杀死，次将陈光蕊打死，把尸首都推在水里去了。殷小姐见他打死了丈夫，也便将身赴水，刘洪一把抱住说：“你若从我，万事皆休；若不从时，一刀两断！”那殷小姐寻思无计，只得权时应承，顺了刘洪。那贼把船渡到南岸，将船付与李彪自管，他就穿了陈光蕊衣冠，带了官凭，同殷小姐往江州上任去了。

社会风气如此，运气好的人金榜题名、娶到美妻、当上高官、享受奉禄，那是春风得意，人人羡慕不已。那么运气不好的人呢？反正大家都是以自我价值的实现为中心，所以霸占你的妻子，夺你的官位，阻断你的前程，让幸福成为痛苦，让喜剧成为悲剧！人世间，这种折磨人的爱恨情仇开始了……这一切源于人们的“自我意识”：生活在同一个世界里，没有公平的爱心，满口仁义道德，实则为自己盘算着每一件“好事”。

却说刘洪杀死的家僮尸首，顺水流去，惟有陈光蕊的尸首，沉在水底不动。有洪江口巡海夜叉见了，星飞报入龙宫，正值龙王升殿，夜叉报说：“今洪江口不知甚人把一个读书士子打死，将尸撇在水底。”龙王叫将他抬来，放在面前，仔细一看说：“此人正是救我的恩人，如何被人谋死？常言道，恩将恩报。我今日须索救他性命，以报日前之恩。”即写下牒文一道，差夜叉径往洪州城隍土地处投下，要取秀才魂魄来，救他的性命。城隍土地遂唤小鬼把陈光蕊的魂魄交付与夜叉去。夜叉带了魂魄到水晶宫，禀见了龙王。龙王问说：“你这秀才，姓甚名谁？何方人氏？因甚到此，被人打死？”陈光蕊施礼说：“小生陈萼，表字光蕊，系海州弘农县人。忝中新科状元，叨授江州州主，同妻赴任，行至江边上船，不料稍子刘洪，贪谋我妻，将我打死抛尸，乞大王救我一救！”龙王闻言说：“原来如此，先生，你前者所放金色鲤鱼即我也，你是救我的恩人，你今有难，我岂有不救你之理？”就把陈光蕊尸身安置一壁，口内含一颗定颜珠，休教损坏了，日后好还魂报仇。又说：“汝今真魂，权且在我水府中做个都领。”陈光蕊叩头拜谢，龙王设宴相待。

陈光蕊一个善念，挽救了他的性命，因为他上次买回一条鱼准备杀了吃，而看到鱼在掉眼泪，便放了那条鱼，种下了一个“善因”，得到了善的“果报”。这说明了，生活中一味地追求自己的风光无限并不是什么好事情，因为大家都想一片风光，好景就不会长在，而实现人生价值的正确方式是为“爱”修行——修行自己的行为（原本要杀鱼，但是把鱼放了）。

却说殷小姐痛恨刘贼，恨不食肉寝皮，只因身怀有孕，未知男女，万不得已，权且勉强相从。转盼之间，不觉已到江州。吏书门皂，俱来迎接。光阴迅速。一日，刘洪公事远出，殷小姐在衙思念婆婆、丈夫，在花亭上感叹，忽然身体困倦，腹内疼痛，晕闷在地，不觉生下一子。耳边有人嘱说：“满堂娇，听吾叮嘱。吾乃南极星君，奉观音菩萨法旨，特送此子与你。异日声名远大，非比等闲。刘贼若回，必害此子，汝可用心保护。汝夫已得龙王相救，日后夫妻相会，子母团圆，雪冤报仇有日也。谨记吾言。快醒，快醒！”言讫而去。殷小姐醒来，句句记得，将子抱定，无计可施。忽然刘洪回来，一见此子，便要淹杀，殷小姐说：“今日天色已晚，容待明日抛去江中。”

次早刘洪忽有紧急公事远出。殷小姐到了江边，咬破手指写下一份血书，见江岸岸侧飘起一片木板，殷小姐将此子安在板上，用带缚住，将血书系在胸前，推放江中。此子在木板上顺水流去，一直流到金山寺脚下停住。那金山寺长老叫做法明和尚，修真悟道，已得无生妙诀。正当打坐参禅，忽闻得小儿啼哭之声，一时心动，急到江边观看，只见涯边一片木板上，睡着一个婴儿，长老慌忙救起。见了怀中血书，方知来历。取乳名叫做江流，托人抚养。光阴似箭，日月如梭，不觉江流年长一十八岁。长老就叫他削发修行，取法名为玄奘，摩顶受戒，坚心修道。

通过一次不幸的经历，留下了一个希望——唐玄奘。唐玄奘的灵魂是如来佛的二弟子。佛（居于零缺点的人）的灵魂投胎于这里的含意是什么呢？可以理解为：人们啊！你们东土大唐将要迎来商业文明，将来什么事情都要经过交易去实现价值。你们应该放弃“自我意识”了，因为在商业社会只有把产品（或服务）做得有品质，去更好地利益了别人，才是实现人生价值的方式，才有幸福的人生。现在的你们还没有觉悟到，所以还在受苦。

一日，暮春天气，众人同在松阴之下，讲经参禅，谈说奥妙。那酒肉和尚恰被玄奘难倒。和尚大怒，骂说：“你这业畜，姓名也不知，父母也不识，还在此捣什么鬼！”玄奘被他骂出这般言语，入寺跪告师父，眼泪双流说：“人生于天地之间，禀阴阳而资五行，尽由父生母养，岂有为人在世而无父母者乎?”再三哀告，求问父母姓名。

——被人欺侮，想念父母的“苦”。

长老到重梁之上，取下一个小匣儿，打开来，取出血书一纸，汗衫一件，付与玄奘。玄奘将血书拆开读之，才备细知道父母姓名，并冤仇事迹。玄奘读罢，不觉哭倒在地说：“父母之仇，不能报复，何以为人？十八年来，不识生身父母，至今日方知有母亲。此身若非师父捞救抚养，安有今日？容弟子去寻见母亲，然后头顶香盆，重建殿宇，报答师父之深恩也!”

——父母之仇，不能报复的“苦”。

师父说：“你要去寻母，可带这血书与汗衫前去，只做化缘，径往江州私衙，才得你母亲相见。”玄奘领了师父言语，就做化缘的和尚，径至江州。适值刘洪有事出外，母子相会。殷小姐自见儿子之后，心内一忧一喜。忽一日推病，茶饭不吃，卧于床上。

——思念儿子，孤单生病的“苦”。

玄奘又来到洪州万花店，问那店主刘小二说：“昔年江州陈客官有一母亲住在你店中，如今好么?”刘小二说：“他原在我店中。后来昏了眼，三四年并无店租还我，如今在南门头一个破瓦窑里，每日上街叫化度日。那客官一去许久，到如今杳无信息，不知为何。”玄奘听罢，即时问到南门头破瓦窑，寻着婆婆。婆婆说：“你声音好似我儿陈光蕊。”玄奘说：“我不是陈光蕊，我是陈光蕊的儿子。温娇小姐是我的娘。”婆婆说：“你爹娘怎么不来?”玄奘说：“我爹爹被强盗打死了，我娘被强盗霸占为妻。”婆婆说：“你怎么知道来寻我?”玄奘说：“是我娘着我来寻婆婆。我娘有书在此，又有香环一只。”那婆婆接了书并香环，放声痛哭说：“我儿为功名到此，我只道他背义忘恩，那知他被人谋死！且喜得皇天怜念，不绝我儿之后，今日还有孙子来寻我。”玄奘问：“婆婆的眼，如何都昏了?”婆婆说：“我因思量你父亲，终日悬望，不见他来，因此上哭得两眼都昏了。”

——失去人生的欢乐，受尽病痛折磨的“苦”。

玄奘将舌尖与婆婆舔眼，双眼舔开，仍复如初。领婆婆出了窑门，还到刘小二店内，将些房钱赁屋一间与婆婆栖身。然后上诉官府，将杀父仇人刘洪绳之以法，再与外公、母亲三人亲来到江边，将刘洪心肝祭了陈光蕊，龙王知道后将陈光蕊身尸送出江口还魂，一家三口相见。陈光蕊和玄奘再来到万花店，陈光蕊见了老母，抱头痛哭一场。算还了刘小二店钱，起程回到京城，进了丞相府，陈光蕊夫妇与婆婆、玄奘与丞相夫妇相见，一个大团圆。

——是唐玄奘（零缺点意识）的出现，修补人间的种种过失，让大家从“苦”中得到解脱，带给大家想要的那种幸福！

唐王登殿，殷丞相出班，并荐陈光蕊才可大用。唐王准奏，即命升陈光蕊为学士之职，随朝理政。玄奘立意安禅，送在洪福寺内修行。殷小姐从容自尽，玄奘自到金山寺中报答法明长老。

——事情的结果，弱者成为牺牲品。

故事对“陈光蕊”式理想（一官半职，显亲扬名，封妻荫子，光耀门闾）进行了矫正：一官半职得到了实现，当了学士之职，学士最早指那些在学校读书的人，在唐代是文学侍从之臣，陈光蕊人适其职，随朝理政。但是，“显亲扬名”没有实现，“封妻荫子”没有实现，“光耀门闾”也没有实现。可见那些自己臭美的、想入非非的理想被否定了。因为零缺点的价值观告诉我们，那些“想法”有损社会生活品质。

这个故事，将人世间的喜、爱、恩、恨、贪、愁等等情感交织在一起。让人强烈地感受到人们总是在追求欢乐，又总是在失去欢乐，恩怨交织，悲欢离合，在情感的困扰下生活着，根本原因在于人们生活在一个温馨的空间里，以“自我价值实现”为出发点，没有爱别人的意愿，忙忙碌碌皆为私情所困。《西游记》让唐僧去取经，就是启示人们摆脱世俗之人的“情场”，去经历外面那个的严酷的世界，去理解真正意义的工作是怎么一回事，去发现本来的幸福是什么！

真正意义的工作必须面对恶劣的环境

观音菩萨接引唐僧取经，就相当于零缺点的使者引导人的意识求取把一件事情做到零缺点的真谛，去发现真正意义上的工作是怎么一回事。

唐太宗选一出行吉日为唐僧送行，临行前选两个长行的从者，送马一匹作为远行脚力。唐僧辞谢，带上两人出关而去。唐僧与二从者行了数日，到了巩州城。早有巩州合属官吏人等，迎接入城中。安歇一夜，次早出城前去。一路饥餐渴饮，夜住晓行，两三日，又至河州卫。此乃是大唐的山河边界。早有镇边的总兵与本处僧道，闻得是钦差御弟法师上西方见佛，无不恭敬，接至里面供给了，请往福原寺安歇。本寺僧人一一参见，安排晚斋。及鸡方鸣，随唤从者，却又惊动寺僧，整治茶汤斋供。斋罢，出离边界。

唐僧一开始所到之处有身份、有地位，是享受优待的。说明做事情的一开始人的意识（唐僧）还在是在人们的迎送、侍候中，在一个温馨的空间里。显然，真正意义的工作不在这里。

这长老心忙，太起早了。原来此时秋深时节，鸡鸣得早，只好有四更天气。一行三人，连马四口，迎着清霜，看着明月，行有数十里远近，见一山岭，只得拨草寻路，说不尽崎岖难走，又恐怕错了路径。正疑思之间，忽然失足，三人连马都跌落坑坎之中。唐僧心慌，从者胆战。却才悚惧，又闻得里面哮吼高呼，叫：“拿将来，拿将来!”众多妖邪出来，将唐僧三人揪到一魔头那里。众妖魔把那两随从吃了。只听得渝麻之声，真似虎啖羊羔，把唐僧几乎吓死。这才是初出长安第一场苦难。

唐僧走出迎来送往的温馨空间，立即进入了一个险恶的环境，唤起了对环境的前所未有的紧张感、敬畏感。由此可见，真正意义上的工作在恶劣的环境中，而且不努力的会被淘汰。比如：加工一个零件，就必须面对诸如机器的运转速度、金属的质地、工具的磨损这种“恶劣的环境”；比如做一次客户服务，就必须面对客户有什么困难、关心的是什么、着急的是什么这种“恶劣的环境”——真正意义的工作要求处于文明的进化中，接受恶劣环境的“择优汰劣”。当我们的意识经常“差点被吓死”，就说明我们对事情具有了高度的敬畏感，说明我们趋于正常了。取经路上安排形形色色的妖怪，就是用来吓我们的，就是让我们对一件事情具备战战兢兢的素质。

唐僧牵了马匹，独自在那峻岭之间孤孤凄凄往前苦行。行经半日，更不见个人烟村舍。一则腹中饥了，二则路又不平，正在危急之际，只见前面有两只猛虎咆哮，后边有几条长蛇盘绕。左有毒虫，右有怪兽。又无奈那马腰软蹄弯，即便跪下，伏倒在地，打又打不起，牵又牵不动。正在莫可奈何时，只见一好汉，手执钢叉，腰悬弓箭，自那山坡前转出，吓得毒蛇猛兽不见了踪影。那汉子是这山中的猎户刘伯钦。唐僧向伯钦说明身份，求助。伯钦邀唐僧到他家中歇马，待明朝送他上路。唐僧满心欢喜，牵马随行。

唐太宗给唐僧派的两个随从很快就被妖怪吃掉，唐僧遇到此情此景一副窘态，其无能为力可见一斑，而猎人刘伯钦一出现，那些怪物兽类马上吓得跑了，说明工作中的困难因素正是冲着我们“只图自保”的懦弱而来，遇到我们无所畏惧的勇气而退。当我们的决心征服了自然中的恶劣因素时，生命的安详和喜悦随之而来。

大唐的人们享受的是“八方进贡”的文化，人们没有共同在恶劣的环境中谋生的感受，像陈光蕊那样以“读书儒流、文义明畅、三场精通”来实现自我价值，因为每个人都是一个“陈光蕊”，所以大家在一起并没真正享受到快乐。《西游记》就是拯救我们性格中只图自保的“懦弱”，以唐僧取经启示我们走出“陈光蕊”式理想，知道在恶劣的环境中相互扶持的重要，以“付出”的意识去面对生命中的每一天。

真正意义的享受是“付出”的循环

唐僧与伯钦过了山坡，听见呼呼风响。伯钦见一只斑斓虎，迎上去一阵恶斗，用钢叉把那虎刺杀。伯钦拖着虎，引着唐僧到了自家门口。叫出三四个家僮把虎扛进去剥皮，安排将来待客。再迎接唐僧进屋内，见了他母亲和妻子。母亲知道唐僧是唐王驾下差往西天见佛求经者，十分欢喜道："好！好！好！就是请他，不得这般，恰好明日你父亲周忌，就浼长老做些好事，念卷经文，到后日送他去罢。"这刘伯钦闻得母言，就要安排香纸，留住唐僧。

前面，唐僧在路上遇到困难需要伯钦的帮助，到了这里，伯钦家也正好需要唐僧的帮助。正如我们有许多困难是自己不能解决的一样，现实生活需要不同的人走到一起。

说话间，不觉的天色将晚。小的们排开桌凳，拿几盘烂熟虎肉，热腾腾的放在上面。唐僧合掌当胸道："善哉！贫僧自出娘胎，就做和尚，更不晓得吃荤。"伯钦闻得此说，沉吟了半晌道："长老，寒家历代以来，不晓得吃素。就是有些素菜，也都是獐鹿虎豹的油煎，却无甚素处。有两眼锅灶，也都是油腻透了，这等奈何？反是我请长老的不是！"唐僧道："太保不必多心，请自受用。我贫僧就是三五日不吃饭，也可忍饿，只是不敢破了斋戒。"伯钦道："倘或饿死，却如之何？"唐僧道："感得太保天恩，搭救出虎狼丛里，就是饿死，也强如喂虎。"

佛门弟子对饮食的禁戒，刘伯钦不以为然。正如任何工作的价值实现需要生命的延续这一基本前提一样，学佛的人追求天上的极乐，信守这一脱离生活现实的信仰，却给自己和身边的人增添了麻烦。这说明生命的快乐不应只停留于信仰层面，而是在现实世界去"打拼"来实现。作为猎人的刘伯钦在险恶的环境中出生入死，自然看不顺眼这一习惯。

伯钦的母亲闻说，叫道："孩儿不要与长老闲讲，我自有素物，可以管待。"母亲叫媳妇将小锅取下，着火烧了油腻，刷了又刷，洗了又洗，却仍安在灶上。先烧半锅滚水别用，却又将些山地榆叶子，着水煎作茶汤，然后将些黄粱粟米，煮起饭来，又把些干菜煮熟，盛了两碗，拿出来铺在桌上。唐僧吃了这极洁极净的茶饭。

伯钦母亲不怕麻烦为唐僧做出素饭来，因为她有求于唐僧第二天"念经文"，自己有求于人而不对人"付出"，当然说不过去。表达了一种关于生存的自然法则，有付出才有得到。

吃了斋饭，收了盘碗，渐渐天晚，伯钦引着唐僧出中宅，到后边走走，穿过夹道，有一座草亭。推开门，入到里面，只见那四壁上挂几张强弓硬弩，插几壶箭，过梁上搭两块血腥的虎皮，墙根头插着许多枪刀叉棒，正中间设两张坐器。伯钦请唐僧坐坐。唐僧见这般凶险腌脏，不敢久坐，遂出了草亭。又往后再行，是一座大园子，跑出十来只肥鹿，一大阵黄獐。唐僧道："这獐鹿想是太保养家了的？"伯钦道："似你那长安城中人家，有钱的集财宝，有庄的集聚稻粮，似我们这打猎的，只得聚养些野兽，备天阴耳。"他两个说话闲行，不觉黄昏，复转前宅安歇。

唐僧与伯钦散步的这一处场景，体现了山野人家对生活的不讲究。虽然整日为维系自己的生命存在而劳作，却也没有真正享受生活的乐趣，因为他们缺少一种素质，那就是"唐僧"——零缺点的意识，即尽善尽美地服务于人的那种意识,失去了那种高度交流的商业环境所具有的文明气息。僧人凡事都有讲究，所以唐僧对伯钦的生活也看不顺眼。

次早，那合家老小都起来，就整素斋，管待长老，请开启念经。这长老净了手，同太保家堂前拈了香，拜了家堂。唐僧方敲响木鱼，开始念经。吃了午斋，又念经，直到天晚。事毕，又各安寝。却说那伯钦的父亲之灵托一梦与全家长幼："我在阴司里苦难难脱，日久不得超生。今幸得圣僧，念了经卷，消了我的罪业，阎王差人送我上中华富地长者人家托生去了。你们可好生谢送长老，不要怠慢、不要怠慢。我去也。"那全家人醒来，都说做了同一个梦，乐得呵呵大笑。伯钦把全家的梦话对唐僧陈诉一遍，唐僧也喜。刘伯钦送唐僧上路，到了两界山，听得山脚下孙悟空叫喊，唐僧喜得弟子孙悟空。

从前面知道，刘伯钦家需要一种更文明的存在环境，而唐僧需要一种与恶劣环境打拼的素质。他们之间通过相互"付出"实现了：那伯钦的父亲上中华富地长者人家托生去了，全家人了却了心愿乐呵呵，而唐僧喜收了弟子孙悟空。这就是生命的"极乐"。（图 10-1）

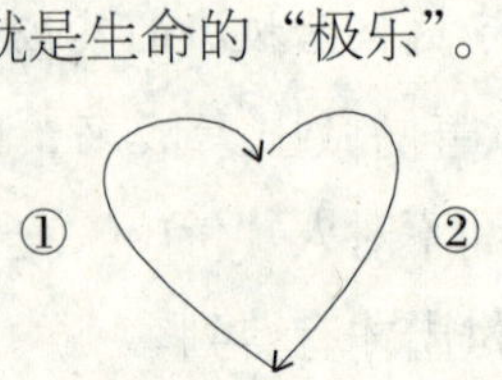

（图 10-1）

说明：①伯钦家的“付出”：伯钦在路上助唐僧脱险，迎回家留宿，伯钦母为唐僧做素饭，伯钦再送上一程。

②唐僧的“付出”：花一整天时间为刘伯钦家念经。

西行取经，就是经历一个恶劣的环境，面对形形色色需要帮助的人们。取经人在这样的环境中为别人不断地解决困难、带来快乐，同时也不断得到别人的感谢、称赞，正是这种“付出”的循环带来了“极乐”的享受。比如：

·西行经过乌鸡国，救活了国王，降了充当假国王的青毛狮子妖怪，文殊菩萨收服了青毛狮子回西天去了。原来的国王重新主政，他大摆酒宴，感谢唐僧师徒，又叫画家画了唐僧师徒的像，供在金銮殿上。

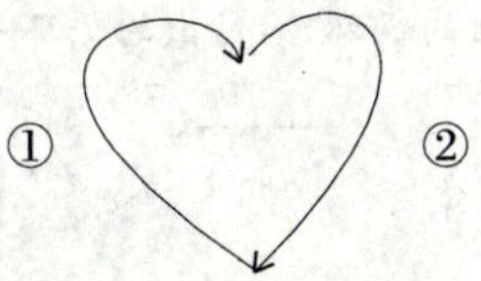

（图 10–2）

说明：①取经人的“付出”：救活了国王，降了青毛狮子怪，助国王重新主政。

②国王的“付出”：款待，画唐僧师徒像，供在金銮殿上。

·西行经过比丘国，捉住了变成国丈的白鹿、变成王后的狐狸，把“准备用心肝给国王当药用的一千一百一十一个小孩”送回各家各户。当地百姓非常感谢，他们抬着唐僧师徒欢呼跳跃。这家请客，那家设宴，让他们足足玩了一个月，才送出城。

（图 10–3）

说明：①取经人的“付出”：降了妖怪，救回 1111 个小孩；

②当地百姓的“付出”：这家请客，那家设宴，让他们玩了一个月。

·西行经过天竺国，赶走伴假公主的玉兔，帮助国王见到了很久不见的公主，并接回了王宫。国王感激不尽，命画师画了唐僧师徒的画像，供在华夷楼上。又一连几天大办酒宴，感谢唐僧师徒。一直到第五天，唐僧师徒才辞别了国王。

（图 10-4）

说明：①取经人的“付出”：赶走半假公主的玉兔，国王父女团圆；

②国王的“付出”：画取经人的像供在华来楼上，宴请，留客五日。

正如一件事情各环节通过“付出”的循环实现了“极乐”一样，这就是我们成天工作的真正意义。

真正意义的享受

（图 10-5）

《西游记》告诉我们，一个团队（个人）真正实现价值，是看其是否有意外的犒赏，一个品牌能否真正实现它的价值，是看它有没有溢价。就象高质量的产品在人们的心目中就应当得到高价值一样。追求零缺点的产品或服务，人们愿意给出更高的市场价格，带来工作的增值。这样的团队，总是被人忠诚，被人感激，每个人的成功被得到关心，盈利在稳定地增长，大家充满了享受和长期成功的希望。

直到舍弃了“目标”

《西游记》写到最后，唐僧师徒已到了天竺国境内，即将到达灵山，这一天，他们经过寇员外家。

这位寇员外多年“斋僧”，已经斋了九千九百九十六个僧人，正好差四个凑够一万的“圆满”，他热情地留下唐僧师徒四人，要他们住一个月。唐僧离开长安已经十多年了，还没有取到经，眼看就要见到如来佛了，却还要住一个月，他着急的心情可想而知，他住了半个月就要走人。猪八戒见了这里有吃有喝的不想走，唐僧一阵痛骂，场面十分难看。

寇员外为了斋僧“圆满”留下取经人，而唐僧念念不忘唐太宗的旨意，为了早日取经，却不太在乎寇员外的感受。可是取经能走到这里，全在于一路上有善良的人们的“斋僧”，这样做是否有点“忘恩负义”呢？

寇员外见他师徒们渐生烦恼，再也不敢苦留，答应第二天送他们上路。他写了百十个简帖儿，邀请邻里亲戚明早奉送唐朝老师西行；又安排饯行的筵宴；又叫人做二十对彩旗，觅一班吹鼓手乐人，南来寺里请一班和尚，东岳观里请一班道士来捧场。第二天，唐僧师徒在隆重的欢送中出行，那寇员外含泪相送。

唐僧正如那种被自己的目标冲昏头的人一样，不顾及斋僧人的感受了。可见他还没摆脱他老爸陈光蕊遗留的影响：陈光蕊当年急着去江州走马上任，把生病的母亲丢在万花店刘小二家，后来上强盗的船，丢了妻子和性命，上演了一场人生的不幸。这一回唐僧能幸免于难吗？

离开寇家，师徒便逢一场大雨，在一个破房舍下站了一夜。附近县城内有伙强盗，得知寇员外家花扑扑的满街鼓乐送行唐朝和尚，知道他家底富厚，乘夜雨冲入寇家大门劫财。寇员外被一脚踢翻在地，魂归阴府！强盗得手走了。那寇员外夫人因为送唐僧等惹出这场灾祸，怀恨在心，便让儿子去告唐僧师徒的状。状词写道：“唐僧点着火，八戒叫杀人。沙和尚劫出金银去，孙悟空打死我父亲。”把状告到铜台府刺史正堂大人那里。刺史闻言，即派人各执锋利器械，出西门追赶唐僧师徒。那些强盗当夜打劫了寇家，也向西去，在路上遇到了唐僧师徒，上去夺他们的盘缠，抢他们的白马。孙悟空施个法把强盗们捆了，一盘问才知他们刚打劫寇家出来，于是把强盗的那些赃物收拾了，驮在马上，准备给寇家送回去。正在行走，官府派的众兵卒来了，把他们围住：“好和尚，打劫了人家东西，还在这里摇摆哩！”一拥上前，把他们捆了，回去向刺史交差。刺史看到有赃物在此，便将唐僧四众推进监牢。

今天，任何一家公司与它的服务对象之间是相互依赖着生存的，别人的美好生活是因为我们的“付出”，我们的一切享受均来源于别人的

"斋僧"。如果我们贪图另外的目标，就破坏了这种依赖关系，给别人带来痛苦，自己失去服务对象的满意，也会有不如意。所以寇员外家被抢，寇员外见了阎王，而唐僧一走到外面被雨淋，被强盗抢，被抓起来坐牢，就是对"修行"不圆满的惩罚。

孙悟空知道唐僧有这一夜牢狱之灾，所以一直不使法力。直到天明，孙悟空变做个蜢虫儿飞出了出去，一直飞到寇家，只见那堂屋里已停着棺材，一家人都在旁，孙悟空变作寇员外的魂灵说他们冤枉了唐僧，他两儿一听，就去本府投递解状。刺史得知真相，知道是误捉，便把人放了。悟空再到幽冥界，在地藏王菩萨之处见到寇员外，菩萨见孙悟空前来，放回寇员外，又延他阳寿十二年。那员外的魂灵复返阳间，透出气来活了。寇员外言谢不已。第二天又安排幢缭鼓乐，又款留唐僧，又请亲友，如前面一样送行。

取经人重救活寇员外，给予他作为一个斋僧人应有的享受，度过唐僧这"一难"。为什么偏要为满足一位凡人的愿望来作为他们修成正果的"一难"呢？因为零缺点的工作标准意味着别人比自己重要，"爱"比目标重要，当我们满足了别人的愿望，去成就了别人的"圆满"时，工作的价值便在"爱"中实现了。原来，一个劲地奔向自己的目标常常事与愿违，而努力为现在的服务对象提高业务水准，为他们而变得更加可靠，更令人满意，未来才是一片光明。

唐僧师徒离开寇员外家，上了大路，一路所见与别处不同，均是些琪花、瑶草、古柏、苍松。他们夜宿晓行六七日，便来到灵山脚下，玉真观金顶大仙已来接他们了。

《西游记》告诉我们，完全付出爱的人，他们的人格、尊严和生命的意义终会得到体现。在商业世界里，一个品牌的最初形成常常是因为把追求用户满意的产品、服务质量作为核心，将其融入企业发展的全过程，成为各个部门和全体员工的一种信仰，心无杂念地共同努力，因为其质量信誉在市场中较为突出，消费者形成了对它的偏好，对其有较高的评价，并口口相传，形成了大面积的影响力。原来，价值目标的实现就是爱的极致，做人、做事业，最高境界不是实现了目标，而是舍弃了目标。

“经不可轻传，亦不可以空取”

唐僧师徒历尽艰辛到达灵山，拜完如来，如来便叫阿傩、伽叶引他们看经。阿傩、伽叶引唐僧看遍经名，对唐僧道：“圣僧东土到此，有些甚么人事送我们？快拿出来，好传经与你去。唐僧闻言道：“弟子玄奘，来路迢遥，不曾备得。”二尊者笑道：“好，好，好！白手传经继世，后人当饿死矣！”

真经，代表事情做到零缺点的经验。当我们不为零缺点（把事情做到符合价值要求）而付出，那么必然会付出 PONC（不符合要求的代价）。所谓的“白手传经继世，后人当饿死矣。”意思就是，今天不付出（白手），那么后人就会因今天的不付出而付出全部（饿死）。

悟空见他讲口扭捏，不肯传经，他忍不住叫噪道：“师父，我们去告如来，教他自家来把经与老孙也。”阿傩道：“莫嚷！此是甚么去处，你还撒野放刁！到这边来接着经。”八戒沙僧耐住了性子，劝住了悟空，转身来接。一卷卷收在包里，驮在马上，又捆了两担，八戒与沙僧挑着，却来宝座前叩头，谢了如来，出门下山而去。

取经人没有明白阿傩、伽叶的这层意思，就开始接经，捆经，挑着经，然后走了。

唐僧师徒在半路上又发现，这经卷卷是白纸，一个字也没有。于是短叹长吁的道：“我东土人果是没福！似这般无字的空本，取去何用？怎么敢见唐王！诳君之罪，诚不容诛也！”悟空早已知之，对唐僧道：“师父，不消说了，这就是阿傩、伽叶那厮，问我要人事没有，故将此白纸本子与我们来了。快回去告在如来之前，问他掯财作弊之罪。”八戒嚷道：“正是！正是！告他去来！”四众急急回山，无好步，忙忙又转上雷音。

不多时，到于山门之外，众皆拱手相迎，笑道：“圣僧是换经来的？”唐僧点头称谢。众金刚也不阻挡，让他进去，直至大雄殿前。悟空嚷道：“如来！我师徒们受了万蜇千魔，千辛万苦，自东土拜到此处，蒙如来吩咐传经，被阿傩、伽叶掯财不遂，通同作弊，故意将无字的白纸本儿教我们拿去，我们拿他去何用！望如来敕治！”佛祖笑道：“你且休嚷，他两个问你要人事之情，我已知矣。但只是经不可轻传，亦不可以空取，向时众比丘圣僧下山，曾将此经在舍卫国赵长者家与他诵了一遍，保他家生者安全，亡者超脱，只讨得他三斗三升米粒黄金回来，我还说他们忒卖贱了，教后代儿孙没钱使用。你如今空手来取，是以传了白本。”

取经人还是理直气壮的样子，认为别人有“作弊之罪”，好象这经就是理所应当送你东土大唐一样。如来的意思是这真经不可以轻易传给别人，为什么呢？为了让取经人明白，如来举了一个例子，曾经给赵长者家读了一遍，就收了三升米粒黄金，还说他们忒卖贱了，教后代儿孙没钱使用。也就是说以很少的付出即获得不对称的高级享受，会透支后代子孙应有的享受。因为零缺点的经验（核心能力）轻易传给别人会导致人们普遍地不劳而获，这与文明世界的运行规则相违背。“不可轻传，亦不可以空取”就是这个道理。

如来即叫：“阿傩、伽叶，快将有字的真经，每部中各检几卷与他，来此报数。”二尊者复领四众，到珍楼宝阁之下，仍问唐僧要些人事。唐僧无物奉承，即命沙僧取出紫金钵盂，双手奉上。那阿傩接了，微微而笑。被那些管珍楼的力士，管香积的庖丁，看阁的尊者，你抹他脸，我扑他背，弹指的，扭唇的，一个个笑道：“不羞！不羞！需索取经的人事！”须臾把脸皮都羞皱了，只是拿着钵盂不放。

终于，唐僧把那个紫金钵盂交了出来，紫金钵盂是什么东西？是唐太宗送给唐僧用来在路上化斋饭的，是一个向别人索取的工具。你都要成佛了，还好意思向别人化斋饭吗？也就是你的事情都做到零缺点了，众人都会认可，还好意思说“某某你照顾我一下”（赐我一钵斋饭）这样的话吗？佛家就是让我们唐人放下向别人直接索取的念头，把工作的价值实现建立在完全付出的决心之上。旁边的尊者一个个笑道：“不羞！不羞！需索取经的人事！”是为了引起取经人的响应，可取经人还是没有反应，所以阿傩把脸皮都羞皱了，其实是替取经人而羞——本来是对你好，而你却以为被占了便宜似的。而他拿着钵盂不放，则是对零缺点旨意的坚持，他启示着取经人，付出，付出……直到完全付出了，该得到的自然会得到。

第十一章　每一件事情不简单

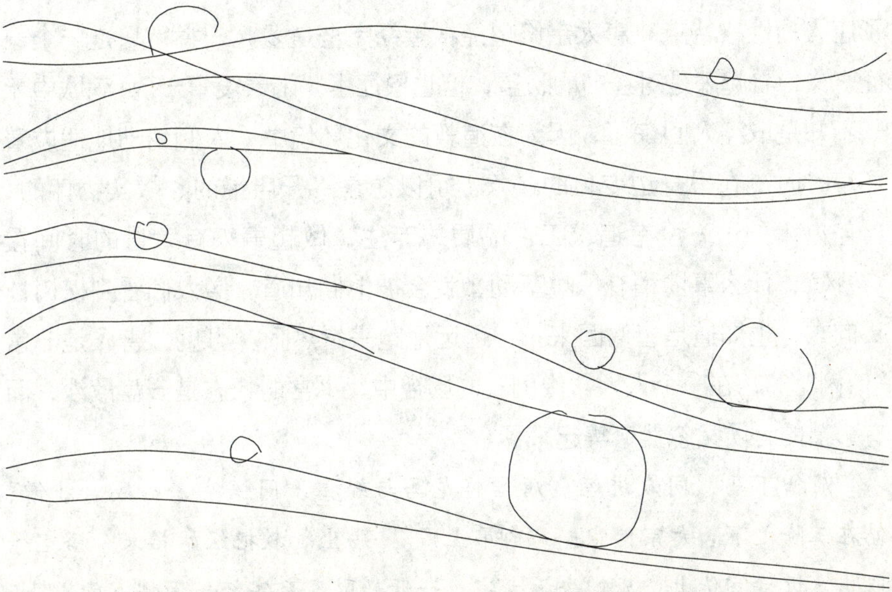

A truth was told by lively and interesting scenes

唐僧师徒历经十四年，取得真经，随八大金刚驾风而起，向东土飞去，渐渐望见长安。

金刚停在空中说道："圣僧，此间乃长安城了。我们不好下去，这里人伶俐，恐泄漏吾像。"唐僧一人不能挑担牵马，只能师徒同去大唐。原来那太宗在西安关外起建了望经楼接经。恰好那一日出驾到楼上，忽见正西方满天瑞霭，阵阵香风，猪八戒挑着担，沙僧牵着马，孙悟空领着唐僧，都按下云头，落于望经楼边。太宗同多官一齐见了，即下楼相迎。唐僧四众随驾入朝，满城中无一不知是取经人来了。却说那长安唐僧旧住的洪福寺大小僧人，看见几株松树一颗颗头俱向东，惊讶道："怪哉，怪哉！今夜未曾刮风，如何这树头都扭过来了？"急披衣而出，至西街时，早已有人传播说："取经的人适才方到，万岁爷爷接入城来了。"众僧听说，又急急跑来，却就遇着，一见大驾，不敢近前，随后跟至朝门之外。

金刚停在空中说，他们不好下去，因为这里人"伶俐"，准确地道出了唐人的性格特点。唐太宗修望经楼接经完全是多此一举，只是一个象征意义，看起来是对经书的盼望，但也象征了"闲着没事干"。满城中无一不知是取经人回来了，因为在道教的文化环境中，人们生动地适应着环境，时刻在乎身边变化的迹象。可以想象，开店铺的、贩卖物件的、当差办事的……没有追求工作品质的专注，做起事来有大量的时间在"望风"，什么事情稍有风吹草动，就会被他们知道。僧人们看到松树枝头向东，也知道是唐僧回来了，远远地跑来看热闹。可见，唐人是非常"伶俐"的，在一个人人"伶俐"的场合中，平常的状态是一盘散沙，而有事情的时候又忽然聚集起来了。

唐僧下马，同众进朝。唐僧将龙马与经担，同悟空、八戒、沙僧，站在玉阶之下。太宗传宣："御弟上殿。"赐坐。教把经卷抬来。悟空等取出，近侍官传上。唐僧告诉太宗，一开始取了无字经，因佛家索人事，佛祖明知，只得将钦赐紫金钵盂送他，方传了有字真经。

西行取经展示的是把一件事情做到零缺点的过程。唐僧把唐太宗的金钵送给了佛家，方取回全部经书。说明了做一件事情必须毫无保留地完全付出，包括做事情中需要的"饭碗"——不能将价值目标的实现建立在向别人索取之上。这也如同一个团队，表面一派欣欣向荣，而日常工作一盘散沙，缺乏核心能力，不知不觉把“金饭碗”送给了别人。这个金钵也许在预言东土大唐将要为工作品质交“学费”吧。

太宗更喜，教：“光禄寺设宴，开东阁酬谢。”忽见他三徒立在阶下，容貌异常，便问：“高徒果外国人耶？”唐僧一一介绍弟子的身世及一路上的功劳，太宗闻言，称赞不已。

唐太宗见唐僧，却一直没在意三个徒弟，跟唐僧说了半天话，才注意到他们，虽然知道了徒弟们一路上的功劳，但并没有给予特别的礼遇。

唐太宗又问：“远涉西方，端的路程多少？”唐僧道：“总记菩萨之言，有十万八千里之远。途中未曾记数，只知经过了一十四遍寒暑。日日山，日日岭，遇林不小，遇水宽洪。还经几座国王，俱有照验印信。”

唐僧取经经历的行程十万八千里，十万八千里正好是孙悟空翻一个筋斗云的路程。孙悟空翻一个筋斗云的路程要一步一步地走完，这个生动的比喻说明，做一件事情，“想到”跟“做到”看起来一样，实则炯然不同。“想到”是在天上飞，而“做到”是在地上走，“想到”只需一瞬间，而“做到”却要十多年，原来不是那么简单。比如要做一个零件，即使有先进的设备技术，丰富的经验，也要认真地一个环节一个环节地去做对，而不是想当然地“咔巴”一下——十万八千里就是这个意思。同样的，我们要组装一辆汽车，接待一位客人，执行一个项目方案……有哪一件不需要这样的信念呢？取经之行“日日山，日日岭，遇林不小，遇水宽洪”，翻山越岭地行走到目的地，就是让人们知道每一件事情的成功不是一个轻浮的知觉，必须把天上的“想到”变成人间的“做到”。

唐僧叫徒弟将通关文牒取上来。太宗看了，乃贞观一十三年九月望前三日给。太宗笑道：“久劳远涉，今已贞观二十七年矣。”牒文上有宝象国印，乌鸡国印，车迟国印，西梁女国印，祭赛国印，朱紫国印，狮驼国印，比丘国印，灭法国印；又有凤仙郡印，玉华州印，金平府印。太宗览毕，收了。

通关文牒上的“印”是什么意思？就是凡人同意过关，认可后的标志。不但有国印，还有郡印、州印、府印，也就是不仅大的环节要过关，那些中的环节、小的环节、细微的环节也要过关。我们做一件事情，必须每一个环节都能过关，才能实现零缺点。取经之行就是一个环环过关的历程。

早有当驾官请宴，即下殿携手而行。又问："高徒能礼貌乎？"三藏道："小徒俱是山村旷野之妖身，未谙中华圣朝之礼数。万望主公赦罪。"太宗笑道："不罪他，不罪他。都同请东阁赴宴去也。"

唐太宗问："高徒能礼貌乎？"意思就是他们怎么不拜我？我们知道，如果唐僧没有徒弟们的帮助，早就被妖怪吃掉了，尽管前面唐僧对徒弟们的功劳作了陈述,可是唐太宗似乎没有意识到这些。唐僧说，他们不知中华礼数，太宗又马上说，不罪他，不罪他。说明东土大唐的人们非常看重表面的排场，享用着自然资源及简单手工劳动堆砌起来的繁荣，乐悠悠地生活着，没有什么忧患意识。

三藏又谢了恩，招呼他三众，都到阁内观看。果是中华大国，比寻常不同。你看那：门悬彩绣，地衬红毡。异香馥郁，奇品新鲜。琥珀杯，琉璃盏，镶金点翠；黄金盘，白玉碗，嵌锦花缠。烂煮蔓菁，糖浇香芋。蘑菇甜美，海菜清奇……说不尽百味珍馐真上品，果然是中华大国异西夷。师徒四众与文武多官，俱侍列左右。太宗皇帝仍正坐当中。歌舞吹弹，整齐严肃，遂尽乐一日。

取经回来，所见到的是中华上国的情形，与当初如来佛把孙悟空压在五行山下以后天宫开庆功会的情形非常相似。原来人间也有"天宫"(天宫的寓意就是文明世界给予人的实现价值的环境条件,在人们的脑海中)。暗示了唐人生活状态有待改变，这种改变要从走出天宫，对身边的每一件事情充满敬畏开始！

凡事必须"做细节"

唐僧取经归来，唐太宗关心的是取经的主要梗概，比如经怎么取来，路程多长，除此之外就是寒暄，庆功，说客套话。

唐太宗见他三徒弟容貌异常，便问高徒是外国人吗？唐僧是这样介绍的："大徒弟姓孙，法名悟空，臣又呼他为孙悟空。他出身原是东胜神洲傲来国花果山水帘洞人氏，因五百年前大闹天宫，被佛祖困压在西番两界山石匣之内，蒙观音菩萨劝善，情愿皈依，是臣到彼救出，甚亏此徒保护。二徒弟姓猪，法名悟能，臣又呼他为猪八戒。他出身原是福陵山云栈洞人氏，因在乌斯藏高老庄上作怪，即蒙菩萨劝善，亏悟空收之，一路上挑担有力，涉水有功。三徒弟姓沙，法名悟净，臣又呼他为沙和尚。他出身原是流沙河作怪者，也蒙菩萨劝善，秉教沙门……"

唐僧介绍了三个弟子的功劳，他们斗妖怪的那些事情，因为唐太宗没有再过问了，唐僧也就没有再描述。唐太宗是东土大唐的代表，代表了我们。我们经常把事情做得"差不多"、"过得去"就行，到处乱七八糟的，就是因为，不过问一路上的情况，不知道还有"妖怪"（不符合要求的因素）。

《西游记》向东土大唐的我们展示了一条取经的路。西行取经一路上总是有各种妖怪出没其中，取经的过程也伴随着消除妖怪的过程。比如：黑风怪、黄风怪、白骨精、黄袍怪、九尾狐狸、狮猁怪、圣婴大王、鼍龙、金鱼怪、兕怪、琵琶精、玉面狐狸、牛魔王、九头虫、奔波儿灞、灞波儿奔、孤直公、凌空子、拂云叟、黄眉怪、巨蟒怪、赛太岁、七蜘蛛精、蜜、蚂、蠦、班、蜢、蜡、蜻、百眼魔君……这些形形色色的妖怪，就是做一件事情时遇到的不符合要求的因素。我们以各种办法消除妖怪，就是为把事情做到零缺点而消除不符合要求的因素，所做的一系列事情就是"做细节"。（图 11-1）

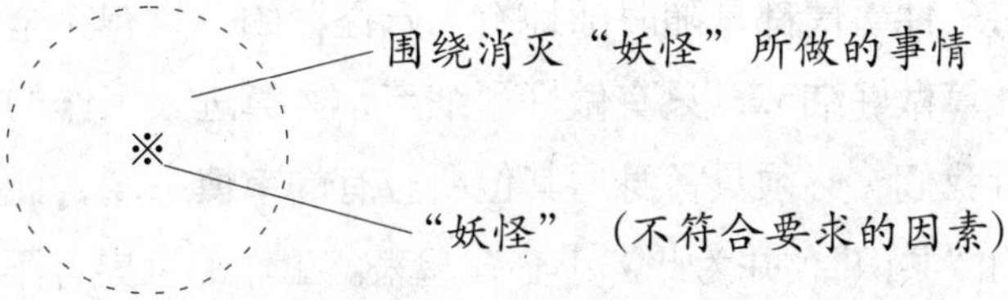

人们常说的"做细节"
（图 11-1）

比如做一个零件，用麻花钻钻孔：

不符合要求的因素（妖怪）带来的缺点	为了做到零缺点 —— 消除不符合要求的因素（妖怪）而发生的故事（细节）
孔径偏大	·调整钻头的左右刃至对称，·如果钻头摆动，应调整钻头装夹，及时调整和维修钻床，·去掉钻头刃带上的积屑瘤，·避免钻头弯曲。
孔不圆	·防止钻头后角太大，·在钻杆伸出过长时必须有导向套，采用合适间隙的导向套或先打中心孔再钻孔，避免无导向套或导向套与钻头配合间隙过大。
孔位超差或孔歪斜	·防止钻头横刃太长，·应校正机床夹具位置，检查钻床主轴的垂直度，防止主轴与导向套中心线不同轴，主轴与工作台面不垂直，·防止工件表面倾斜，·避免进给量不均匀。
孔壁表面粗糙	·避免外头钝化，·避免后角太大，·避免进给量太大，·避免切削液供给不足，切削液性能不过关，·避免切屑堵塞钻头的螺旋槽，·增加热处理工序，适当提高工件硬度，避免工件材料硬度过低。

由此可见，要真正完成一次“麻花钻钻孔”，仅取得技术资质，就高高在那里施展“想法”是不够的，还要通过取经之行，知道临场的“妖怪”在哪里，具体是怎样的情形，必须以慎重的态度，在每个环节上一丝不苟地做好细节。

平常，我们会做诸如编程序、研发新产品、管理人事、填报表等等事情，每一件事情都是随时随地有“妖怪”的，只有完全把“妖怪”消除了，才算做好细节，只有做好了细节，才算进入工作的状态。《西游记》告诉我们，必须具备身居其位所应有的审慎态度，让零缺点成为每个环节的“共识”，并为此“小心”起来。工作的世界容不得我们漫不经心，容不得我们有丝毫的含糊！

回归平凡的心灵世界

《西游记》通过取经之行，把人们的注意力从天宫引到了平凡的人间。与天宫的神仙相反，人间的凡人恪守本分、在平凡的岗位上默默奉献，有的帮忙指路，有的提供斋饭和住宿……以他们的实干、真知灼见使取经得以顺利进行。

《西游记》的终究目的，是唤起人们心灵的返朴归真，回归到与自然万物同在的状态中，通过心灵的平凡实现人生的价值，这体现在故事的一开始。

美猴王访仙学道，漂到西牛贺洲地界，看见一座高山秀丽，林麓幽深。他穿入林中，听到一段歌唱之声："观棋柯烂，伐木丁丁，云边谷口徐行，卖薪沽酒，狂笑自陶情。苍迳秋高，对月枕松根，一觉天明。认旧林，登崖过岭，持斧断枯藤。收来成一担，行歌市上，易米三升。更无些子争竞，时价平平，不会机谋巧算，没荣辱，恬淡延生。相逢处，非仙即道，静坐讲黄庭。"

这一段歌词意味深长，其实是淡出了世俗功利之后的心得，要表达的正是商业社会中的员工们对工作应当有的那种端正的心态。这个端正的心态是什么呢？就是在常人看起来枯燥的、索然寡味的工作场所中，找到心灵的归宿，那个深山密林有什么好玩的？可是樵夫在那里找到了享受的根据，他过得非常的充实。

想想吧，当我们沉下心来对工作的品质负责时，便会持久地关心着诸如每一个螺丝钉的位置，每一个零部件的光泽，每一句话语的震动波……每一个点滴的变化，每一个细微的情形，我们的"心"便置于了自然万物之中，当一切都按事情价值要求井然有序地运行时，我们会欣喜，会愉快，会忘我地满足其中。这时，我们的"心"就回归到了清幽的林间。樵夫是唱给猴王听的，而他听明白了吗？

猴王听得此言，满心欢喜道："神仙原来藏在这里！"仔细再看，乃是一个樵夫，在那里举斧砍柴。猴王近前叫道："老神仙！弟子起手。"

那樵夫慌忙丢了斧，转身答礼道：“我拙汉衣食不全，怎敢当‘神仙’二字？”猴王道：“你不是神仙，如何说出神仙的话来？”樵夫道：“我说甚么神仙话？”猴王道：“我才来至林边，只听的你说：‘相逢处非仙即道，静坐讲黄庭。’黄庭乃道德真言，非神仙而何？”

原来，猴王之所以把樵夫当神仙，是因为他记住了歌词的后面两句：“相逢处非仙即道，静坐讲黄庭。”那时一心要访仙学道的他，对前面从“观棋柯烂”到“恬淡延生”那一段并没有听明白。

樵夫笑道：“实不瞒你说，这个词名做满庭芳，乃一神仙教我的。那神仙与我舍下相邻。他见我家事劳苦，日常烦恼，教我遇烦恼时，即把这词儿念念。一则散心，二则解困。我才有些不足处思虑，故此念念。不期被你听了。”猴王道：“你家既与神仙相邻，何不从他修行？学得个不老之方？却不是好？”樵夫道：“我一生命苦，自幼蒙父母养育至八九岁，才知人事，不幸父丧，母亲居孀。再无兄弟姊妹，只我一人，没奈何，早晚侍奉。如今母老，一发不敢抛离。却又田园荒芜，衣食不足，只得斫两束柴薪，挑向市尘之间，货几文钱，籴几升米，自炊自造，安排些茶饭，供养老母，所以不能修行。”

猴王与樵夫的这番对话特别有意思，樵夫说那首歌是神仙教的，正说明须菩提祖师与我樵夫有着相同的人生态度。猴王问樵夫为何不从神仙修行，而樵夫的回答是何意呢？一个人首先要为苦难的生活担当责任，并以此来实现人生价值，而不是本末倒置先去追求自我价值的实现。樵夫那句“再无兄弟姊妹，只我一人”很实在，我一个孩子，先得孝敬父母才对吧？

猴王道：“但望你指与我那神仙住处，却好拜访去也。”樵夫道：“不远，不远。此山叫做灵台方寸山。山中有座斜月三星洞。那洞中有一个神仙，称名须菩提祖师。那祖师出去的徒弟，也不计其数，见今还有三四十人从他修行。你顺那条小路儿，向南行七八里远近，即是他家了。”

神仙在“灵台方寸山，斜月三星洞”，“灵台”和“方寸”在古代文学里都是“心”的意思，而一弯斜月带三星就是象形的心字。“心”并没有在天宫，也不染浊世的污垢，是在一个清静的山林之中。这形象地说明了，与自然万物在一起的“心”有着广大的智慧，在那里可以学到神通本领。管理大师彼得·杜拉克认为，创新不是那种浮夸的东西，它要做的只是某件具体的事。行之有效的创新在一开始可能并不起眼。而这不起眼的细微之处，往往就会造就创新的灵感。西方人的理性与东方人的悟性是相得益彰的，灵感智慧源于用“心”对待工作中的平常事物。所以，在林间的灵台方寸山三星洞可以学到真本领，那里的人才是高人。

猴王用手扯住樵夫道：“老兄，你便同我去去。若还得了好处，决不忘你指引之恩。”樵夫道：“你这汉子，甚不通变。我方才这般与你说了，你还不省？假若我与你去了，却不误了我的生意？老母何人奉养？我要斫柴，你自去，自去。”

猴王对樵夫的态度由恭敬变得不屑，由先前“拜神仙”到后来“用手扯”，一颗不安分的“心”怎能懂得平凡中人那番话的含义？为什么樵夫指路而不亲自给孙悟空带路呢？因为樵夫要担当苦难生活的责任，在平凡中追求“恬淡延生”，而猴王却是生而快乐的，他在花果山水帘洞，从来都是养尊处优，来此就是为追求“神仙日子”的。樵夫说：“我方才这般与你说了，你还不省？”其实是责备“心猿”的迂腐：我已经在商业社会的环境里找到了正确的位置，而你还是一个农耕社会当“神仙圣人”的意识形态，自己去吧！

猴王听说，只得相辞。出深林，找上路径，过一山坡，果然望见一座洞府。看勾多时，不敢敲门。且去跳上松枝梢头，摘松子吃了顽耍。少顷间，只听得呀的一声，洞门开处，里面走出一个仙童。童子道：“我家师父，正才下榻，登坛讲道。还未说出原由，就教我出来开门。说：‘外面有个修行的来了，可去接待接待。’想必就是你了？”猴王道：“是我，是我。”猴王整衣端肃，随童子径入洞天深处，见那菩提祖师端坐在台上，两边有三十个小仙侍立台下。

为什么须菩提祖师提前知道猴王到了让童子开门迎接？作者的交待非常耐人寻味，童子说：“我家师父，正才下榻，登坛讲道。还未说出原由，就教我出来开门。”而先前那个唱“对月枕松根，一觉天明”的樵夫是否正是须菩提祖师的化身呢？也无从知道。只是后来，猴王在众师兄那里炫耀本领被须菩提祖师坚决赶走，大闹天宫被如来佛祖压在山下500年，他历尽艰辛去获得的觉悟，原来却在樵夫那里！这个觉悟是什么呢？为尽“爱”的责任而甘于平凡。

欣赏一下灵山的美景：灵鹫峰头聚霞彩，极乐世界集祥云。金龙稳卧，玉虎安然。乌兔任随来往，龟蛇凭汝盘旋。丹凤青鸾情爽爽，玄猿白鹿意怡怡。八节奇花，四时仙果。乔松古桧，翠柏修篁。五色梅时开时结，万年桃时熟时新。千果千花争秀，一天瑞霭纷纭。

灵山看到的是各种动植物的自由生活正好与前面樵夫的工作相呼应的，因为樵夫在林间“认旧林，登崖过岭，持斧断枯藤”，在照看这林子，才呼应了这个美好的结果。

《西游记》要歌颂的人，正是那个樵夫。“樵夫”在我们的身边就是用心去做每一件寻常事情的员工，他们不失本色而又充满智慧，所谓大隐隐于市，平凡的极限才是品质的归宿。真正的高尚之士是在林间“观棋柯烂，伐木丁丁……”他们卓而不群，却又仿佛跟凡人一样，他们除了认真，就是平凡，平凡得让人找不到一点新鲜感。

《西游记》是写给每一个员工的寓言，它告诉我们，意图、策略、技术等等并不能恒定地保障成功，我们的心灵才是关键。我们需要认真对待，我们需要为尽爱的责任而回归平凡！